Paradise Cape

极乐鸟
海岬

朱世达 —— 著

作家出版社

图书在版编目（CIP）数据

极乐鸟海岬 / 朱世达著 . -- 北京：作家出版社，
2020. 10

ISBN 978-7-5212-0756-9

Ⅰ . ①极… Ⅱ . ①朱… Ⅲ . ①长篇小说 – 中国 –当代
Ⅳ . ①I247.5

中国版本图书馆CIP数据核字（2019）第246055号

极乐鸟海岬

作　　者：朱世达
责任编辑：赵　超
助理编辑：赵文文
装帧设计：孙惟静
出版发行：作家出版社有限公司
社　　址：北京农展馆南里10号　　邮　　编：100125
电话传真：86-10-65067186（发行中心及邮购部）
　　　　　86-10-65004079（总编室）
E-mail:zuojia@zuojia.net.cn
http://www.zuojiachubanshe.com
印　　刷：北京中科印刷有限公司
成品尺寸：130×210
字　　数：219千
印　　张：9.5
版　　次：2020年10月第1版
印　　次：2020年10月第1次印刷
ISBN 978-7-5212-0756-9
定　　价：38.00元

一

　　我在最狂野的梦中也不会想到我会在波士顿遇到她，这么一个一头柔软的披肩发，有一对绝顶明亮、美丽、会说话的黑眼珠，白皙、丰腴的中国女人。在我见到她的那一刻起，我的人生整个儿地改变了。哦，Vita nuova! 新生活！这一切都从她开始的，从那个充满热情、火和精力，然而又像谜一样的女人开始的。

　　我带了一箱书籍、一箱衣物什物和一颗勃勃的雄心，从华盛顿取道纽约，乘"大灰狗"来到波士顿。我在波士顿，可以说一个认识的人也没有。我一个人孤零零地站在人行道上，从海湾吹来一阵阵凉风，远处是灰色的约翰·哈威德摩托旅社，楼顶亮着血红色的霓虹灯，一辆接着一辆汽车，像一只只巨兽，又是一辆接一辆车的红色的尾灯，像一根永远扯不断的、由点组成的红线。在救火车的尖叫声中，在裸露着女人的好莱坞电影广告中，一种漂泊之感向我袭来。我好像一个在浩瀚的大海中孤独的游泳者。

　　我踱进车站的快餐店，一位戴白橄榄帽、胸脯丰满、健康、笑容可掬的金发姑娘站在摆满面包、五颜六色的浇头、咖啡壶和牛奶的柜台后面，墙上是玻璃的物价表，亮着灯光。我要了一份汉堡包和一盒冰牛奶。

当我在车站大门口见到罗伯脱·巴拉德教授时，我简直把他当成海明威的再现了。魁梧、高大的身材，大脑袋，满脸红光上围着一圈浓密的络腮胡子。在蜂拥而出的旅客中，在金发的白人、黑人、西班牙裔人和印第安与西班牙人混血儿中，只有我一个人是黄皮肤的中国人，他一下子就把我认出来了。

"段牧之？"

从他热情的拥抱中，我知道这是一个非常热情、好客的教授。虽然我从春天开始就不断地与他有书信往来，但真正见到他，这还是第一次。他的一身白衬衫、牛仔裤装束，他的发自心底的微笑，将我在见到哈佛教授前的恐惧与疑虑一下子冰释了。穿一身鲜红套裙的、一头白卷发的巴拉德夫人将车开到街沿石旁边。巴拉德教授一拎起我的箱子就往车后箱里放。

"好沉！"他开玩笑地说，"你是不是刚从加利福尼亚开采金矿而来？"

"都是书。书很沉。"我惶惑地说。

我后来从同学处得知，巴拉德教授十七岁从明尼苏达州开着福特T型老爷车跨过查尔斯河来到哈佛就学，他得以自由地钻研他所选定的领域：莎士比亚、伊丽莎白时期的戏剧、文学批评及比较文学。

一年秋天，巴拉德前往艾略特楼第一次拜访诗歌教授T.S.艾略特，和他共进午茶。于此，开始了他们之间漫长的友谊。巴拉德说，他的犹太长相从来没有影响艾略特对他的友好态度。

小车驶过查尔斯河上的大桥，来到一个幽静的小镇。一幢幢新英格兰式样的两层屋宇，屋前是一小片宁静的草地。

这些屋宇中大都居住着来哈佛读书的学生。树极多，在阳光下，一丛丛浓黑的树影笼罩在青草地上。远处，可以看到波士顿中心巍峨的天际线。

在车上，巴拉德教授说，我将住在极乐鸟海岬他的家里，这样可以省去好多找房子的麻烦，立即开始我的研究工作。

巴拉德夫人一面驶上高速路，沿着大西洋海湾开车，一面侧过脸来对我说："那栋房里还住着一个中国人。"

巴拉德教授坐在副驾驶座上，眨眨眼说："一个绝对漂亮的中国女人。"

我并没有太在意他们说的话，全身心正在琢磨就要在哈佛大学比较文学系的新生活。自从我从乔治敦大学获得哲学博士学位后，我得到一家出版社的资助，研究詹姆斯·乔伊斯，并将《青年艺术家的画像》翻译出来。我获得巴拉德教授的允诺，来到剑桥镇，来到他的身边做博士后研究。

出版社给我的研究奖金一年12000美元。刘焕玉听说后吐吐舌头说："这可不够你在美国养个老婆的。"

她正在乔治敦大学念应用商务的硕士学位，少年气盛，整天做的是在华尔街大银行或证券公司里挣年薪10万美元的梦。

我说，别胡说了。老婆还不知在哪儿呢，也许还在娘胎里呢，一个人够吃够喝就可以了。其实，这并不是我的真心话。自从我和李蓉婷分手之后，我对于婚姻有一种本能的惧怕了。一个男人和一个女人能找到完全的融洽吗？这简直是天方夜谭。你瞧，就是刘焕玉和丁榆这小两口还不是时时争吵、危机四伏吗？到了美国，是不是人都给异化了？这么多婚姻的危机。

"青凤还写诗，是一位诗人。"

"谁?"

"青凤，就是你未来的室友。"巴拉德教授说，"她是我夫人的朋友。她在肯尼迪政府学院做博士后研究。"

"博士后研究?!"我惊讶地叫起来。

巴拉德教授说："她在加州伯克利分校社会学系读了一个博士学位。"

"她说一口流利的美国学生英语，你简直会以为她就是生在美国的ABC。"巴拉德教授说，"当然，她的生活方式也完全美国化了。"

"比方?"

"比方她每天非得洗两回澡，一次早晨，一次夜里；她爱吃汉堡包、本和吉利牌冰激凌；她爱运动，爱美国橄榄球爱得发狂；她像美国人一样的天真……"

我从纷繁的思绪中回到了新英格兰的现实之中。车驶进了马萨诸塞湾极乐鸟海岬。在山崖上，在一片郁郁葱葱的缅因松林中坐落着一座标志性的新教教堂雪白色的尖顶和星星点点几幢哈佛教授的房舍。其中一幢玫瑰色的木结构二层楼房便是巴拉德教授的家。

为什么这地方叫极乐鸟海岬已无从考证了。据说清教徒在鳕鱼角登陆后，一部分北上来到这犹如双手环抱大海似的海湾，便在海湾的纵深松林里定居下来，在这大西洋彼岸的海湾找到了幸福与宁静的归宿，像极乐鸟一样。

当我从车里一踏上极乐鸟海岬，我的胸中就充溢了松针、泥土、青草和海洋混杂在一起的馨香。远处是一座雪白的新英格兰的灯塔；蔚蓝的海洋，碧波万顷。山崖下是一片开阔的湿地，湿地上长着地毯般的绿茵茵的青草，青草上栖息着长脚的雪白的海鸟。黄喙的海鸥在空中盘旋飞翔，发出有点凄厉的鸣声。

福特车刚在屋前门廊前嘎一声停下，从屋里飘然走出一个中国女人来，像一团明亮的光。她的额头宽宽的，苹果脸，两颊丰腴，一对明亮的乌黑的眼睛，皮肤白白的，嘴唇很薄。她确实很美；她一出现，仿佛周围的自然景色也陡然间为之生动起来，为之芳香起来。

说实在的，刚一见到她，我并不喜欢她。我觉得她有点傲慢。她和老头儿、老太太拥抱，接着便打开话匣子，说起刚才接到的电话来：什么星期三上午校长约见她啦，什么星期四下午一个叫什么拉贾的要到她办公室找她啦，什么旅游公司很快就会把他们去意大利的机票送来啦，等等，等等，就好像没我这个人存在似的。所以，当她一甩她那一头浓密、乌黑的披肩长发，侧过脸对我微笑着说"啊，这儿还有一位中国朋友，握一下手吧"时，我也没好气地说："原来你眼睛里还有我这个中国人呀？"

"别生气嘛。"

"我没生气，只是和你幽默一下。"

一层客厅全是玻璃幕墙，屋外的海、海岬、草甸和松林，和屋里的沙发、柔和的落地灯，浑然融成了一体。在沙发边的小茶几和中间的大茶几上放着中国乾隆年间的青花瓷瓶，和完全欧式的银器以及吊灯相映成趣。

书房里四面墙上全是及顶的书架，有莎士比亚、克里斯托弗·马洛的戏剧，法国作家司汤达、巴尔扎克、梅里美的小说，当然还有美国作家的作品，包括霍桑、爱伦坡和梅尔维尔的小说。在书架的间隙挂着中国的国画画轴，大牡丹写意，给这整个书斋增添了温馨与生气。

巴拉德教授的都铎王朝式的房子非常独特，它实际上是两个单独的单元，只有客厅有一扇门相通。门打开，就成一体，门关上，就一分为二。平时我们生活互不干扰。我住在二楼一间小卧室里，和青凤合用一个客厅、厨房和浴室。客厅很小，摆着两个单人沙发、波斯地毯，临海的一面是落地玻璃，坐在沙发上，大海与草甸子一览无余，尽收眼底。浴室的装修可谓别出心裁，四周全镶嵌镜子，连你如厕的时候都能看见自己的屁股。

从我的卧室——我在美国的城堡——向南的窗扉望去，遥遥能见到查尔斯河南岸的波士顿市中心，保诚人寿保险大楼绿色的玻璃贴面倒映着天上的云彩，与飞逝的云翳和地平线的霞光融成一片。红色的尾灯和白色的车前灯组成的流线，灯线永远不断地在远处93号公路和横跨神秘河的托平大桥上流动。而向东望去，则是一个海湾，蔚蓝的海水被一湾山崖拥抱，山崖上长满了密密匝匝的松树，那海湾深处的一条白色的海滩和白色的波涛仿佛是躺在那海之怀抱里的一个情人。

房子后面有一块大草坪，草坪中央兀立着一棵百年橡树，肥大的橡树树叶飘落在青草之上，静静地躺在一条孤零零的木椅旁边。橡树上有蓝鸟的窝。不时有蓝鸟从那树叶间飞出来，在白云的衬映下，几个蓝点在空中盘旋，然后又飞回窝去。翠绿的草坪外面长着几棵苹果树，树上挂着殷红的苹果，有的熟了掉落在地上，好像从没有人去摘它们。草坪四周围以树篱，树篱上爬满了不知名的野花，有鹅黄的、浅蓝的、大红的，其中杂有菊苣开的浅蓝色的花朵，仿佛是一幅随意描画，但又极其精美的画儿。

隔着落地玻璃门，客厅外面是一座原木木板钉的露台，露台围以白色的罗马柱栏杆，露台中央放着一张原木餐桌，餐桌旁不经意地放着几张藤椅。从露台可以望见远处的森林和大海。经常有鸟儿来造访这餐桌，叼含一些散落的类似面包皮之类的食物。露台门上的雨搭上竟然有鸲鹆在那儿用树枝筑了一个鸟窝。从鸟窝里传来幼鸟嗷嗷待哺的啾啾声。不久便可以看到从鸟窝的边沿伸出幼鸟的喙来。鸟儿的父母不断地飞来又飞去，衔来虫子喂养幼鸟。渐渐可以分辨幼鸟的的鸣声了，有中音，有高音，也有不知是哪一阶的音色，喊喊喳喳。不料有一天突然发现在鹪鹩的幼鸟群中有一只幼鸟特别大，那是牛鹂的幼鸟，寄生在鹪鹩的窝里。不久，鸟儿都飞走了，不打一点儿招呼就飞走了，令人感到惆怅。鸟儿们到哪儿去了？鹪鹩的幼鸟都长大了吗？

一天，我因为睡不着，便一个人坐在客厅，托着腮帮发呆。一旦离开华盛顿特区西北的契微契斯那间生活了5年的房间，还真有点留恋。学生生活随便得很，一张从街上捡来的床垫往地板上一放，就是床。趴坐在床垫上，就着一张矮矮的小桌就写字。我的室友们都到哪儿去了？5年，来一拨，走一拨，有乔治敦大学的、华盛顿大学的、美国大学的、威尔逊中心的，不知换了多少人，就那越战老兵一直住在那儿。他和我如同哥们儿，最铁了。他从上午7时到下午3时在一所学院里干管道工，一小时16美元。放工后就到酒吧胡混，喝啤酒。屋子里杂乱不堪，到处甩着脏衬衣、裤子和臭袜子。没有老婆，从来就没想娶个老婆，成个家。一小时16美元，能养个家吗？酒吧成了他的宗教，成了支持他活下去的精神支柱。"娶个老婆管屁用，"他喝得醉醺醺时会这样对我说，"我在酒吧有的是妞儿。今天非洲妞儿，明天亚洲妞儿，哈——"我喜欢他的粗鲁、他的直率、他的真诚，我们还真的成了朋友，我从他那儿学会了不少俚语。临离别时，他开车把我送到"大灰狗"站，还往我裤兜里塞了100美元。

刘焕玉和丁榆的关系到底怎么样了？刘焕玉在大街上认识了个美国汉子，竟然跟他去住了两个星期，回来后嚷着要离婚。这样的女人，丁榆还不肯放手。要是我，早叫她滚蛋了。丁榆对我骂娘："这美国生活方式，这性自由！"

"段博士，在想什么哪？"

我猛然从沉思中惊醒过来，见到刚沐浴后一头湿发、身上散发着一股令人神经安宁的香波馨香的青凤正站在我面前。她侧着脑袋，让头发垂下去，用干毛巾在擦拭。

"段牧之，星期日学校组织从剑桥镇出发，乘船沿查尔斯河一路上溯到源头去。每人25美元。你去吗？"

"这星期日我有安排了，去不了了。"我说，"青凤，巴拉德教授家里怎么这么多中国的玩意儿？"我好奇地问。

"巴拉德夫人特别喜欢中国。她在童年的时候，随白俄的父母从俄罗斯逃亡到哈尔滨。"

"怪不得。"我说。

"巴拉德教授同意你来比较文学系就因为他看中了你发表的一篇论文。他说他看中了你的潜力。"青凤说，"听说你还写小说，还翻译小说？"

"是这样。我对文学有强烈的兴趣，虽然文学在现代社会中被边缘化了，我仍然乐此不疲。文学是我的生命。"

青凤走到我沙发扶手边，躬下身子对我说："学者、作家、翻译家集于一身。段博士，以后手下留情，要多帮助呀。你是博士，我才是个硕士生。"

"请你别再博士博士的，好吗？我知道你也是博士！叫我段牧之吧。"我说。

她在我对面的沙发上坐下，让湿漉漉的头发披散在肩头。她问："你是博士生，怎么不去找个教职什么的？"

"你知道，我的所学在美国不太好找工作。去一般大学教书，心有不甘，而常春藤大学又很难进。"

"你倒挺会挑挑拣拣的，在市场买菜哪？"

"这是生活逼出来的。你想，在巴拉德教授手下做研究，一年半载出一本书，名气就扬在外了，还怕没人来找你签合同?"我反问道,"你是哪个学校的?"

"我是伯克利的,学的是中美婚姻模式比较。"

"中美婚姻模式比较!好大的一个题目!对像你这样的毛头小妞,写这样的题目不太合适吧?"

"别胡说。我可不小了。"

"你几岁?"

"初次相识就问女人年龄,不太礼貌吧?"

她的一对漂亮的大眼睛望着我,双手又去搓擦湿发,脸上掠过一丝慌乱的神情。将她弄得这么窘迫,我开始在心里自责起自己的鲁莽了。然而她很快就恢复了常态,告诉我许多关于学校的新闻:什么联合国秘书长科菲·安南将在桑德斯剧院作《全球化政治》的报告啦,什么奈尔逊·曼德拉将在哈佛校园接受荣誉博士称号啦,什么星期六、星期日将在查尔斯河上举行划船比赛啦。

听她的银铃般的、夹杂着咯咯笑声的说话,简直是一种享受。我猛然意识到我已很久没有过这种享受了。当我们在阿拉巴马州立大学,住在离斯科特·菲茨杰拉德故居不远的地方时,李蓉婷讲话时的声音也是这么朗朗的、清脆的、充满着诗意的。刹那间,在恍惚中我将坐在面前的青凤当成李蓉婷了。为了掩饰我的窘迫,我问:"你写诗?"

"有时写几句,胡诌而已。"她问,"你怎么知道的?"

"难道你不知道学文学的都是包打听?"我卖关子地说,"念一首来听听。"

"以后吧。"她说,"在你面前,我总有点发怵,有点怕。"

"怕什么?"

"怕你的博士头衔呗!"

在我看来,这是一个绝对天真无邪的女人。她不肯告诉我她的年龄。她将头发拢起一刹那间往后撩的动作,显出胸前那高高隆起的线条来，使我相信这是一个纯真的女人，甚至还是一个处女。

她长着一个宽宽的脸膛，颧骨较高，额角上印着刘海的发丝。应该说这不是让人一见就觉天生丽质的女人。但是，她的脸庞、她的紧裹在黑色长裙里的娇娆的身体，特别是她的一对发亮的、仿佛会说话的大眼睛却告诉人们她有一种含蓄的美，也就是说你越看越觉得她动人，越看越觉得她美。即使时而眉宇间闪过一道忧郁的阴影，但那种忧郁的神情仿佛更增添了她的妩媚。

我已经很久没有真正接触过女人了。和青凤住在一层楼里，又共用一个浴室，那种女人特有的馥郁的香味使我的年轻的神经震颤起来。然而，我仍然和她保持相当的距离，一方面因为她的矜持，一方面因为我第一次婚姻的失败，自信已荡然无存，对于爱情和女人有一种自然恐惧的心理。

二

一次，她提议星期日驱车到马萨诸塞州西部湖里去玩摩托水橇滑水。我只是勉强地答应下来，心中并无丝毫的激动。

那天，她穿了一件磨白牛仔夹克、一件米色的针织上衣，牛仔长裤将她的丰满的臀部包得紧紧的。从波士顿开车，一路西行，房子越来越稀落，而树林却越来越茂密了。车基本上是在长满树林的山脚下前行的。有时还能看见松鼠在树丛间向我们窥视。

车来到一片树林。走出树林，陡然间看见一泓池水，青山环绕。周围世界静极了。

当我将车倒在一个水泥坡道恰当的位置、水橇下水之后，我说："你玩吧，我坐在车里看你。"

"你不玩？"

"我不会这个。我从来没有玩过摩托水橇。"

她顿时就冒起火来，高声嚷道："你这个人怎么这么没劲？出来玩还挂着张脸，好像谁欠了你多少钱似的。"

我怕扫她的兴，赶忙说："你先玩，我等一会儿玩。"

这样，她才算高兴起来，躲到车厢里去换比基尼游泳衣。

"别往这儿瞧。"

"谁瞧呀?"

但我还是身不由主地往车厢里瞧了一眼,只见发丝散落在白皙的背上,一副滚圆的肉质的双肩,让人怦然心动。

初秋的阳光暖暖地照着一池碧水,周围是缓缓的山坡,满山遍野是松树、榆树和鹅掌楸,森林蓊郁的影子倒映在湖中,湖水仿佛变得更绿了。周围是一片寂静,只听得青凤的水橇马达的轰鸣声。她双手扶着把,被太阳晒红的身子躬着,双腿像钉子般有力地挺在水橇板上。当她将速度设定在最高挡时,她穿黑色游泳衣的身子仿佛就成一条黑白相间的线,在白花花的浪涛上向前射去,射向湖的深处。

这绝对是一个精力十分充沛的、健壮的女人。也许是精力过分地充沛了,才找这样一种运动形式来发泄自己。她快乐吗?我不知道。但从她玩水橇滑水的架势来看,她应该是快乐的。

当我们躺在湖边的草地上休息时,我嘴里嚼着一根狗牙根嫩草,问她:"湖水溅在身上,风一吹,冷吗?"

"不冷。我洗过好几年冷水澡。Tough Chinese body(壮实的中国身子)。"

她眯细着眼睛眺望远方,湖面上有潜鸟和几只鹛鹏背驮着它们的幼鸟在悠闲地游水;遇到攻击,鹛鹏还能驮着幼鸟潜入水中。

"你看见那潜鸟了吗?"

"在哪儿?"

"在那儿。"她指着,说,"你知道,那潜鸟夜间在湖边上会发出类似笑声一样的声音,叫人毛骨悚然。"

阳光照耀在她穿着热浪牌黑色比基尼的身上,一颗颗晶莹的水珠在她光滑的皮肤上顺势滑落下来。

"我也洗过。"我接着她刚才的话题,说:"那是在大学里。啊，美好的大学时光！车尔尼雪夫斯基的《怎么办？》给了我巨大的影响。"

"我看你有一种俄罗斯文学的情结。"

"是的。'特别的人'拉赫美托夫抛弃了富裕的贵族的生活，甘愿到贫苦的人们中间去，做木匠、摆渡工，到伏尔加河上去拉纤，去干各种体力的粗活：运水，搬柴，砍柴，锯木料，凿石头，挖地，打铁，这使我产生了无限的崇敬之情。他过着斯巴达式的禁欲主义者的生活，他的生活就是严酷的、需要自我牺牲的斗争生活。他投向一种思想、一种志向，狂热得无以复加。"

"生活有时候是需要狂热的。"

"你说得太对了。正说到我的心坎里去了。他特别让我着迷的是那种让自己受苦、睡钉板、为俄罗斯和俄罗斯人民锻炼自己的意志和身体的精神。你听！"我接着背诵道：

> 拉赫美托夫整件衬衣（他只穿一件衬衣）的背部和两侧都浸透了血，床底下有血，他垫的毡毯也有血；原来毡毯上扎着几百枚小钉，钉帽在下，尖端朝上，从毡毯中露出将近半俄寸长；拉赫美托夫夜里就睡在这些钉子上面。

"你的记忆力真棒！这是一颗多么高尚的灵魂！"她说，"像这样特别的人需要特别坚强的意志。"

"铁一般的神经。"我说，"拉赫美托夫对生活和爱情的态度让我着迷。他对自己说过：'不喝一滴酒。我不接触女人。'"

"我不喜欢这种禁欲主义的论调。"她说。

"你是一个伊壁鸠鲁的信徒吗？"我问道。

"这还有疑问吗？"她反问道。

13

我接着说："但拉赫美托夫是个热火热辣的性子。他还说过：'我们替人们要求充分的享受——我们应该用自己的生活来证明：我们要求这个不是为了满足自己个人的欲望，不是为自己个人，而是为一般人，我们说那些话完全是由于主义，而不是由于自己的爱好，由于信仰，而不是由于个人的需要。'"

　　"你那时一定很穷吧？"

　　"是的，很穷。"

　　"这种严格的斯巴达式的生活态度，对自己身体的苛求，正符合你当时的物质生活的处境。你没有钱，你需要一个强壮的体魄以应付苦读的环境。这种纯而又纯的革命家的风格正是你精神上所需要的。"她说。

　　我说："这种'优秀人物的精华，原动力的原动力，世上的盐中之盐'的精神影响了我一辈子。年轻的时候特好模仿。在上海那潮湿的大冬天，打上一盆冷水，在阁楼上脱光衣服，在父亲带有点疑惑的目光下，我用毛巾擦身。在我以后冬天用冷水冲澡、在玉渊潭冬泳时，心目中出现的就是他的高大的形象。我一生从这种意志的锻炼中获益匪浅。"

　　我望着渺远的蔚蓝的映着白云的湖水，对她说："你好像看上去很快乐。"

　　"是吗？你以为呢？"她侧过脸瞧着我。

　　"我以为你很快乐。"

　　"别看表面现象呀。"她哈哈大笑起来，但那笑声听起来总不太自然，"也许我内心深处感觉很糟糕呢。"

　　"我不信。"

　　"是这样的。你观察一个人，你应该从他的行为的反面去理解。"

　　这时，一只鱼鹰在湖面上飞翔，伸开硕大的翅膀，顺着气流缓缓滑行，然后，猛然间，头向前倾，像一道白光般地蹿向水面。然后，衔着它的猎物往远处森林里飞去，一点白点便倏然消失了。

她将身子往我这儿靠拢点儿，问："你为什么总这么郁郁寡欢，还因为那离婚的事儿吗？"

"不，不。"我慌忙地否认道。

"我看得出来，你还没有从离婚的阴影里走出来。有什么了不起的，往前走天地宽阔。男子汉，得拿出点男子汉的样子来。"

"你不了解我。"我说。

"是的，我不了解你。"她说，"但我很想了解你。"

"是吗？"

"是的，是的。"她连连说，"是真的。也许是职业的习惯吧。"

"你一个没结过婚的小妞，知道个啥？"

"你怎么知道我没结过婚？"她脸上掠过一丝尴尬的阴影。

"当你飞驶在水橇上，头发随风在脑后飞扬时，你知道我想起了什么？"我问。

"想起什么？"

"三月的野兔。"

"什么意思？"

"自己去体会吧，这是艾略特说的。"

就在那天夜里，"三月的野兔"成了一只偎灶的病猫，一脸垂头丧气的样子，仿佛完全变了一个人。

当时，我们都在客厅里。我靠在沙发上读一篇关于中国妇女移民的文章，而青凤则盘腿坐在沙发上看纽约巨人队对圣地亚哥队的棒球赛。

我一面读论文，一面发感慨："青凤，你瞧，当年中国女人要进美国和男人相聚，移民局官员在天使岛的盘问关，可不好过呀。"

"喂，请你不要啰唆好吗？纽约巨人队赢了，3∶0！这是纽约巨人队第24次赢得棒球世界杯，今年第125场胜利！电视解说员的报道听不清了。咳，该死！他说什么来着？什么也没听清。"她厌烦地对我嚷嚷。过了一会儿，她自己提起了话题："移民局官员在诘问时，会问新郎穿什么衣服，婚床朝南还是朝北，甚至还会问初夜新郎有什么动作。要是男女回答搭不上茬儿，就要被遣送回国。"

"我去过天使岛。对于华人来说，那真是一把辛酸泪的地方。"我说，"有的女人终生未能来美国与丈夫和孩子相聚，老死在中国。"

"你说这样的女人活一辈子有什么意思。要是我，我就不干。我绝对不干。"她说着，忽然激动起来，好像有人要强迫她这么干似的，"女人有追求个人幸福的权利。你说是吗？"

"当然。但这是在现在。"

青凤在说"女人有追求个人幸福的权利"时，双唇露出坚毅的神色。这又使我想起白天水波上那条飞驶的黑线，那个头发往后飞扬的健康的、充满生命力的女人。在这样的女人面前有障碍吗？可能有障碍吗？

这时，电话铃响了起来。电话铃响，青凤总会神经质地跳将起来，抢着去接电话。

"喂，谁呀？旧金山？"

接着，她仿佛触了电似的，脸一下子沉了下来。她拎起长长的电话线，用脑袋和肩膀夹着电话筒，走进了自己的卧室，顺势用脚后跟将门砰然关上了。

一个谜就这样关在了门后。

三

　　我的卧室在斜坡屋面的下面，里面放着一张书桌，一张沙发，就没有多少空余的空间了，但很舒适。我不能像青凤那样，在卧室里放了许多自己得意的照片，有在加利福尼亚圣莫尼卡海滩照的，也有在夏威夷照的。我发现几乎她所有照片的背景都是大海。她自己也说，她喜欢大海，有大海情结。我让卧室的墙面成一片空白，因为我的人生在这时也成了一片空白。在美国的人海中，我成了一个一无所有的人，没有过去，没有爱情，也可以说没有未来。

　　我的快乐的过去在那年春天的一个清晨就永远地结束了，就像舞台拉上了厚重的幕布，把一切都挡在后面了。

　　那天清晨华盛顿春寒料峭，好像特别阴冷。李蓉婷一手拎起她的衣箱，另一只手牵着女儿敏敏，在门厅里回过头来对我说："我走了。"便径自走向了她的停在一棵伞盖般梧桐树下的汽车。竟然就是这么轻易地毫无戏剧性地分了手。这种平淡，事实上更增加了分手的悲剧性。

　　我一个人留在空荡荡的房间里，忽然一股郁闷袭来，我顺手操起桌上的镇书戒尺往吊灯击去。"该死！该死！该死——"乳白色的灯罩哗啦啦掉在我的身边，碎玻璃碴儿还

17

掉进了我的脖子里。我全然不觉，心中有一种邪恶的满足感。铜戒尺就掉落在我的脚前，上面郑板桥的"难得糊涂"四个字清晰可见。

我装糊涂装得够久了。

她年薪才拿到35000美元。我当时在读博士，没有收入，家庭的开销全靠这35000美元，也就是说全靠娘们儿。我要看书，写论文，照管女儿，还要为她做晚饭。在油烟熏燎的厨房里看书，书上全沾着油烟味儿。说不定什么时候女儿将我的论文稿撕成散片，撒上一泡尿。你说我一个大男人怎么受得了？更叫人受不了的是她晚上回家将皮鞋往门厅里一甩，穿上拖鞋往沙发上一靠的那副俨然是挣钱养家的样子。动不动就生气，把在外面受奚落的气全撒在我身上，就跟更年期的女人一样。

我年轻气盛，再加上导师对我的论文横挑鼻子竖挑眼，脾气也越来越暴躁。开始时，两人开火，恶声相向，便各睡各的床，一星期互相不搭理；后来，我就动手揍她。每逢周末她给她妈打电话时，一把鼻涕一把眼泪的，就像控诉地主一样。

我发现她回家越来越晚，不是说老板在五角大楼城请客吃饭，就是说和客户到肯尼迪中心看轻歌剧。她编造各种谎言；有些谎言连小学生都能识破，她还满以为编得天衣无缝。我渐渐发现她对晚上的性事越来越没有兴趣了，已经没有当年的激情与癫狂了；我这人好像成了嚼而无味的木头。

可怕的、我始终担心的事终于发生了：她有了外遇，她和一个比她大十多岁的美国佬好上了。

那是我在水晶城购物中心亲眼看见的。那天我心情特别好，第二天就是她的生日。她看中了麦克莱首饰店里的一款假蓝宝石胸坠，因为手头总是缺钱而作罢。我用我给人家送比萨饼所得的钱去把它买了下来，准备明天从男子汉的手里夺出来送给她，给她一个惊喜。当我正从电动扶梯往下走时，我一眼瞥见了她在商场中心咖啡馆正偎依在一个美国白种男人的怀里。我相信，我绝没有看错。这难道是商业谈判？商业谈判，你也没有必要把脑袋塞进别人的西装里去。当时，我气极了，捏紧了拳头，蓝宝石胸坠将手心刺出了鲜血。"该死！"我随手将蓝宝石胸坠扔进了全是残羹剩饭的垃圾桶里。

当夜，等敏敏入睡之后，我问她："今天上哪儿去了？"

我埋坐在沙发里，绑着纱布的手端着一杯血红的西柚汁。

她正拿着遥控器在电视上跑马挑节目，一会儿棒球，一会儿橄榄球，一会儿查尔斯河划船比赛。她心不在焉地回答道："上洛克威尔客户那儿去了。"

"洛克威尔？天大的谎话！"我的那只拿玻璃杯的手开始颤抖起来，"我在水晶城看见你了！"我忽的一下从沙发上跳将起来。

她死命地往遥控器上一按，电视"嘭——"的一响，画面霎时间缩成一个光点，随后便是一片黑暗的屏幕了。

"你别激动。"她说，"让我们平心静气地谈一谈。"

"平心静气，"我咬着嘴唇说，"平心静气，平心静气——我怎么可能平心静气？！"

"我想离婚。"她说得很干脆，将遥控器使劲往地板上甩去，整个人跌坐在沙发里。

"离婚？"我的嗓音有点变样了，仿佛这是另一个男人的声音。

"对，离婚。我要和他结婚。"

"和这美国老头儿结婚？"

"他不老，才四十五岁。"

19

"四十五岁还不老，大你十多岁。"

"这你不用管。"

屋里的空气仿佛突然凝结起来，一片寂静，窗外树叶在风中的沙沙声和偶尔驶过的汽车的轰鸣声听起来特别刺耳。血直往我的脑袋涌来，我感到晕眩而无法控制自己了。我想我也许很快就会死去。

"蓉婷，我做错什么了，你要和我离婚？"我有气无力地问。

她突然像疯子一般地狂笑起来，笑得前俯后仰，把眼泪也笑出来了。她问："你竟然也会问这个问题了吗？你问问自己吧！你自私，你无情，一直在将我往外推。现在，外面又有一种力量将我拽着。已经是无可挽回的了。"

她说，已经是无可挽回的了。

"你怎么会说我无情，我无情吗？"我冤枉地哭泣起来。"你瞧瞧这手——"我扬起了绑着纱布的手，"这手，我原先买了你喜爱的蓝宝石胸坠，准备你生日送给你的。我无情吗？"

"现在在哪儿？"

"垃圾桶。我扔进垃圾桶了。"我感到一种伤害了人的邪恶的快乐。

她挑战般地质问道："你有情？当我将一张大数额的支票放在桌上时，你连瞧也不瞧上一眼。"

"我就烦你这个。好像你是一个救世主似的。"

"我就是挣钱养家的，难道不是吗？女人就不能是挣钱养家的吗？"她问，"你有情？当我像所有女人一样有时想撒点娇时，你却用拳头与叱骂来回敬！你有情？我妈从大老远的北京来这儿探亲，你带她到哪儿玩过？连白宫也没去，净在这儿帮你洗尿布。"

"这些都是小事。我忙着写论文，哪有空闲管这些鸡毛蒜皮的事儿。"

"小事？对于女人来说，这些都不是小事。"

我问："难道你不知道美国佬对待性事的态度吗？等你生了一大堆孩子，他玩够了你之后，他会把你甩掉，就像他换掉一辆汽车一样轻便。"

她的嘴唇露出坚毅的神色，在散乱的头发下，显得非常可怕。她说："即使明知前面是陷阱，我也要往下走。"

在我的潜意识里，青凤总是和李蓉婷错位，李蓉婷在和我初恋的时候，也像青凤这样快乐、这样健康、这样充满生命力。和青凤在一起，我仿佛又回到了青春年少的岁月。自从那天接到那神秘兮兮的电话之后，她有过短暂的沉默，然而，阴霾很快就过去了，她又恢复了她惯常欢欢乐乐的容貌。

青凤要到纽约市昆西区埃尔姆赫斯特–科洛那街区做一个实地社会调查。我们住在昆西大道的一个小旅馆里，脚踩在地板上发出咯吱咯吱的响声，空气中充满洋葱味儿，这无疑是意大利人聚居的地方。这让我想起了《苏菲的选择》。

她一走进卧室，刚放下行李，就大惊小怪地叫起来。

"怎么回事？"我走过去问。

"蟑螂！"

只见几只油光光的肥硕的蟑螂正旁若无人地在卧房的地板上漫步。我一个巴掌下去，把那个最肥的俨然像公主的蟑螂的屎也拍打出来了，而其他的蟑螂便趁机逃窜了。

从窗口望出去正是几家印度人开的菜市场、首饰珠宝店和电器店。那菜场外面到处撒着菜帮子，因为走路的行人多，菜帮子都踩成黑油油的泥了，发出一股难闻的令人恶心的味儿。

白天，她在罗塞福大道以南采访移民当地的波多黎各人、多米尼加人、墨西哥人、俄罗斯人、阿美尼亚人、中国人、菲律宾人、日本人和朝鲜人。白皮肤，黑皮肤，棕色皮肤，黄皮肤，不黄不黑不白的皮肤；金黄头发，红头发，黑头发，褐黄色头发，不黄不白的头发——这个小小的社区，简直像个世界那么博大与兼容。大多数人都很友好，她提问题，我录音。只是到了地下成衣工厂，没等我们下去，工厂里打工的非法中国、俄罗斯、多米尼加移民就一窝蜂地跑掉，不见了，留下老板或者说老板的助理，故意用似通非通的英语与你周旋。"我们——是个——小工坊啦，只雇二三个人啦——他们休息啦——"这些地下成衣工厂一般设在车库改成的车间、地下室里。有的工厂在窗上或门上书写着工厂的名称，更隐蔽的便在一堆乱涂的涂鸦中隐藏着名称。只是当天气太闷热时，车库或地下室的门帘稍微撩起来一点，你才会发现工厂里一排排非法的移民工人在缝袖子啦，钉纽扣啦，车边缝啦。

青凤跟我说，她有一次假装成非法移民去成衣工厂打了几天工，才有机会了解工厂的所有内幕。

"这么漂亮的小姐也来打工呀？"工头问她。他长着一对老鼠眼，色眯眯地瞧着来打工的年轻女人，高兴时还会在屁股上捏一把。

"没身份呗。"青凤说。

工头让青凤当场在缝纫机上车边给他瞧。青凤从小就在家里的缝纫机上缝过裤子，所以一试就被录用了。

"四美元一小时，干不干？"

"美国政府规定最低工资为四美元七角五美分，你这儿怎么才四美元？"青凤问。

"你不是打黑工吗？"工头顶了她回去。

这是真正的"血汗工厂"。工厂设在泥地的地下室里，又潮又闷，因为是非法，不敢开窗开门，在里面无尽无止地干一样简单而沉闷的活儿，犹如闷在沙丁鱼罐头里一样。血汗工厂没有正儿八经的大门，青凤是通过一家理发店的秘密通道进入的。老板叫阿林，中国浙江人，一个矮胖墩儿，他自己就是从海上偷渡进入美国的。

青凤认识了旁边缝纫机车上的翠香，35岁，偷渡客。她不会说英语，不敢到离家太远的地方去打工，就只好到这缝纫工厂来凑合了。她一星期干45小时，拿130美元。她曾经在家里干过计件工，一星期挣70到90美元。她说，过一阵子她想乘地铁到曼哈顿去打工，那儿的工资要高一些。

"男人呢？"青凤问。

"男人生肺病，干不了重活，待在家里。"翠香十分平淡地回答。

青凤可以想象翠香生活之艰难、担子之沉重，一个月的工资付了房租、水电杂费之后，还剩多少买食品的钱？

她有一个男孩和一个女孩，她把所有的美国梦都寄托在孩子身上了，像所有毅然决然背井离乡的移民一样。

阿林见了青凤眼睛就发了直，没想到在他手下的打工妹中还有这么水灵、这么漂亮的。他整天在青凤周围转来转去，就像只公狗。他请青凤去逛夜总会，还要用车来接她。青凤一见情势不妙，赶紧趁机逃了出来，干了三天的活儿，一分钱也没拿。

"天，他的眼睛简直要把我吃了！"青凤回来时说。

我们继而佯装成一对邋遢的情人到科洛那地下赌场去瞧瞧。赌博是纽约市五大贩毒家族主要资金来源之一。绰号为"士兵"和"上尉"组成团伙在赌场进行恫吓和抢劫，然后与黑社会家族的头儿坐地分赃。这些人大都是意大利人，但在底层也有许多非意大利人的哥们儿。这些家族的人数估计为700人，而下层的打手们至少有十倍之众。

我戴了乔治·阿玛尼品牌的墨镜，穿一件T恤衫，上面写着"Kiss me"；青凤则一身米色的超短裙，正是纽约流行的样式，露出一对颀长的、肥腴的大腿，很性感。

"你你今天瞧上去就像海明威笔下的硬汉子。"青凤说。

"你像什么？"我说，"就像教父的情妇。"

我们走进了74街地铁站附近的圣·阿达尔伯特教堂里的赌场。门口一面偌大的镜子前面有一个脸红得像龙虾、身子肥得像只柏油桶的硬汉子站在那儿。他用意大利语、西班牙语和美国英语向来人问"你好"。

在一张掷骰子的大长桌边的赌徒有白人、黑人、拉美裔、亚裔，有的脸紧张得眼珠要飞出来似的，有的脸一脸焦虑，把一生的老本都赔掉了，有的脸喜气洋洋，也许手运很好。这家赌场是吉诺维斯家族开的，一年进出赌资达360万美元。

我玩一种赌博机，青凤站在我身边。我和一个站在一边的中国人聊天，才得知原来这每一架赌博机都有主，机器主人与吉诺维斯家族对分利润。主人大约一月可进项1750美元。

"前天晚上有个家伙在这机器上玩了1000个二角五分的硬币。"这个中国人说，看样子像个厨师。

我坐到玩21点的桌边。侍者赶紧上前来问要喝什么饮料。

"矿泉水。"我说，随手给了她一张50元的美钞。

她端来矿泉水，找头都不是美元，而是赌注代用币。该死，你不赌也得赌。

发牌的是个中国人。他原来是个作家，写过小说、戏剧，如今成了发牌的老手。他颀长的手指顺势将扑克牌往下一抹的样子，轻柔得像在抹水面一样。

他给我面前发三张牌，一张3，一张5，一张10，一共18

点。然后，他用一根小棒很熟练地在面朝下的牌缝间那么轻轻一挑，牌面立即就乖乖地朝天。他有一张老K，一张4，一张3，一共20点。他用手在桌面上一捋，牌又全到了他的手下，再用小棒在桌面上一扫，赌资就全落进桌边的口袋里去了。

回到旅馆，我们洗了澡，到楼下餐厅吃了一个三明治和生菜沙拉，便回到旅馆房间。

回到波士顿后，青凤写她的调查报告。调查报告写得很顺利。一天晚上，当她在笔记本电脑上打上最后一个句号，青凤在客厅里兴高采烈地跳了起来："乌拉!"

青凤说："段博士，你的英文真棒，没有你我写不了这么好。"

"别忘了，六年寒窗，最终还把老婆给丢了。"

说完后我自己也感到惊讶，如今提起离婚的事儿竟然这么轻巧了。

青凤一怔，继而扑上前来一把抱住了我，将她因害羞而滚热的脸贴在我的脸上。

"博士大哥，你是个好人。"她喃喃地说。

我这时发现她眼睛里闪亮着异样的光，这种光只有沉浸在爱情里的女人才会有的。她仿佛因为激情整个身子在颤抖，眼睛里噙着泪花。

她扑了上来，紧紧地抱住了我，将头埋在我的胸前，说："如果该是你的呢?"

"噢，不，不，这简直是不可能的……"

那天晚上，我迟迟无法入睡，仍然在感受着她的酥软的拥抱。我有点儿后悔，我怎么没有相机去拥抱她一下呢?

在以后的日子里，无论我坐在韦德纳图书馆里，还是在立脱楼听人们辩论克林顿总统的性丑闻，人们激烈讨论道德英雄与总统的分野，而我的脑子里一直在回旋她的那句含而不露的话："如果该是你的呢？"这是一种委身的表示，还是仅仅是一句疏忽的玩笑呢？如果这是真诚的话，我准备接受吗？

不。不。这不可能。

四

学校的乔治王朝式的红砖门永远给你一种典雅的感觉，它没有那种高敞大门的傲气，拒人于千里之外，它更像是一个谦逊的学者，在一边默默地迎接着你。那一大片正方校园草地上的榆树林，会让任何人躁动的心宁静下来。那黑漆的欧洲煤气灯式的路灯，在榆树绿荫的掩映下，仿佛把人带回文艺复兴的年代。那浮雕花饰的红砖墙似乎诉说着一个个古老的故事，而爬满了常青藤的洋葱形拱凉廊和多利安门廊里似乎居住着亚里士多德式的智者，等待着你去造访。

我和青凤在长满榆树的浓荫匝地的哈佛院子里走着。

我们看见两位姑娘，把凉鞋潇洒地往身边一踢，背靠在粗糙的榆树干上，拿出书来读。她们的皮肤晒得黑黑的，刚过了一个漫长的暑假，也许到哪一个海滨去晒太阳了。一头干草色的头发，在脑后扎了一个马尾巴。我看见一位在读柏拉图的《理想国》。她们饱满的胸部洋溢着青春的力量，犹如古希腊的女神雕像。

我说："青凤，你瞧，这多美！多动人！这使我想起诗，想起跃动的回肠荡气的莫扎特的钢琴协奏曲，想起世界上一切美的东西。"

"真是一幅绝妙的图画,它使我想起莫奈的一幅画。"

"她们和你相比,谁美?"我侧过头来,凝视着她,笑着问道。

"你说呢?你是不是有点儿挑逗?"

"有点儿挑逗又怎么样。"我说,"当然你更美。"

"骗人。"她说,"这是你心里话吗?"

女人总是喜欢别人说她美的。

"真的。"

她突然发问道:"你小时候的绰号叫泡泡头吧?"

"你怎么知道的?"

"难道你不知道我是包打听吗?我在波士顿见到一个老同学,那老同学的一个朋友是你的小学同学。"

"天啊,世界太小了。"

比较文学系所在的鲍斯顿楼在四方校园的东南角,黑色的复折屋顶,四坡老虎窗,大面玻璃墙,青色的洛克波特大理石。在楼前的草坪上,出乎我的意外,我见到我所熟稔的东方中国的古物:龟趺。石碑上镂刻着腾飞戏珠的龙。

青凤说:"这很像中国历史的形象,背着那么一个重负。"

"它背的是三山五岳。这是中国留学生送给母校的一个礼物。这给了我一种历史感:中国和哈佛的联系,东方的心和西方的心在这园子里汇合、交融。"我说。

我们拐个弯,来到韦德纳图书馆希腊式大圆柱前。望着宽阔无比的石阶,我说:"说实话,当我像在复旦大学时一样又一次背上书包来到这儿时,我觉得自己显得异常的渺小,像无边无际的白沙滩上的一叶小舟。我走进那光洁得几乎可以照人的褐色花纹大理石大厅,手摸着锃亮的黄铜楼梯扶手,像突然间面对一位博古通今的智者、一位可敬的长者,我整个身心充满了一种肃然、惊惧之感。美国诗人艾米莉·

狄金森说：'书就像一艘护航舰，将把人带到遥远的土地。'"

"没想到你对书是这么执着。其实我们正是为了这些书，从迢遥的东方而来，它们将把我们带到陌生的没有开垦过的土地去，我们热望着来开垦这片处女地。"青凤说。

我说："我总是怀着一颗学生的心，渴望知识，渴望学习；在韦德纳图书馆，我仿佛在知识的海洋中游泳，我整个的心都浸润于其间了。"

我陪着青凤到韦德纳图书馆西边的拉蒙特图书馆。落地玻璃窗，高背沙发。

"这儿楼上有一间'诗室'。你是诗人，还不去看看？"我问道。

"你怎么知道我写诗？"

"我一到极乐鸟海岬就知道了。"我神秘地说。

"那只是一种业余爱好。"她说。

"诗室"收藏了各种各样诗人的诗歌朗诵的录音带，也有诗人自吟的作品。我对莎士比亚的诗剧的朗诵唱片和磁带特别感兴趣。再聆听一次哈姆雷特独白的朗诵，那是一种怎样的享受啊。

我从书架上拿下一本伊丽莎白时期的悲剧集，坐在窗边的书桌旁翻阅了起来。其中辑有托马斯·基德的《西班牙悲剧》。巴拉德教授曾经向我推荐过这部悲剧。我一翻就翻到了西埃洛尼莫那段独白：

> 哦，眼睛，不，不是眼睛，只是奔泉的泉口；
> 哦，生命，不，不是生命，只是走肉；
> 哦，人世，不，不是人世，只是谬误。

我抬头发现青凤正坐在我的对面在看狄金森的诗集，一绺动人的刘海在前额垂挂下来，那么专注。

我望着窗外草坪上描述男女在极度相爱的现代派青铜雕塑，我似乎梦幻见到我一生为之苦苦追求的那个普希金的"美的精灵"，"在我们共同的天空下"，她沿着那绿绿的沾着露水的草地走来，一对明亮的闪动着青春火焰的大眼睛，风吹拂起她柔软的长发，她在向我召唤，那么美，那么丰满，那么才思横溢，我要用我的诗去拥抱她，吻她，爱她。那分明是缪斯，我心中自由的缪斯，我竟然在哈佛看见了她，慰我寂寞，给我以激情，我像但丁一样又获得了Vita nuova（新生）。

我们从哈佛广场踱到布莱特尔街，一栋奶黄色的十八世纪中期的两层楼建筑。美国诗人朗费罗曾经居住在这里。我们信步走到故居前的草场的诗人塑像前。站在这里，可以望见远处草场那边缓缓流动的查尔斯河。

故居与草场隔一条马路，木栅门开着，我们走了进去。院子四周种植了紫丁香为树篱。花园完全按照一座意大利花园设计、布置的，花卉青草装饰成一把古希腊竖琴的模样。在小花园的中央是一只日晷，日晷上写着但丁的诗句：

> 想想吧，
> 今天的黎明将永远不会再来了。

我们沿着铺着天蓝色地毯的梯级上了楼，楼梯拐弯的平台上放着一只巨大的荷兰自鸣钟。

"这就是所谓的老祖父的大钟。"我说，"现在很少了。"

我们走进了朗费罗住的房间。

青凤对我说："就是在这房间里，朗费罗写成他的《人生颂》。"

"他是被一对新人的幸福感动而写的。为什么在祝福一对新婚的男女时，他想到的是整个人生？"我问。

青凤说："他是在随手拿起的婚礼请柬上，写道：

人生是真正的！人生是实在的！
坟墓并不是它的目的地。
不要相信未来，不管未来多么美妙！
让死亡的过去埋葬死亡吧！

"从幸福的婚姻，他延伸想到坟墓和死亡，那就是说，相信现在，相信今天，不要相信虚无缥缈的并不存在的东西。《人生颂》刚出版的时候，还有几行从克莱肖的诗中摘引的座右铭：'人生，直到它的终点都是一个挑战，当它来临时说：欢迎，朋友。'"

后来，在青凤生命垂危时，我又想到了她在朗费罗故居说的这一番话。这是一种宿命吗？

"确实是这样。生命本身就是一种挣扎，或者说就是一种斗争。"我说，"我每每在痛苦的时候就想到这句话。"

在餐室有一座少女的雕像，那少女把美丽的脑袋枕在丰腴的双手上。这么鲜亮，这么动人，永恒的青春仿佛常驻在那一对耽于幻想的眼中。

我问："这是谁？"

"她是朗费罗的夫人，一个受过良好教育、视野开阔的的女人。她和诗人在一起度过了十八年的幸福的生活，然后就悄然逝去了。多年后，诗人在《雪的十字架》中还说：'这就是垂挂在我胸前的十字架，这十八年，经历了所有的变迁和沧桑，然而自她去世之日起，一切就成为亘古不变的了。'"

我说："人生应该是有爱情才是美的，才是充实的。没有爱情的人生是一种缺憾。"

青凤反问道:"真是这样吗?"

"我是这么相信的。难道你不这么认为吗?"

她惶惑一下,说:"我不知道。那你现在的人生不就是一种缺憾吗?"

我笑一笑,说:"我也不知道。"

我和巴拉德教授谈研究方面的问题有时在他博伊斯顿楼办公室里进行。每次与他在剑桥镇相约,我就要起早,因为他是早起者,一个early bird,一般九点上班,他早上打一会儿网球,八点就到办公室了,而我也是一个早起者。门是开着的,四壁全是书,办公桌放在中间,他正在打字。他穿着一件圆领绒线衫,衬衫领子一边压在绒线衫里,一边伸在外面。他抽着烟斗,坐在房中间一张巨大的办公桌后面,布满皱纹的脸总是微微地笑。房中间放着一辆赛车、一顶钢盔、一副网球拍。他喜欢古典音乐,我们总是在贝多芬、莫扎特、海顿、舒曼的音乐中进行交谈,数小时而不觉。

但有时候我们就在他家里交谈。这样的谈话更加具有一种家庭的气氛。他坐在我面前更像是一位慈爱的父亲式的人物。

一天,晚饭后,我拿了一杯咖啡走到露台上去,独自坐在藤椅上观赏着极乐鸟海岬灿烂的落日。天慢慢地黯淡下来,已经不是那么蓝了,变成浅灰色、浅灰蓝色,直至变成深灰色。雾从松林中和远处断崖慢慢升腾起来,海湾里的海水泛着粼粼的金光。有几只孤独的白色帆影在远处海上漂流着,仿佛一直要向那落日驶去。

在草地上方,黄喉地莺在飞翔着追逐昆虫。那雄鸟飞得高高的,做着各种夸张的表演,它在尽力吸引异性。

正当我在沉思的时候,巴拉德教授不觉来到跟前,也拿着一杯咖啡坐在我旁边的藤椅上。

"教授，太壮丽了，新英格兰的落日。"我说。

"这正合了朗吉努斯所说的那句话。他说，壮丽是一颗高贵的心灵的回音。"巴拉德教授说，阳光照在他红彤彤的脸上。

"高贵表现在这灿烂上太贴切了。"我说。

"要是青凤看见这一景色，又该作诗了。"巴拉德教授说。

"是的。她最近作了一首叫作《青苹果》的小诗。"

"是吗？能念给我听听吗？"教授饶有兴趣地说。

我念道：

> 一只青苹果坠落在
> 开满紫色花儿的树篱旁，
> 惊起一群浅蓝色的鸟儿，
> 从黄色的野花丛中。

"太好了，有点威廉姆斯的风味。"教授说。

"我不就在这儿吗？"青凤推开落地玻璃门，走了出来。她手中正拿着一只西雅图青苹果在啃。

"青苹果诗人来了。"我随口说了一声。

"为什么是青苹果诗人？"青凤问。

"因为你就像这青苹果一样的青涩。"

"别讽刺人了，我还青涩呢？"

"怎么样？Green apple poet，来一首即兴的。"教授怂恿地说。

因为她的名字里有一个"青"字，于是同学们以后就把她叫作"青苹果"了，她也欣然接受了。

"青苹果"看了一眼那灿烂的晚霞，仿佛也被感动了，不禁随口而出：

> 血红，
>
> 染在天际，
>
> 撒在海上，
>
> 映红了少女一脸羞涩。

"真是名不虚传。"我说，"那少女是你吧？"

"我还少女哪？"青凤说，"别寒碜人了。"

"这简直成了一场诗会了。"巴拉德教授说，"段，听说你翻译了中国的古诗词。念一首来听听。"

"那好吧。"我说，"我念一首刚翻译的诗：

> No ancients are seen ahead,
>
> Nor are those who follow;
>
> So expansive the earth and heaven,
>
> Alone, I burst into tears of sorrow.[①]

"这是唐朝诗人陈子昂的诗作《登幽州台歌》，表达了他的孤独和落寞之情。教授，我只是翻着玩玩而已。"

"中国的古诗词真是太美了，有空可以多翻一点儿。"教授说，"我第一次接触中国的诗是从马勒的交响曲《大地之歌》。"

"教授，"青凤说，"他还写过一首法文诗。"

"是吗？读来听听。"

我于是便念了出来：

———————————

① 中文为：前不见古人，后不见来者，

念天地之悠悠，独怆然而涕下。

A Mon Amie

Petite etoile,

Dis—moi, je tu prie,

Pourquoi tu evitas mon regard?

Quand je suis si solitaire

Non une seule amie

Je tu prie, petite etoile,

Venez a mon coeur! ①

"我在很年轻的时候，读了巴金、巴尔扎克和左拉，我发现法语和文学的关系太紧密了。对于一个想献身文学的人来说，法语是必不可少的。法语对于我具有一种美好的神秘力量。我于是到大学图书馆借来从英语自学法语的书，开始自修起来。由于我有英语的基础，学得很快，兴趣也与日俱增。后来，我甚至用法语写诗。我在我的一本希尔版的极小巧玲珑的法英袖珍词典的硬封面背面写了一首小诗。诗的法文肯定有错误，但它表达了我当时的心境。在诗的上方，我贴着一幅齐白石的水墨画，垂柳、钓船，远处点点帆影，十分雅致。这本词典我至今仍保存着。"

一只腹部雪白的褐色歌鸫飞到露台上来，在罗马式护栏

---

① 中文为：小星星，

请告诉我，我祈求你，

为什么你要躲避我的眼光，

当我是这样的孤独，

没有一个朋友？

我祈求你，小星星，

来到我的心中！

上傲视阔步，一点儿也不怕生。

"这跟我年轻的时候一样，刚学了点拉丁文，就想用拉丁文作诗了。"教授说，"你那是想恋爱吧？哈——"

"绝对是这样的。"青凤说。

我喝了一口咖啡，言归正传，试探着问道："教授，我给你的那篇论文大纲看了吗？"

他微微一笑，说："先不忙谈那个。好好欣赏一下这风光吧，那云彩，那海，多美呀。当然，还有青凤的诗和你的唐诗。"

"教授，你见过多斯·帕索斯吗？"我问道。

他带着人们回忆青春岁月时常有的那种甜蜜的表情说：

"我住在鳕鱼角时，曾在夏日海滩上和多斯·帕索斯有过一些接触。后来，他重访剑桥镇和哈佛时，就住在我家里。我发现他是一个十分富有同情心、开放、热情的人。"

"你见过乔伊斯吗？"

"我确实有过一次和乔伊斯失之交臂的机会。"他沉浸在回忆之中，说："我有一次在英国拜访了诗人艾略特。他给我写了一封介绍信，让我在巴黎见到乔伊斯时把信交给他。乔伊斯当时写了《尤利西斯》，是一个伟大的作家了，而写介绍信的艾略特也是一位伟大的诗人，这封信无疑具有重大的历史意义。"

"你处于尴尬的两难之中，是保留这封信，还是交出这封信去见乔伊斯？"青凤说。

"是的，我保留了这封信。"他说，"我的邻居施瓦兹在他的小说中还讽喻了我一番。这种两难的虚荣处境成了他小说中极佳的噱头。"

"我猜也是，这是人性的弱点。"青凤说。

"要是我的话，我会去见乔伊斯，这是一次太难得的机会了。"我说。

"段，你有所不知，"他说，"我没有去见他，是因为我认为那样做太突兀了。我将那封介绍信寄给了他，并附了一封短笺，请乔伊斯阅读完信后无须回信。乔伊斯确实没有回信。乔伊斯本想回信来着，但当时他正处于女儿精神崩溃的危机之中，无暇顾及了。"

"原来这样，施瓦兹错怪你了。"我说。

"他写那篇小说，我一直没有说话。"他说，"直到他逝世之后，我才对哈佛大学的《鼓吹者报》记者谈话时，提到了这件事。"

他说，数年之后，他与乔伊斯有了真正交流的内容，那便是关于《芬尼根的守灵夜》。乔伊斯读了哈佛年轻的学者在《1939年散文与诗歌新方向》上发表的评论《初评〈芬尼根的守灵夜〉》，寄了一张明信片给《新方向》出版社的詹姆斯·莱格林，说，这是唯一一个懂得他所写的东西的人。

我说："我在理查德·埃尔曼的《乔伊斯传》里，读到你的评论'是他最喜欢的'。即使现在，在世界上也没有几个人可以夸口说全读懂了这部小说，更何况在这部小说刚刚发表的时候，当时大部分英语文学批评家并不看好它。"

谈完了乔伊斯之后，他吐着青烟，突然问我："你结婚了没有？"

"我不仅结了婚，还有一个女儿。"

"是吗？"他惊讶地说，"你看上去还这么年轻。"

"但那已经是明日黄花了。我离了婚，现在一个人。"

他悠悠地说："别难受。也许未尝不是一件好事。英国诗人勃莱克有一句诗：Damn braces，Bless relaxes。这诗可以有两种理解。一种可以理解为：当可诅咒的东西抱住你时，祝福就消遁了；而另一种可以理解为：当可诅咒的东西抱住你时，祝福便随之降临了。"

我于是一头扎进了韦德纳图书馆。我在乔伊斯藏书的书架旁有一间临窗的很小但很惬意的隔断。那是我专有的。我把我需要的书都放在隔断的书架上。巴拉德教授告诉我，在学院图书馆里存有乔伊斯写作《青年艺术家的画像》这部小说的最初的、后来被割舍的原稿。顺着地上画出的红线，我可以通过地下走到豪顿图书馆去。

我在那艰涩、浩渺的海洋中饶有兴趣地跋涉。我没日没夜地从阅读乔伊斯的作品入手，不仅是《青年艺术家的画像》，而且我要征服天书《芬尼根的守灵夜》。

每每在吃早餐，我和巴拉德教授坐在一起用膳的时候，我会跟他聊一些关于乔伊斯的事儿，问一些我不懂的问题。他也很乐于回答，有时夹杂些玩笑话。

有一次，他问我："你知道乔伊斯为什么把斯蒂芬称作小杜鹃吗？"

"不知道。"

"对斯蒂芬来说，这称呼是再适合不过的了。雌杜鹃每每将蛋下在别类鸟的鸟巢里，小杜鹃每每处于一种异类的环境里。这就是斯蒂芬的写照。"

乔伊斯使用了大量的隐喻来表述他的思想以及对主人公命运的态度，运用了诸多《圣经》的典故来反衬斯蒂芬与天主教的决裂和反叛。

巴拉德教授会问我："段牧之，你知道斯蒂芬的名字暗含什么含义吗？"

"不知道。"

"斯蒂芬名字取自圣斯蒂芬，这位受过希腊教育的犹太人，因为说了亵渎神祇的话而被人用石头击死。这你可以在《新约·使徒行传》中看到。"巴拉德教授说，"斯蒂芬的名字隐含着殉道者、巧匠、流放者、希伯来、基督教、希腊和傲慢的罪人之意。"

乔伊斯是一个都柏林人，在都柏林的文化氛围中形成了他的艺术思想。都柏林人和都柏林文化是他一生创作的小说的主题。所以，他在作品中使用了大量爱尔兰的俚语，这些土里土气的俚语，极为生动地刻画了都柏林人的生活习俗与思维习惯。

有一次，他突然问我："段，你知道square ditch是什么意思吗？"

我有把握地回答："这个我知道，是'广场阴沟'的意思。"

"错了，哈，哈，"巴拉德教授笑着说，"我知道你不知道。这是爱尔兰学生俚语，那square意思是露天厕所，而ditch则是小便池。正如英语的car，此词来源于古老的爱尔兰语，这是一种四轮的出租马车。"

"太有意思了，也太深奥了。"我说。

"还有现代英语的hay，在古英语中它是一种乡间舞蹈，舞者围绕其他舞者或者树丛跳舞。顺便问一句，段，"巴拉德教授问道，"你们中国孩子睡前吻妈妈吗？"

"我们没有这个习惯。"

"正是这个问题，让斯蒂芬在开玩笑的同学面前十分困惑，遭到众人的嘲笑。"

我问道："教授，我遇到一个词，称作'教皇鼻'，那是什么？"

"哈，哈，"他开心地大笑起来，"那是火鸡的臀部！"

太搞笑了。

我先读《都柏林人》，在这些小说中，人们已经可以感觉到乔伊斯日后发展的那种创作方法。他并不在乎构造情节和刻画人物，他专注于人物在周围环境变化的过程中的心理。短篇小说集的头一篇《姊妹们》描写一个小孩对邻居老神父之死的朦朦胧胧的感受。小说似乎就是在这种朦朦胧胧、似是而非的氛围中展开的。《伊芙琳》《泥土》《母亲》以女性为主要人物，充满了对女性命运的同情和关注。爱尔兰民族革命家帕尔内对乔伊斯的影响非常深刻，他的小说《委员会办公室里的常青节》里帕内尔的死成为中心话题。在《青年艺术家的画像》中他也描写了爱尔兰人在听说帕内尔之死时的反应："帕内尔！帕内尔！他逝世了！人们跪下，痛苦地哭泣。"

在全集中，我觉得最后一篇最长的《死者》是写得最好的。有的批评家把它说成是中篇小说。著名导演约翰·休斯顿将它拍成了电影。我曾经看过这部电影，现在仍然依稀记得都柏林街头昏暗的欧式街灯，在落满白雪的街上跑着辚辚马车的情景。这部小说就是描写莫肯家"热情好客、幽默、仁慈"的小姐除夕在阿舍尔岛上家里举行的一年一度的光彩壮观的舞会。这篇小说最精彩的是描写加布里埃尔的妻子格丽塔伫立在楼梯上的阴影中聆听钢琴和男声独唱古老的爱尔兰曲调《奥芙里姆的少女》的一段。"她的神态显得优雅而神秘，仿佛她是某种东西的一个象征。"

小说是在两种并行的、互相不能沟通的情绪中展开的。一方面，加布里埃尔"发现她双颊泛红，眼睛闪闪发光，心里突然涌起一股愉悦的潮流"，"血液在他的血管里涌动；脑海里思潮激荡，骄傲、快乐、温柔、英勇"，他渴望与她单独在一起，"避开了生活的责任，避开了家庭和朋友，怀着奔放喜悦的心情，共赴一个新奇的世界"。而另一方面，当他满怀强烈的情欲正等待她的温存和回应时，故事发生一个断然的转折：她却哭泣起来。她回忆起很久以前一个在高尔韦常唱那支歌的人，一个少女时期的恋人——"他有那么一双眼睛：又大又黑的眼睛！眼睛里还有那样一种表情—— 一种表情！"然而，他死了，在17岁时。他是为她而死的。在她离开高尔韦前往都柏林的前一天晚上，当她正在修女岛上祖母家收拾东西时，"听到有扔石子打窗户的声音。窗玻璃全湿了，什么都看不见，于是我就那样跑下楼去，从后面溜进花园，在花园的尽头站着那个可怜的人，正浑身颤抖"。他说他不想活了，淋在雨里要了他的命。格丽塔的形象具有一种母性的温情，对于她的丈夫是这样，对于她少女时候的情人也是这样。小说结尾充满了一种凄恻之情。加布里埃尔早先的一席话仿佛为这段插曲作了注脚："在像今晚这样的聚会上，总是有些悲伤的想法袭上心头：想到过去，想到青春，想到世事变化，想到我们今晚思念而不在的那些人。……但如果我们总是犹豫地陷入这些回忆，我们就没有心思勇敢地继续我们生活中的工作。"小说的结尾是一首凄清的安魂曲，具有柴可夫斯基第六交响曲《悲怆》一样的感染的力量："雪花飘落下来，厚厚地堆积在歪斜的十字架和墓碑上，堆积在小门一根根栅栏的尖顶上，堆积在光秃秃的荆棘丛上。……雪花穿过宇宙轻轻地落下，就像他们的结局似的，落到所有生者和死者身上。"小说以欢乐聚会开头，以葬礼结尾，预示着作家日后写作《芬尼根的守灵夜》的主题。

乔伊斯后来给朋友的信每每透露，他对于小说没有充分表现出爱尔兰人的"率真的岛国性格"和"好客"感到自责。他说："有时候想到爱尔兰，我似乎觉得我过于不必要的严苛了。我没有（至少在《都柏林人》中）重现都柏林的动人之处，因为自从我离开它，除了在巴黎，我没有在任何城市感觉自在过。我没有重现它的率真的岛国性格和好客。就我的观察而言，这后一种'美德'在欧洲的其他地方是不存在的。"因此，他在《死者》中，写了一段加布里埃尔在聚会后的演说，怀着激情说到爱尔兰："我一年比一年更强烈地感到，我们国家没有任何传统像这样热情好客的传统，给国家带来如此的荣耀，值得如此小心地维护。就我自己的经历而言（我访问过国外许多地方），在现代国家中，这是一个少有的优良传统。"

对于乔伊斯深不可测的含意、隐喻和典故，我们只有揣测的份儿。作家从《尤利西斯》的入睡的意识流过渡到《芬尼根的守灵夜》梦中的非意识流，简而言之，作家就是想通过他创造的语言，在巴黎用17年之功，摈弃传统的小说情节结构和人物描写的形式，戏谑地、揶揄地再造出都柏林酒馆老板厄维克尔先生、他妻子安娜·莉维亚·普卢拉贝勒以及他们的双胞胎儿子谢姆和肖恩在睡梦中用斯瓦西里语、汉语、日语、盖尔语，甚至人造的德国沃拉卜克语像一条河流一样演进的心理幻觉和意识。在社会上流传一则关于厄维克尔先生的内容不详的传言，他妻子写了一封信竭力为他开脱。厄维克尔先生到底犯了什么罪并不清楚，但他的负疚感是明明白白的。谢姆（詹姆斯）具有作家自传的性质。他是《青年艺术家的画像》中的斯蒂芬·德达罗斯，一个文人，正如作家在这部作品中说的，"是我是我是我"。他的性格可以以一个词概括："低俗"。他被指责为"缺乏爱国心""不敬神"。对谢姆的描写是一幅艺术家的讽刺画像。于是，作家写了一个与真梦相仿的梦幻，包含了梦幻的所有的不连贯性，所有的诡谲的变异、怪癖和无目的性，进而验证了弗洛伊德所论的神话与梦幻的关系。

梦境被包含在一个分裂的句子之中：

一条孤独的、最后的、受到人们热爱的、漫长的河道蜿蜒流经夏娃和亚当教堂河岸，在海湾沿岸

的弯道一拐，在一座恬适的村边回流，流到豪斯城
堡和其附近的地域。

此句的前半句是《芬尼根的守灵夜》的结尾，后半句是
整部书的开首段。《芬尼根的守灵夜》最后一部分是一位女
性的独白的意识流，这位女性便是安娜·莉维亚·普卢拉贝
勒，利菲河的化身。利菲河发源于附近的维克洛山，奔流进
都柏林湾，投入父亲大海的怀抱。女性化的结尾部分（以穿
越都柏林城的利菲河为代表）转化到开首男性化的一段（以
屹立在海湾北部山顶上的雄伟的豪斯城堡为代表）。这部书
的真正结尾（如果可以这样说的话）是：

前往天堂的钥匙。给了！

小说结尾和开首衔接的句式使这部小说处于一种永远轮
回的状态之中，这也暗示了意大利哲学家维科的历史循环
论。这开首的一段涵盖了乔伊斯在这部书中所要表达的中心
思想，其所言"回流"即指维科的历史观：历史是会重复
的。维科的历史观实际上是但丁的末世论：地狱、炼狱、天
堂，这三个阶段分别以神圣、英雄与世俗为其特点，分别表
现为宗教、婚姻和葬礼仪式，其相关的美德便是：忠诚、荣
誉和责任。

《芬尼根的守灵夜》的四部分分别代表了维科关于文明
的四个阶段，这四个阶段又演变成一年中的四季和人生的四
个阶段。第一阶段是蛮荒，按照维科所说，在这史前混沌
的蛮荒之中，主要的推动力是霹雳，霹雳使人恐惧，于是，
在躲在山洞里的人们中便产生了宗教，产生了对上帝的信
仰。我们便有了在第一部中那有名的100个字母组成的霹雳

声——上帝对人的堕落的愤怒。在第二部中，乔伊斯专注于童年，他描写了孩子们的聚会、游戏、舞蹈和幼儿园儿歌。在第三部和第四部中通过葬礼和仪式探讨了死亡和重生的主题。

在韦德纳图书馆里，在那一排排高耸的图书架上，我纵情地，几乎怀着一种虔诚读着书。我似乎获得一种无形的力量，一种智者的力量，一种只有哈佛有而难以表述的力量。美国思想家爱默生觉得在哈佛存在一个"幽灵"。美国哲学家威廉·詹姆斯也说："真正的哈佛是存在于追求真理的、独立的、每每是非常孤独的哈佛儿子们的灵魂中的无形的哈佛。"

哈佛的座右铭是：让柏拉图和亚里士多德成为您的朋友。但更重要的是让真理成为您的朋友。

我有时真以为我是在做梦。我真是在哈佛吗？那圆塔、希腊式山墙、罗马风格的角楼、查尔斯河畔的野花，是真的吗？因为一切，从北京到波士顿，从复旦到哈佛，都具有一种梦幻的色彩，这是一个从东方到西方的梦一般的历程。这个历程对于我来说，是漫长的、艰难的、不易的。当我身处上海那座挤迫得难以想象的低矮的阁楼在穷困中打滚时，当我依靠父亲每月48元退休工资和母亲修套鞋挣的钱在复旦上学时，我绝不会想到有朝一日我会来到剑桥镇，来到世界一流的哈佛。在年轻人最癫狂的梦中，也是不可能的。这是只有经历过寂寞、失望与磨难的人才会体会到的一种幸福。

还记得那位矮小的、秃顶的、风度翩翩的教授吗？他在黑板上非常潇洒地用英文草书写着：Oh, what a noble mind is here overthrown!（啊，一颗多么高贵的心变得这样颠倒了。）他穿一身对襟的绸面棉袄，西装裤的裤线总是笔挺的，一双黄皮鞋，围一条黄褐色的羊毛围巾；虽然矮小，但仪表堂堂，给人一种强大的心智的感染力。他说，阿克顿也是很矮的，但他以他的思想让所有高大的人显得渺小。我觉得他也有这样的气势。他上课时具有一种征服的气势。这就是一种精神的力量。

他一接我们班，第一课便是带我们到小桥流水旁边二层楼的系图书馆去，用他的话说，就是"到禁城去"。他在上海曾经办过一座图书馆。他明白图书馆对学生的作用。他讲英语，念英语散文，抑扬顿挫，铿锵有力，又不失典雅，极具感染力，简直到了美不胜收的地步。至今仍然记得他在朗读林肯总统的《葛底斯堡演说》中的"The government of the people, for the people and by the people will never perish from the earth（我们要使这个民有、民治、民享的政府永远不会从地球上消亡）"时那种不可抵挡的气势。

一次，他选了一篇查尔斯·兰姆的散文《旧瓷器》讲。他把围巾叠好放在讲台上，拿起讲义朗读起来：

I wish the good old times would come again when we were not quite so rich. I do not mean that I want to be poor; but there was a middle state in which I am sure we were a great deal happier. （我真希望我们并不怎么富裕的美好的旧日时光能再回来。我并不是说我想贫穷；但是在那不穷不富的状态中，我们曾经快乐得多。）

他接着又念下面一段：

Do you remember the brown suit, which you made to hang upon you, till all your friends cried shame upon you, it grew so threadbare — and all because of that folio Beaumont and Fletcher, which you dragged home late at night from Barker's in Covent Garden?（还记得那件黄褐色的西服吗？你一直凑合穿着它，直到西服到处脱线，所有的朋友都为你而感到羞耻——这全是因为那本博蒙特与弗莱彻出版社出版的对开本葱的，那本书是你一天晚上从科文特加登的巴克书店抱回家的。）

朗读解释完毕，他躬一下身子，睿智的眼睛在镜片后面对我们笑一笑，说："读这样的文章，是不是像喝了一碗鸡汤?"

何止是鸡汤！在他的教导下，我领略了英国散文的隽永。我曾经试图写过一篇英文散文《读书的快乐》，贴在教室后面的墙上。有一次，上完课，同学向林先生介绍，他还走到墙前读了。我记得他在我的一篇英文作文上批道：继续努力，必会有可以期待的成就（with credible results）。

他把我带进了英国文学的殿堂，带进了莎士比亚。从他那儿，我学到了英语竟然可以写得如此之美。

剑桥镇浓厚的文化氛围让我有一种莫名的感动。每每在纪念教堂听了一场巴哈的音乐会之后，在纪念礼堂参加了一场学术报告之后，我时时有一种写作的冲动。在研究之余，我便看着窗外后花园里开着的繁蕤的雏菊，在一片悄静之中，开始在异国写我的散文了。那时，互联网还没有现在这么方便。我需要到燕京图书馆将手稿在影印机上影印，然后将影印稿寄出。我写就的第一篇寄给纽约的一张中文报纸的副刊，稿件很快就刊登出来了。由此，我在电话上在异国听到了一个带有江南味普通话语的声音，带有一种久违了的柔美，并认识了她。

这是一种文字的因缘，无须过多的客套。我感到我的文字似乎遇到了一位知己。我每寄一篇都刊登出来。这无疑给了我巨大的动力，使我乐此不疲。我从没有感到如此巨大的创作的冲动，我也从没有在如此短的一个时期内写过如此多的文章。这是我一生中创作力最旺盛的时期。编辑董雪蕴的理解和赏识无疑是一种莫大的召唤和激发。

我不禁在异国寂寞的夜晚在心中描摹着这位可敬的编辑。她会是怎样的一个人呢？有一点是可以肯定的：这是一位欣赏美文的朋友。有时候，也可以在副刊上读到她的作品。欣然读来，感到她的文字透着一种少有的灵气，具有女性的纤细、睿智和华美；可以看出她具有深厚的英文古典散文传统的修养。

一次，我有机会到纽约去。她跟我相约，要请我吃饭。从大街的对面，有一位身穿一身黑色衣服的女子向我翩翩走来。那么矜持，那么美丽。她具有中国传统文化的教养，并带有明显的西方文化熏陶的痕迹。在她身上，这是一种完美的结合。她的气质和学养含而不露，并不那么张扬。老实说，对于这种中国本土曾经固有的女性的娴静的美，我是久违了。我心中不禁有一种慨然和喟叹。

在餐桌上，她的话语不多。她以她的小说相送。在吃着法式面包的同时，她对我说："我的女儿也在哈佛。"

我很惊异："是吗？谁？"

"董佩荀。在音乐系。"

"天啊，原来是她！我认识她，而且还很熟。我们都叫她佩子。"

她向我表示抱歉，说报纸登载了你这么多稿件，却从没有给你寄过稿费。我说这并不要紧。她确实极富有正义感，说这怎么可以。不久，我收到了报纸寄给我的一张700美元的支票。这是我第一次收到的美元稿费。在当时非常拮据的情况下，这无疑是一件非常令人快乐的事。

　　这就是哈佛大学永不枯竭的生命，就像复旦那永不枯竭的生命一样。因为它代表着青春。人会死亡，但是哈佛将存在，复旦将存在，就像那榆树树根旁的雕塑般的少女一样，胸脯里孕育着永恒的天宇间才有的神圣的力量。

五

在普林斯顿大学有一个学术讨论会，由青凤讲这次前往纽约调查的成果。我也去听了一下。主持会议的教授开玩笑地说，这个年轻的中国女人刚从昆西获得新生；获得新生的人总有许多智慧告诉后人的。青凤的发言很是精彩，她引用和释述了以塞亚·伯林的话，说得简洁而很有逻辑。我没有想到听她的发言是一种如此快乐的享受，像听音乐。她论述了多元文化的美国在21世纪将面临的挑战以及它的活力之所在。在听众中有一位普林斯顿大学三年级的金发青年叫约翰逊的开玩笑地说，听完她的论述不觉爱上她了。"如此雄辩，如此令人信服。"他说。青凤的脸上也漾着一个被人喜爱的女人总会漾着的那种迷人的光彩。

会后，我和青凤到普林斯顿大学校园去散步。普林斯顿镇真是太美了。那是深秋的一个艳阳天，红叶已经差不多落尽了，有点风，风轻轻地刮起飘落在人行道上的落叶。我们漫步在一条商业街上，街的对面就是普林斯顿大学的校园。一条狭小的柏油路从红砖的拱形门将你引向校园神秘的深处。拱形门上吊着一盏发着昏黄的光的灯。普林斯顿大学的教堂沐浴在艳丽的阳光下，那哥特式的建筑显得雄伟而又庄重。这是世界上最大的大学教堂之一。如果说哈佛大学的纪念教堂像一个娴静的新英格兰淑女的话，那么普林斯顿的教堂便是一位庄严的圣者。在教堂前的广场上，青年男女背着书包来回匆匆穿梭，但也有有闲情逸致的人，百无聊赖地躺在草地上。这里是普林斯顿大学举行开学与毕业典礼的地方。普林斯顿的居民婚葬礼仪也都在这座教堂中进行。

梅塞街是一条有坡道的路，街两边长满了高大的橡树，橡树下掩映着一栋栋两层小楼，是典型的美国小镇模式。走在梅塞街上，我可以想象当年在这里漫步的那个一头银发的老人。我们数着一栋栋的门牌号，终于找到了112号，正是在这里，这位20世纪，不，第二个千年的巨人告别了这个世界。这是一栋多么普通的小楼，你可以在任何一个美国小镇看到的小楼！

我站在小楼对面的街沿石上看着小楼，心中是无限感慨。1933年10月，爱因斯坦因不堪德国国内的反犹主义和对他的迫害，来到了美国，来到普林斯顿高等研究院。直到他1945年4月逝世，他一直生活在这栋小楼里。

青凤说："且不说他划时代的相对论的发现，仅从这朴实无华的小楼我们便可以看到他伟大的人格力量了。"

是的。正如德国物理学家、1914年诺贝尔物理学奖获得者对他评价的那样："在尊重他人的文化价值上，在为人的谦逊上，在对于一切哗众取宠的厌恶上，从来没有人能超过他。"当他在普林斯顿那家小小的医院弥留之际，他再三叮嘱：切切不可把梅塞街112号变成人们"朝圣"的纪念馆，他在高等研究院的办公室一定要让给别人使用。

我们来到112号的后院，那是一块普普通通的草地，种植着果树。院子有点荒芜和杂乱。现在楼里住着几位来自波兰的访问学者。爱因斯坦的故居成为学校的公共财产，为公众的利益服务。按照爱因斯坦生前的愿望，他的骨灰保存在哪里也没有向世人公布。

我们默默地坐在后院里的一张粗糙的原木长凳上，陷入了沉思。

青凤说："在爱因斯坦身上闪耀着多么伟大的人性光辉，这种伟大总是包含在一种无我的质朴之中。越质朴便越伟大。"

我说："他没有成为金钱和浮名的奴隶。我希望我们要时时告诫自己，千万不要为浮名与金钱所累。"

"其实他的伟大就在于他想保持他原本的人的面貌，他不想被神化。这正是他难能可贵之处。"我说。

我继而有点调侃地问道："你知道吗？他曾经对他的乡间别墅设计师说过，爱情的专一固然可敬，但这与人类的本性是格格不入的，95%的男性和许多女性不愿接受一夫一妻制的枷锁。"

"是真的吗？哈，你是不是想为男性的荒唐行为找借口？"

"不是，我只是想说，人是复杂的，不要把人看成是单一的，固定不变的。"

会议之后，我回到剑桥镇，赶到凯特兰街的文学与文化研究中心参加纽约大学一位教授关于新资本主义的讲演。我没有参加招待会便走了出来。当我走在凯特兰街的红砖人行道上时，陈珏夫从后面骑自行车追上了我。他是我大学的同学，艺术系的，学西洋画，现在哈佛大学做驻校艺术家。

在国内骑自行车没见有人会戴着一顶安全帽，可在这儿骑自行车的都得戴这玩意儿。他戴了那帽子，活像个自行车运动员。他对我说：

"段牧之，王亦深先生从国内来哈佛了。我们明天晚上准备搞一个聚会欢迎他。"

"在哪儿?"

"在董佩荀在布鲁克莱恩的住所。"

"他来讲学吗?"

"哈佛大学理事会投票通过邀请他来哈佛做访问学者。"他说。

他告诉我,哈佛大学邀请的访问学者一般不超过45岁。超过45岁的学者来访须经过理事会投票决定。可王亦深教授是哈佛有史以来邀请的第5位年龄超过花甲的访问学者。

"他现在在哪儿?"

"他现住在哈佛客栈。"他说。

"别忘了叫上叶安娜。"我说,"你得主动点儿。"

叶安娜是学生物的,原来是中国科学院的,一个非常文静、沉默寡言的姑娘。大伙儿平时叫她"娜娜"。

"学生物的难对付呀。"他笑着说,"不管你怎么使劲,她总是无动于衷。"

"叫上娜娜吧。"我说。

我回到极乐鸟海岬,上楼把与王亦深教授聚会的事告诉青凤。

"王亦深?"她问。

"正是。"

"你认识他?"

"当然。"

她跟我说她认识王亦深的女儿玲玲,她们是很要好的中学同学。

但是,就在聚会的那天下午,青凤来到我的办公室,说晚上有佛罗里达来的老同学约她去保诚人寿保险大楼楼顶"天路"咖啡馆见面,她不能来了。

"为什么?"我问。

"不为什么，只是因为有约会。"她说。

我觉得她心中似乎有什么东西瞒着我，说话时极不自然，说完便扭头走了出去。

我便一个人开车到布鲁克莱恩去。董佩荀住在一座联排别墅的二楼上，一楼房东住，三楼则是另一家，各走各的楼梯。我抵达时，客人们基本上都到了。客厅和起居室里到处是喜气洋洋的人，在三三两两地交谈、聊天。

董佩荀是一个高挑个儿的美女。她丈夫钟晨读了一个经济博士，现正在一家公司做财务总管。何文潭，这家伙原来是经济系的，一米九的个儿，很有点鹤立鸡群的感觉，他不光是个儿高，如今在我们这些人中间也是挣美元最多的——他经济博士没念完就跑去倒卖汽车了，低价买进，略加修缮之后高价卖出；有的人想以旧车换新车，分期付款，他从中挣回扣。中文报纸上还常常登载他买卖日本汽车的广告，因此我们大家给他起了一个绰号"别克小开"。

他妻子尹文君，是个急性子的女才子，大伙儿都叫她"辣妹"。她说话自有她的一套逻辑，比如，你说："是这么回事儿吧？"她不说"是的"，而是"废话，不是这么回事儿，是什么？"或者"你真傻，不是这么回事儿，是什么？"。她到美国人家里干过除草和洗车库的活儿，送过比萨饼，1小时6美元，在日夜杂货铺打零工，干各种各样的脏活儿和累活儿，用她的话说，见到美元就激动。她在美国生了一对双胞胎的女儿，正在哈佛教育学院念博士学位。

文小玉，原来是西语系的，现在在西北航空公司驻波士顿地区售票处工作。她修剪了一头整齐的短发，留着刘海，有一对会说话的眼睛，见到谁都甜甜地一笑，两个酒窝好可爱，一副小鸟依人的样子，难怪大家都叫她"小鸟儿"。她把她中学的同学葛华琦也带来了。葛华琦人长得很英俊，聪明，性格随和，人缘很好，大家都叫他"阿琦"。他在商学院读书，很快就要毕业了，国际商用机器公司已经预先录用他了。

虽然王亦深先生头发仍然黝黑，白皙的脸上也没有什么皱纹，但那些老年斑却透露了他的病弱和衰老。他刚经历了一次小中风，拄着一根拐杖。

对于我，他是一个仁慈的敦厚的父亲般的人物。他说起话来非常率真，几乎有点孩子般的真挚，一对和善的眼睛，从略微浮泡的眼皮后面射出光来，头发往后梳理，显得有点潇洒，一身蓝布中山装，一双布鞋。

当年我刚分到研究所，工资很低，父母相继在上海生大病，一年数次风风火火奔命于京沪之间。一次，作为所长的他主动找我到他办公室，说："段牧之，我最大权限可以批准补助你30元。"

他随即写了一个条儿，让我到会计那儿去领钱。这30元钱给了我不少的帮助，使我无须总是在食堂里买5分钱的猪油渣炒白菜吃。他怎么知道我的窘境？

王亦深来到董佩荀的客厅，他一扫眼就笑着说："你们都是一个学校的？"

"是的，差不多全是的。"陈珏夫说。

长桌上放着许多菜肴，都是陈珏夫、董佩荀、尹文君、何文潭他们从中国城餐馆买来的。文小玉自己烹调了一盘熏鱼。

董佩荀尝了一口熏鱼，连连点头，说："好吃极了。比我妈做的还好吃。我吃了好多，吃堵到嗓子眼儿了。"

"你真是吃货的命。"文小玉开玩笑地说，"你不怕胖？"

"文小玉，你怎么做的？"佩子问道。

文小玉卖关子，说："祖传秘方，不能说的。"

大家哈哈笑了起来。

"关键是我用绍兴老酒泡虾皮做佐料来煨煎好的熏鱼。"文小玉说。

"这是关键。"董佩苟似有所悟地说。

我拿了一盘菜和米饭,用西式的叉子一面吃,一面问何文潭:"最近拿上一张大额的支票了吗?"

他骄傲地向尹文君挤了一下眼睛,说:"你最好问她。"

"有什么了不起的。"尹文君说,"他在桌上放一张5000美元的支票,我瞧都不瞧一眼。"

"好傲慢的公主呀。"我说。

尹文君突然问我:"青凤怎么没来?"

"我也不知道。她说忙。"我说,"她好像躲着什么人。"

"我知道她躲谁。"何文潭说,"她躲着陈珏夫。陈珏夫向她求过婚!"

陈珏夫忙说:"何文潭,你开什么国际玩笑。我什么时候向她求过婚? 她那么漂亮、聪明,剑桥镇谁人不知,谁人不晓,我敢吗?"

王亦深向我探问:"你们在说谁?"

"青凤,一个这里的研究生。"

"青凤?"他在手心上用手指比画了一个"青"字。

"是的。"

他沉默不语了,长长地叹了一口气。我不明白他为什么突然这么忧伤。

陈珏夫看着我的脑袋,摇摇头说:"看来你先得理一个发。怎么样,看看我的手艺?"

他问道:"佩子,你的理发工具在哪儿?"

"在这儿呢。"佩子说。

他不由分说从抽屉里拿出一套理发推子,往我脖子上绑上围兜,便"轧轧轧"地剪起我的头发来。

"你是不是有理发的瘾？"我说，"我怕给理成个鸵鸟蛋。"

"给你小子免费理发，还有这么多废话，"他说，"给你省8美元了。"

我只好俯首随他去摆弄。

尹文君撇开了叉子，干脆用手拿起一块熏鱼吃。

这时，从楼梯上走来一对年轻的夫妇——沈公甫和章薇薇。和我们这些留美的老油条相比，他们看上去太年轻而稚嫩了。沈公甫在国内从经济系毕业后在花旗银行干过两年，现在在哈佛商学院念商务管理硕士学位，很快就要毕业了。他妻子大学毕业后到一家外资公司工作，每月可挣1万多元。为了和丈夫团聚，她辞掉了这份工作，以F-2身份来美。同时来的还有两个女的，一个是叶安娜。

王亦深见到沈公甫便说："你是沈一清的儿子吧？你爸爸我认识。你到美国来是不是靠你爸的关系？"他故意跟这年轻人开个玩笑。

"不，全靠我自己。我考托福，GMAT，发申请信，全是我自己干的。只是签证时遇到麻烦，被拒签了三次。"

"最后还是发挥了你爸爸的影响力了。"他说，哈哈大笑起来。

王亦深端详了一番我的头发，兴致很高地站起来，对陈珏夫说："看来你理发的手艺很高明，给我理一个吧。"

陈珏夫说："不敢。"

"来吧。"说着，他自己捡起满是碎发的围兜往自己的脖子上围。

音响里的音乐播放出了戴尔-维京斯的《和我一起来去》。尹文君和文小玉和着唱了起来，给人一种怀旧的感觉。

    爱，爱我，亲爱的，

和我一起来去，

请别把我送到大海之外；

我需要你，亲爱的，

和我一起来去，

来，来，来，来，

来到我的心里。

"文小玉，"葛华琦问道，"谁来到你的心里呀？"

大家哄堂大笑起来。"总是有人呗。"陈珏夫说。

文小玉的脸一下子飞红起来。

在这样的一个欢聚的场合，包饺子是少不了的。文小玉和章薇薇在擀皮和包馅儿，我则主动担当起烧水的活儿。

董佩荀预先烤制了一种墨西哥食品，叫塔可铃，玉米粉做皮，包之以牛肉末、洋葱、奶酪、西红柿和莴苣。这是她从拉美裔的同学那儿学的。何文潭用菠萝汁、木瓜、甜酒、冰激凌、自来水做了一种叫"热带鸡尾酒"的饮料。陈珏夫这小子很精，在啤酒桶旁边占了个有利位置，就是一个劲儿地足喝，按他的说法，这不是"喝"，这只是"租"啤酒，啤酒喝下肚，要不了多时就排泄去，这不是"租"吗？真有意思！

我把何文潭叫到一边，问他："别克小开，我想买一辆二手车。你那儿有什么合适的吗？"

"来一辆雷克萨斯，英菲尼迪怎么样？"别克小开逗乐地说。

"开什么玩笑，学生嘛，就开廉价一些的车。"

"有啊，本田、福特、花冠、雪佛兰、凯美瑞。你喜欢哪一个牌子？"别克小开说。

"能推荐一辆吗？"

"眼下正好有一辆法产标致车，开的英里数也不多，600美元，挺合算的。你想要吗？"

"好吧。明天我到你那儿去。"

我遇见了一个名叫汤玛斯的音乐系的大学生，他父亲是德裔美国人，母亲是中国人，父母已经离婚，父亲在宾州再婚，母亲仍然孤身一人。痛苦吗？"这没什么，我习惯了。"他说。他照样跳舞，照样欢乐，既不认为自己是德国人，也不认为自己是中国人。"我是美国人。"他说。

吃完饺子和墨西哥的塔可铃，音响便响起了音乐。何文潭、陈珏夫、尹文君、文小玉、章薇薇，还有从音乐系来的凯特、大卫，爱默莉光了脚丫子，随着音乐，从东蹦到西，又从西蹦到东，活像在炒蹦蹦豆似的。人们好像永远不知道疲倦，就这么蹦啊蹦啊，喝啊喝啊。

啊我精神的欢乐——打开了牢笼——
它像闪电一样飞蹿！
只有这个地球和某一段时间是不够的，
我要有千万个地球和整个时间。

惠特曼，啊，我的伟大的生气勃勃的惠特曼啊，我受到感染，也和他们一起蹦起来。这时，我只感到一种极端的欢乐。那崇高的男子气概的欢乐，一个男子有充分自我意识的欢乐，把世界上的一切忧虑忘却，跳舞、拍手、雀跃、呼喊，就这么蹦，到一个极乐的永远年轻的世界去。

董佩荀跟沈公甫夫妇两人开了一个玩笑："你们什么时候抱孩子呀？"

新娘一脸绯红。沈公甫说："我们很想要孩子。"

"哈，会有的！"

娜娜以科学家的姿态说："那你就得在排卵期减少活动，并增加营养。"

"是吗？"薇薇问。

"哈佛人类学系教授发现，从事体力劳动的妇女，尽管她们吃得很好，却不易怀孕。这一发现和人类进化进程是吻合的。因为在原始时代，妇女为了从事其他的求生手段，需要支出更多的能量资源，这样，艰苦的体力劳动就反过来抑制怀孕。"娜娜说。

董佩苟对薇薇说："那你得到真传了。"

这时，电话铃响了起来。我接的电话，是一个嗲里嗲气的姑娘的声音。

"董佩苟，快来，上海长途。"我说。

董佩苟正在收拾餐盘碗筷，还没来得及擦擦手便赶来接电话。

"喂，找谁？对，是钟晨的家——请问你是谁？钟晨的未婚妻？You're kidding.（你不是在开玩笑吧？）——我？我不是他的姐姐，我是他的妻子！他不是和他的姐姐住在一起！他是和他的妻子住在一起。你听清了没有？！"

电话那头沉默不语，似乎有哭声。董佩苟因为接到这样一个奇异的令人难堪的电话而气得脸涨红：

"你拎清了没有？什么？他跟你说他没有结婚？你和他在希尔顿睡觉了？一起睡觉了？哦，天！什么？你怀孕了？是钟晨的孩子？"董佩苟的声音变得越来越响，越来越难以自控，"你小姑娘别讹我们好吗？什么？是真的？钟晨是个骗子？"

房间里所有的人都凑到电话机旁边，被这意想不到的电话震骇了。连陈珏夫理发的手也不听指挥，时而夹着王亦深的头发，叫他疼得直皱眉，不敢哼出声来。

"他每月给你多少钱？三千人民币？怪不得他拿回家的钱少了！"董佩荀啪一下扔掉电话，呆呆地坐在地板上，然后突然控制不住自己在众人面前大哭起来。

　　大门打开，钟晨西装革履春风得意地回到家里。他才一米五八的个儿，不说四等残废，至少也是三等残废。由于人矮，身上的一切，手、腿、脖子，似乎都比正常人短很多。一对老鼠小眼睛、直鼻子、厚厚的嘴唇。说实在的，他哪一点都配不上董佩荀。

　　他一见董佩荀哭红的眼睛，勉强来上一点儿幽默："怎么了？不会是因为老公回家迟了吧？"

　　董佩荀说："钟晨，我接到上海一个国际长途。"

　　"是公司的事儿吗？"

　　"公司的事儿？！是你做的好事！"

　　钟晨意识到事情的严重性了，说："什么事？"

　　"你跟那小姑娘上床了吗？"

　　"哪个小姑娘？我不明白！"

　　"你还装糊涂。你骗她说我是你姐姐！是吗？姐姐！亏你说得出口！你骗人！"

　　不知是因为什么，钟晨突然发起火来，一副破罐子破摔的架势：

　　"对，我骗人！我骗上海小姑娘！那又怎么样？世界上哪个男人不骗人？"

　　董佩荀拉开嗓子说道："我今天才看清了你是什么人。我和你没完——"

　　她随手抓了几件衣服往手提包里塞，便哭着冲出了家门。

　　钟晨回过头来对大家尴尬地说："你们瞧，没想到，真对不起你们了。"

　　我一个箭步冲了出去，只见董佩荀在人行道上踩着橐橐的高跟鞋气愤地、漫无目的地向前走着。我追了上去。

"佩子，你到哪儿去呀?"我问道。

她自顾自走着，没有回答我的话。在街灯下，我可以看见她苍白的脸上挂着泪水，一头长卷发乱蓬蓬的。

我一把拉住了她，把她拖到我的车前。

"跟我走吧，"我说，"到青凤那儿去住一晚吧。"

其实她也没有一个固定的目的地，也就顺从了我。

回到极乐鸟海岬，青凤正好在。她正在客厅沙发里看书。她一见佩子那神情，就什么都明白了。

"在我这儿待着吧，我正缺个伴儿呢。"

"我不算伴儿?"我笑着问道，只想将气氛弄得活跃一些。

"你呀，靠一边去吧。"青凤说。

她们两人就进了卧室。

六

我在哈佛广场见到了沈公甫，这小子刚从广场中央像一块蛋糕似的报刊亭里转出来。

"好久没见你了。你上哪儿去了？"我问。

"我上纽约了。"他说，"我正想找你呢。"

"什么事？"

"没什么事，老大哥，只想跟你一块儿聊聊。我们到咖啡馆去坐坐吧。"

我们在肯尼迪大街一家叫"谢斯"的咖啡馆坐下。这是一个半地下室的建筑，楼上是一家叫"新时代"的书店。咖啡馆沿街装了一排漆黑的铁栅栏，在铁栅栏后面放了几张桌子，坐满了哈佛大学的学生。我们走了进去，在屋角挑了一张桌子坐下。

"你每天喝咖啡？"

"每天，不喝仿佛浑身不对劲儿。"

"有的医生说过多地饮用咖啡会导致心血管疾患。你要当心，小伙子！"

"但也有研究表明，大量饮用咖啡和茶会降低男子罹患脑梗。这是一个芬兰研究机构在近三万的五十至六十九岁的长期饮用咖啡的人群中做跟踪研究得到的结果。"

"巴尔扎克就是一个咖啡的热烈赞颂者。他说，咖啡是他生活中一个伟大的力量。巴赫还创作了一部《咖啡康塔塔》。"

不知为什么，我对他有一种自然的亲切感。与其说我把他当作一个小弟弟，还不如说我把他当作一面反差的镜子。他太幸运了，这小子全靠自己和家里的钱在美国读书，没打过一天的工！

这是一个爱尔兰风味的咖啡馆，沿街的玻璃墙上挂满了弗吉尼亚青藤植物，生意盎然。吧台在隔壁，那儿灯光很幽暗，跟这里形成明显的对比。侍者端来一杯espresso给沈公甫，一杯水果味儿的奶油"金发布拉尼"给我。

"你喝那么浓的咖啡？"

"习惯了。"他说，"你喜欢那爱尔兰啤酒？"

"这是他们自酿的。很好喝。"

沈公甫问我："你车买了吗？"

"买了。"

"我在联邦广场看到一辆法产的标致二手车，才500美元，行驶里程数比你的那个还少。"

我笑着说："这小子多赚了我100美元！"

"商人嘛。"沈公甫说，"我们这个星期日准备搬到校外去住，告诉你一下，要不找不到我们了。"

"在哪儿？"

"就在哈佛街，非常方便，月租金大概600美元左右，再加上一些电费，大概总共800美元多一点儿。这样我们就可以自己做饭吃，比学校吃住会便宜很多。那里环境很好，住房基本上是给我们学校的同学住的。客厅和厨房都很大。"

"你太幸运了。我羡慕你。你把课程都学完了吗？"

"我这学期选了四门课，分别是会计基础、财务会计、国际政治经济和英语口语与写作。"

"这里的商务课本非常贵吧？"我问。

"新书一般要70到80美元。我本来想买一本旧的会计书，但由于要用新版教材，所以无奈只好买一本新书。"

"不过你夏季上完就可以卖掉。"

"是的。我如连续上夏季、秋季和春季，明年五月即可毕业。我算了算到毕业大约总共需37000到40000美元（包括学费和生活费），所以这样看来哈佛这个学校还算值得读。"

"它在商务方面全美排行第一，许多公司来招人吧？"

"我最近了解到中国学生如想回国，工作非常容易找。如你想留在美国，工作相对来说较为难找。我现在还未决定毕业去留问题，我倾向于回国。不过找工作时我会两方面都争取，得到结果后再做比较。学校鼓励我们现在就找工作，我希望明年春季时就有结果。"

"你们想在美国从头做起？"

"不，这并不是我来美国的初衷。我并不希望在美国从头做起，那样意味着我在中国全白做了。我学的是商务管理，白人绝不会让我们亚洲人去领导他们，除非我自创公司，慢慢壮大，再招收白人工作。"

"学商务管理的外国人无论从语言和对美国市场的熟悉程度来讲，都无法与美国人相比。"我说，"在华尔街工作的中国人一般只做数学模型分析，这个工作很苦，很枯燥，美国人一般是不做的。"

"我想了很长时间，我认为我的优势还是在中国。"

"按你的本事，在美国生活也不会太赖。"

一位年轻漂亮的女侍者很有礼貌地走到桌前，问："先生，还要什么吗？"

沈公甫非常绅士地摆一摆手，说："不用了。"他接着说，"我在美国也可以混个中产阶级，买栋房子，开辆车，找个稳定的工作，但一遇到经济萧条，首先裁员的是我们这些搞管理的外国人，除非我们能证明我们有超过美国人的独特之处，那也无非是对亚洲市场或中国市场比他们熟悉罢了。中国在美国的留学生有十几万，真正学商务管理的也不过一千多人。我想随着中国经济的不断发展，我们完全可以利用这个优势，在中国做出我们无法在美国做出的成绩。所以我的大方向还是朝亚洲和中国发展。"

　　"在美国从头做起对你来说并不是最优选择。"我说。

　　"那也过于艰苦。有时我想一个人努力去争取很多东西，但同时他也必须放弃很多东西，这就像我所学课程中的机会成本。就拿我来说，我争取到了来美学习的机会，但我同时必须放弃我在北京生活和工作的机会。所以，现在我的心情比较平和，我并不刻意去追求什么，我想我现在应该是比较满足的时候了。"

　　"有就职的机会吗？"

　　"上次一家德国银行面试没有给我一个机会，对我的打击并不很大，我只是稍有些失望。但这并不表示，有机会我不去争取。"

　　"我想人还是应该保持一种向上的精神，但对结果就要看淡一些，否则就是跟自己过不去了。"

　　从咖啡馆出来，我们沿着肯尼迪大道往查尔斯河走去，不久便到了查尔斯河畔的肯尼迪公园。公园里葳蕤的橡树树冠像一个个伞盖，沐浴在夏日的阳光下。查尔斯河河水在远处闪着粼粼的天光。哈佛和麻省理工学院在查尔斯河上比赛划船。简直像节日一样。河岸飘扬着玫瑰红的旗帜，色彩鲜艳的伞盖下的供水亭，弓桥上站满了人。我们在河边小道上漫步，瞧着肌肉丰满的朝气蓬勃的年轻人在水面上，在歌声中像箭一样划着他们的小艇。

肯尼迪公园中只有我们两人在漫步。公园的中间是一座黑色大理石的座雕，上面镌刻着这位神秘的年轻总统的名言：

我们应经常询问自己，我们是真正的具有坚定信念的人吗？真正的言行一致的人吗？是真正的具有判断能力的人吗？是真正的具有献身精神的人吗？

在我看来，查尔斯河是一条有灵魂的河，它像一个智者，胸中蕴藏着无限的智慧。

从肯尼迪公园穿过一座桥便到了美轮美奂的商务学院。乔治式的梅伦楼面对着静静的一湾查尔斯河河水，在一块广阔的修剪得异乎寻常的平整的草坪上飘扬着哈佛玫瑰红的旗帜。那一栋栋以历年美国财政部长名字命名的红楼本身仿佛散发着企业家摇篮的气息。

我们穿过草地，经哈佛路右拐，来到伯顿楼。哈维·马凯正在伯顿礼堂做演说。我们走了进去。礼堂座无虚席，坐满了哈佛大学攻读商务管理的学生。

从伯顿楼出来，我们在楼前草地上休憩一会儿。沈公甫躺在草地上，说："他26岁时创办了马凯信封公司。信封本来并不算是一种十分重要而畅销的商品。然而，马凯运用他的营销战略，使其公司在诸多的竞争者中鹤立鸡群，发展成一个十分兴旺发达的企业。"

"这就是美国梦赋予人的机会。"我说。

"哈维·马凯说，未来的大学毕业生一般在一生中要改变他的事业方向三至五次，更换职业七至十次。这就是说，一个人在未来的社会中不可能一生只从事一个职业。终身职业将越来越不可能。"

"哈，你是否在给自己频繁跳槽找理论根据？"

"是的。未来社会要求人的技能多能化，以适应迅速变化的社会生产与生活，否则就要被淘汰。我现在只想挣钱，挣得越多越好。"

他告诉我，他和一位台湾同学、一位香港同学组成一个组，参加哈佛商学院的商务计划竞赛。

"如果商务计划被选中的话，一个组可以获得50000美元的现金或实物服务。"沈公甫说。

"我想你一定能获得成功。"我说，"你们提的商务计划是什么？"

"面对AT&T的挑战，给北方电讯在中国开拓市场出主意。"他说。

他说，商务计划竞赛是学校商务管理硕士企业家课程的一部分，由企业家俱乐部、高科技与新传媒俱乐部、企业资本投资俱乐部联合主办。

"这种无风险的竞赛很有意思。"我说，"我发现在哈佛有很好的教育思想。"

"正因为这种计划是没有风险的，学生在策划时思想比较放得开，许多好的主意由此而产生。教授对我们说，竞赛就是试图通过让学生充分利用商学院提供的各种独一无二的资源，创立和评估新的商务计划而受到实际的教育与训练，并使他们具有更加充分的企业家精神。"沈公甫说，"为了启动这个计划，每一个组可以获得1000美元资助。"

"你们的计划有可能得到投资者的信息回馈吗？"我问。

"绝对的。他们会很快回馈计划实施的成果。有许多投资者对哈佛商学院的这个计划非常感兴趣。"他说，"如果能够成功，获得那50000美元，对学生来说也不是一个小数目。"

"在人生中，金钱确实很重要，没有钱会给人带来痛苦。我是尝过贫穷的滋味的。但另一方面，金钱并不是人生的一切。许多有钱的人并不幸福。"

"为什么？"

"在这里，我觉得有一个人生智慧的问题。林语堂先生将这称为the art of living（生活的艺术），再恰当不过了。记得有一位美国的亿万富翁说，人再有钱，也就是睡一个房间，穿一件衣服，穿一双鞋。过多的钱就会变得impersonal（非人格化），对于个人已不具有意义。"

"是这样的。对于金钱，也是需要智慧的。"

"有了这种智慧，有了钱不会烦恼，没有钱也不会痛苦。有了钱要帮助比自己不幸的人，不要将钱留给子孙。要给他们以教育、以知识、以本领，自立于人世。这是我悟到的一点道理。"

"道理我也懂，但实际上并不是那么回事。"

"对于一个人，创造性很重要。即使谁都对你没有信心，你必须对自己有信心。所有成功的人士无不在生活中受到过或大或小的挫折。为了使你的成功率加倍，你必须使你的失败率加倍。"

"例如林肯，他经商亏蚀，情人死亡，精神崩溃，竞选国会议员、参议员、副总统均告落马。但在1860年他却成为美国总统，一个在历史上独一无二的总统。正是不断的挫折造就了一个历史上伟大的美国总统。"他说，"最近，麻省理工学院斯塔拉顿学生中心正在举办人才招募会，我很想去看看。"

"去吧，又不远。"

"在众多的公司中，有的仅为夏季咨询计划或实习而招聘，有的投资银行集团和管理咨询公司设立夏季雇员制度，其醉翁之意就在于首先将一年级生勾住，以待毕业后正式聘用。如一家咨询公司在一份招聘一年级生的广告中说：'你已拥有足够的洞察力将你的思想诉诸纸上。但，这有什么乐趣可言呢？真正的乐趣就在于你看到你的思想得到实现。这种乐趣你将可以在我们公司找到。请抓住这个机会以发挥你在战略咨询方面的才能。这工作将十分有趣，永不会让你感到腻烦。'"

他嘴里嚼着一根青草，说："来美后，我的感觉很矛盾，时间好像过得很快又很慢。"

"是吗?"我有点儿惊讶地说。

"我总觉得在这里没有中国的热闹可寻，我有一种孤独感。"

"在燕京图书馆有许多中文报纸和书籍，你有空可以去看看；要吃中国菜，可以到哈佛广场的燕京和香港楼。"

"我和薇薇一起逛哈佛合作商场，但我们无论如何找不到逛中国百货公司的那种闲适、自信和乐在其中的感觉。究其原因就在于陌生的环境和文化对我们是个障碍。"他说。

"这就是所谓的人的文化属性。"我说。

"今天，我们上交叉文化课的时候，教授把一个文化环境比喻为一座冰山，露在水面外的只是其一角（包括饮食、语言、音乐、建筑等），而深藏在水下的部分又分为两层。上层的是一些不言自明的社会规范，而真正最难发掘的部分却是一些所谓潜意识的规范。这种规范是深植于你的童年的成长历程中，无须人为地指点，就像某种融于血液的素质。我现在是能体会到这种文化现象的存在。"

"你应该多和别人交往，包括多和美国人交往。不要把自己囿于一个狭小的圈子里。"

"我最近有空的时候又重读了《林语堂自传》，希望探寻一下他为何能够如此接受西方文化。我发现其实他的童年、少年和青年时代浸淫在西方教育的时间远远超过接受中国文化的时间。比如，他小时候在教会学校读书，无形中割断了他与中国文化的最初联系。那时他学习中文就像我小时候学英文一样，只有到暑假才由他的父亲给他们兄弟加补一些中文的启蒙教育。"

他接着说："我知道我必须努力，即使是为了我的父亲。他吃过很多苦，他对我的期望很高。我不能辜负他。"

我望着远处洛威尔顶楼镀金的塔楼，说："你们真是很幸福的一代了。"

"你比我也大不了多少，别摆老资格啦。"

"你现在开口说工资要多少万多少万，可你知道我第一次挣的工资是多少？"

"多少？"

"7元！我现在仍然记得我第一次挣了钱交给父亲的情景。有一年暑假，我住校没有回家。家中那朝西的小阁楼，我已经不习惯居住了。我将大部分时间花在图书馆里看书。一天，班长对我说，有勤工俭学的劳动，问我参加不参加。每天1元。我报了名。我被分配到第二食堂后面的养猪场劳动。猪场旁边就是生物系的实验室，酒精柜里泡着尸体。我的任务就是将麸皮从邯郸路另一头的仓库运送到猪场。一辆上海人说的黄鱼车装满了麸皮麻袋，很沉的。路不是沉滞的煤屑道，便是高低不平的卵石路。8小时干下来，很辛苦。我身子很瘦弱，但为了这1元钱，我咬牙也得干下来。有时人俯身几乎与地面持平，双脚顶在路面上将车往前推去。干到第7天，猪场管理员，一个胖胖的、剃平顶头的山东老头儿给了我7元钱。我还想干一期，他笑笑说：'每人只能干一期。'

"拿了这7元钱，我一个子儿也没花。回到家，如数交给了父亲。我挣钱了。你知道，我有多高兴。"

我接着问道："你打算在这儿长待吗？"

"我的目标十分明确，就是全力以赴寻找工作。这是一项艰难的工作，但我将尽力完成它。我坚信我会圆满地完成它，只要我坚持不懈。所有的事情都是这样，只要你付出，收获早晚会有。我希望实力加上运气能使我尽快获得成功。"他说。

"我相信你一定会成功。"

"因为没有绿卡，要找一个国际性的和全国性的金融公司非常困难。同时，我不愿空耗着，空耗很伤人。读书为什么？工作为什么？不就是为了美好的生活吗？

"如果连生活这基本的东西都遗忘了，那不就等于舍本逐末了吗？

"我始终是要回到中国，无论早晚。因为我感到这种深层文化的认知空白将会直接影响到我未来事业的发展。我经过深思熟虑，认为我必须找一份我喜爱的工作，在美国不行就回中国。"

"确实不能把顺序颠倒过来，找一份美国工作，找不到自己喜爱的工作就迁就找一份。这样就延误了一生。"

"我认为中国存在着巨大的商机，尤其在我这个领域。当然钱也是我要考虑的因素，我将把我的要求调到适中。我认为只要我做得出色，我就会得到我应有的一份。薇薇现在在看一本我上学期的财务课本，她看得很努力，希望在这段时间可以补充一些新知识。"

"薇薇是什么想法？老婆的想法往往是决定性的。"

"我们现在一切未定。如我能在美国找到工作，薇薇也希望去读个学位。她对此持两可态度。所以并未给我找工作带来很大压力。"

"你想念中国吗?"

"真想念北京暖暖的春意（除了风外），虽然这里现在春色正浓。我还记得我去一家外资银行上班前的那个春天，我有时候就拿一本书到方庄花园的草地上一坐，晒一个上午的太阳，非常温暖的记忆，不知什么时候可以再重新体验到。我仍然清晰地记得我和父母在西单同春园吃饭的情景。那次我非常激动，因为是我第一次上饭馆。我也记得我们上台湾饭店庆贺我20岁生日，当时我高考没有考好，心绪很糟糕。我很感谢我的父母为我所做的一切。我们家人之间是这样亲近，我感到很幸福。而这在美国是很稀少的。"

"到美国来，没有把你改变?"我问。

"本质上没有改变。我看到、听到太多关于这里中国学生的事情。有许多人的经济状况很糟糕。他们找不到理想的工作，只好打两份工。有个同学和女朋友双双从北大到美国来求学。然而好景不长，没过多久，女的就抛弃这个男的，与美国人结婚了。这个同学非常痛苦，以至于只好退学去打工。我想这种伤痕会在他心里留下一辈子的印记。还有很年轻的女孩子不结婚，就与美国老头同居，为的就是能交上学费。"

"这种学上得还有什么意义?"

"许多找不到理想工作的人又遇到家庭问题。根子就在于他们的哲学信念已经从中国式转变成美国式的了。而问题都是金钱造成的。钟晨和董佩荀的婚姻问题不也是因为这个吗? 薇薇总是说，许多人到了美国之后经历了巨大的变化。我不知道是不是真的这样，我也不知道这到底是好还是坏。但我不希望我发生这样的变化。"

"你父亲对你的未来是怎么想的呢?"

"他在给我的一封信中，让我在夏季的时光趁机放松一下。别为寻觅职位而担忧。他希望我抓紧时间去观察和体验，说这对我一生都有好处。他让我放松，放松些，再放松些。在秋天我有足够的时间去集中寻觅职位。他说，要放眼量。在生活中，运气往往在你最想不到的时候出现。最理想的职位应该是可以将我派往中国的。他说，如果我找不到合适的工作，我完全可以归国，在中国有许多机会。他将尊重我的选择。他说，不管怎么样，别为金钱发愁。他仍然在挣钱，钱从来没有成为问题。他说最重要的是我找到一个我喜欢的工作。"

"我觉得你父亲的态度是很好的。在父母与孩子之间建立一种相互信任和坦率的关系是多么重要。我认识一个学生，他在美国已处于精神崩溃的边缘，他的家人对他的现状一无所知，还在一味催促他在美国办好绿卡，'以获得高薪的职位'。结果把他整个儿地毁了。"

"在这儿确实有时候感到非常孤独，如果不会很好应对，就会出问题。"

"人必须要有朋友，朋友是一个社会支撑体系，对一个人是极为重要的。不管人在生活中遇到什么挫折，人一定不要被击倒，不要一蹶不振，一定要有勇气和自信面对挫折。人必须在生活中学会克服危机。人必须学会劝诫自己，想想生活中最基本最简单的事实，总是保持一种乐观的精神。"

"是的。要乐观向上，不能自暴自弃。"

"例如，你无法得到你希冀的职位，你就想一想还有许多人在做还不如你的事。毕竟，生命和健康要比金钱、名利和一切都要宝贵。

"爱人们，爱你周围的人。这将使人在克服困难的时候更加坚强，不至于沉溺于个人的不幸而不能自拔。不管怎样，还有许多不如你幸福的人。我个人在生活中遇到过许多危机，我以勇气和理性克服了它们。我相信人必须在任何时候和任何情况下保持乐观、自信、快乐。就像惠特曼充满乐观的诗歌中的美国拓荒者，像海明威小说中的主人公，那些'硬汉子'，他们在任何时候都不会被击倒，坚信自己的力量。你如果有时间，读一下海明威的小说。它们是饶有趣味的。我建议你读一些文学。文学和音乐知识对于一位银行家来说也是很重要的。"我顿了一下，试探性地问道，"我不知道你是否愿意读车尔尼雪夫斯基的《怎么办?》。这是一本俄罗斯小说。你知道，当年，当我读到主人公躺在钉板上锻炼身体和意志时，我受到了极大的震撼和鼓舞。"

"我想读。你有这本书吗?"

"我有。什么时候你到我那儿来拿吧。"我说，接着问道，"你交了很多朋友吗?"

"我交的朋友不多。"

"这是关系到一个人的亲善力的问题。这是一个人交友时十分重要的品质。你对别人敞开心扉，别人也会对你敞开心扉。如果你再兼有幽默感和魅力，那就更好。交上一个有幽默感的朋友，是一种幸福。"我说，"在美国留学在一个人的一生中是很难得的。珍惜它，尽力学得多一点知识。这对一生是有益的。同时，人必须有一个强健的身体。你每天做什么运动?"

"我每天到勃洛吉特游泳池游泳。"

"那很好。我觉得你应该每天游一定的距离，比方说1000米，以锻炼身体和意志。我记得有人说过一个人为了人生的快乐最好有三样嗜好。有爱好的人是有幸的。所以，我劝你们应该培养爱好，这样，在人生中，遇到再大的困难和痛苦也可以从容应对。干什么工作，从最基本的干起，逐渐发展，目标远大，但从脚下做起。在生活中，有可能遇到各种挫折，要有勇气克服它们；始终保持自己的进取心，保持自己对生活的信心和乐观精神。"

说完，我自己也感到我今天似乎有点太哲学化了。我对沈公甫有一种特殊的感情，我也说不明白那是一种什么感情，总之，我希望他有一个灿烂的明天。

七

看海去。

我喜欢海。每当我光着脚丫站在酥软的白细沙海滩上，一闻到那夹着海水、海草、海鱼味儿的海风，我的心就要激动起来。你瞧瞧那海湾浪吧，一个接着一个，一个涌向一个，刹那间就如高山，转瞬间又成无底的深壑。我喜欢到浪峰与浪谷间搏击，享受那被高高举向天空，又抛向谷底的无限的乐趣，像个调皮的孩子。

我是在长江口海边长大的。你能体会到我光着屁股，拿着竹扫帚，在礁石间扑打小海蟹的乐趣吗？啊，那遥远的、迷人的、无忧无虑的孩提时代！我躺在沙滩上，凝望着蓝天，琢磨着变幻无定的飘忽的白云，耳中响着海浪的吟唱。独自一个人，一个人，一个人，一个人在那广阔无垠的无边无际的大海上！

还记得北戴河海边那个炎热的夏日吗？我就要负笈去美了，李蓉婷答应过两个月就去登记来美团聚。我和李蓉婷就住在鸽子窝附近山上的旅舍里。光着脚，沿着小山路便可以走到海滩边。海水轻轻地拍打海湾的细沙滩，一波推一波，就像一片女性的柔情，轻轻地抚慰人的心灵。她是一个伟大的泳者，游到离海边很远的地方。我去追逐她，她总是隐藏在浪谷之间，找不到她。回到旅舍，打开窗户便看见海，蔚蓝的、浩渺的海；夜里海空上挂着一轮满月，就像李蓉婷的脸一样新鲜，一样美，一样清淡。那夜，我第一次有了她。

"蓉婷，我爱你。"我说。

"你去美国会抛弃我吗？"她问，"到了国外，演绎了太多抛弃的悲剧了。"

"怎么可能！你快来吧，我要想死你了！"

一个小鸟依人的女人，躺在我的怀里，仿佛要到永恒似的。那令人颤动的经验每每与海水、海草、海风那特殊的令人心醉的咸味伴随在一起。哦，大海！我的遥远的、业已失去的初恋！

我喜爱那些以海为生的人。你看到过一个人顶天立地地站在岸上，将缆绳背在背上吗？他整个身子就是一座缆绳石柱，船在海里靠这伟大的力量掉了头。你见到过那一张张布满皱纹的、被太阳晒得黝黑的脸，手粗糙得像树皮的渔民吗？我就在他们中间生活了6年，吃他们捕的鲜鱼，他们腌的咸鱼和咸菜。即使我离国来美，我还时时梦见那小渔村，那破旧的渔船和矮冬瓜们、年宝们、海生们。啊，我生命的根基就植于他们原始的生命力之中。

看海去。

在一个阳光璀璨的秋日，我们相约去30英里之外的格鲁山斯特市。我的标致车里坐着青凤、沈公甫、章薇薇和陈珏夫。青凤穿一件猎装式白衬衫、一条微喇美腿长裤，显得干练而潇洒。别克小开何文潭则用他的丰田车送尹文君、文小玉和叶安娜。董佩荀说阿巴多来到哈佛做讲演，她绝对不想错过，所以没有来。叶安娜穿一件双排扣风衣，里面穿了一件红色亨利领上衣，牛仔裤。我们沿着95号公路北上，然后折向128号公路。沿路森林里的黄栌、橡树、枫树，叶子都在秋风萧瑟之中变黄或变红了，色彩斑斓，一幅新英格兰秋的美景。

"瞧!"青凤指着前面一辆车的后保险杠，上贴一条标语："别开枪! 我只是到缅因州去度假。"

"够幽默的。"我说，"不过这说明在美国私人持枪的问题有多么严重。"

沈公甫正在找一个干金融的工作。他刚飞去佛罗里达，全美电气公司、北方电话公司、花旗银行和波士顿银行对他进行了第一轮面试。

"沈公甫，你小子挺幸运的，一下子四家公司找上门来。感觉怎么样?"我一边开车，一边问他。

"从早晨8点开始，一天四轮面试，到最后波士顿银行面试时，真是天昏地暗。"沈公甫说，"考官在询问有关国际资本市场与公司财务的问题时，让我对中美公司在使用内部财务、银行和外部资本市场中进行比较。我就公司管理、外汇、国际评估和金融危机管理作了阐述，讲了30分钟，整个屋子里只听见我的声音，我心里仍十分的没有把握。"

"我想总有一个成。"我说。

"当然那最好了。"他说，"这是我能抓到的最后稻草了。"

"如果都不行呢?"青凤问。

"如果都不行，我就回国。我相信现在中国开放，许多外资银行和公司进入中国，我一定能找到一份好工作。"他接着说。

"在北京郊区买上一幢房子，实现你的中国梦，也不是不可能。"陈珏夫说。

"哈佛的商务管理硕士在国内找一份工作应该是不成问题的。"青凤说，"不过我觉得就这么回去有点可惜。"

"为什么?"沈公甫问。

"你还是小弟弟,有许多事你还不明白。我喜欢美国。美国宽敞的生存空间,在中国可能吗?一上街,就人碰人,人挤人,在上海你瞧瞧那抢着挤公共汽车的样子!你到过Bread & Basket超市吗?光各种瓜子和坚果就有几十种供你选择。更不用说咖啡、巧克力、沙拉、海鲜了。一走进超级市场我就想,这就是我想要居住的地方。"青凤说。

"可是有的姑娘为了达到留在美国的目的,一门心思找美国人结婚,不管他们的年龄,也不管脾气是否合得来,只要是美国人就行。我有一个学医的同学,嫁了一个奇丑无比的模样就像一个胖老太婆的美国男人。因为婚姻关系来了美国,两年之后就把人给蹬了。她嫁人就是为了能到美国生活。用这样的手段,实在太卑下了。另一位同学学基础医学的,在美国找不到工作,又不愿好好干义务工,只好在餐馆打工,国内留着妻子与儿子,就是不回国。要是这样的话,这种书读得还有什么意思?"沈公甫说。

"沈公甫,具体情况要具体分析。你不能排除有真正的爱情。"陈珏夫说。

"难道一个28岁的女人和一个68岁的老头儿结婚,有爱情吗?"沈公甫问。

"你怎么知道没有爱情?"陈珏夫问。

"年龄差别这么大,本身就是一种买卖性质的婚姻——青春与绿卡的买卖——是不道德的。"沈公甫说。

"就这个问题。"我说,"——啊,天,这货车拐弯这么猛——就这个问题,青凤最有发言权,她是研究比较婚姻的。"

青凤说:"首先,我们要肯定,沈公甫,人都有追求幸福的权利。如果那28岁的女人觉得幸福,别人,任何道德家,都无权说她不幸福,说她不道德。"

"如果那女人仅仅为了绿卡而与老头儿结婚，并且不觉得幸福呢？"沈公甫反驳道，"你认为他拿到绿卡时幸福吗？"

"应该认为她幸福，因为这正是她孜孜以求的。那就应该推论她嫁给老头儿是幸福的。"

"这是诡辩！"

"听说文小玉和她丈夫发生感情危机了？"陈珏夫问。

"是吗？天！这么多感情危机！"我说。

"文小玉的丈夫丰耕田在马萨诸塞州立医院工作，年薪42000美元。葛华琦年薪将会只高不低，唯一缺的是没有个妻子。而在美国，中国女人很少很少。于是他开始向文小玉进攻，据说攻势很猛，文小玉有点招架不住。"青凤说。

"文小玉是怎么想的？"我问。

"丰耕田身材矮小，一副猥琐的样子；而葛华琦年薪这么高，诱惑力大得很。"青凤说。

"我不同意这个说法。一个人结婚之后会碰到无数比自己配偶优秀的人，难道他或她就要不断地换配偶吗？"我说。

"葛华琦很乖，他趁他们夫妇之间有纠葛的时候就发动攻势，每次攻势都有所进展。"青凤说。

"陈珏夫，你和娜娜怎么样？有进展吗？你小子要主动一点儿！"

"说起来很复杂，段牧之，你不了解娜娜。"陈珏夫说。

"怎么啦？看上去挺好的一个女人，虽然有时沉默一点儿，这也没什么不好的。"我说。

"你知道，"陈珏夫说，"她在婚姻中受过刺激。"

"是吗？"

"她结过婚。在佛罗里达。她年轻的时候还要漂亮，高挑个儿，白皙润滑的肌肤，一头乌黑的长发。嫁的丈夫其貌不扬。她倒并不在乎，结了婚，生了一个女儿。"陈珏夫说。

"她生过孩子?"我惊讶地问。

"这有什么奇怪的?"青凤问。

"因为她保养得这么好,仍然像个未结过婚的女人一样窈窕。"我说。

"她丈夫硕士毕业没有读博士学位,而在一家美国公司找了一个活儿。老板送他到纽约出差。他一到纽约,就以未婚身份找了一个留学生姑娘同居。那留学生姑娘还给他生了个孩子。他于是就在佛罗里达和纽约之间周旋,总有败露的时候。她一气之下便卷起行李离开了那个家,女儿也不要。"

"怪不得她性格有点扭曲。"青凤说。

"岂止扭曲。她从此以后,不相信婚姻,不相信男人。"陈珏夫痛苦地说。

"够你受的,男子汉。"我说。

大家沉默了许久,车过月亮广场后,我问沈公甫:

"我们还是谈谈你的现实幸福问题吧。那四家公司有哪一家对你特别感兴趣的吗?"

"北方电话公司给我寄来了一张第二轮面试的日程表。别的同学没有拿到。这有可能意味着我还有机会。面试将在加拿大多伦多市举行。现在我担心的是从加拿大回美国时,他们会不会给我拒签?"

"你怎么那么惧怕?"

"我是受够了拒签的苦了。我这次赴美签证一连被拒签三次。这对我打击太大了。在离5月30日学院最后的报到日子只有几天的情况下,到底还去不去签?我想反正只有这几天了,再去试一次,不成再说。这就叫死猪不怕热水烫。一试却签成了。一个签字改变了我一生的命运。"

"你屡遭拒签吓怕了。"陈珏夫问,"你有明确的前往加拿大面试的文件,在美国又是在合法期内居留,他们有什么理由拒签你?"

"我准备好了，最坏打算，他们拒签我再次入境，我就从加拿大飞回中国去。"

"那你爱人章薇薇呢?"

"她独自从波士顿飞回去。"

"沈公甫，你过虑了。"青凤说。

"这就叫人无远虑必有近忧。"沈公甫故意装出一副老成的样子，说道。

"这样，你不就白来了吗?"陈珏夫问。

"怎么能说白来呢，我不是拿了商务管理硕士了吗?"沈公甫说。

"我听说你当初想来美国的劲儿可大了。高中毕业就去签过一次吧?"陈珏夫问。

"何止一次。"沈公甫说，"高中毕业去签过三次，全部拒签。我高中毕业便想径直前往美国读大学，我父亲是全力支持我的。给美国大学开支票支付报名费，他从来没有迟疑过。我花了许多的时间学托福。其实，这也是一种动力，这种动力与我父亲的希图摆脱穷困是一样的，就是为了更美好的生活。我读英文，父亲暗中欣喜。因为如果没有这样一个目标，我也许就不会这样卖力，这样用功。那半年的学习，对我有很大的好处。结果我托福考了540分。"

"对于一个高中生，也很不易了。"

"当时，田纳西理工大学录取了我。我找父亲商量，学什么系?父亲考虑了再三，觉得电子电气工程比较好。学理工，对我在美国的前途有利。"

"现在看来，那时的选择还是有远见的，电气和电子，所谓的Double E，现在不是很吃香吗?"

"田纳西大学1–20表寄来后，我们就着手办护照。办护竟然是如此的艰难！因为我已考入一家国内学院，我必须取得学院的证明。于是我们去学校找系主任，那是一位非常和蔼的先生。我们费了很大的周折，才获得各种各样盖章的证明。我们去东交民巷办护照。下午排了好长时间的队，轮到了，说仍缺一份学校人事处的证明。于是我们父子两人奔跑着去赶公共汽车，那时也无打车的习惯，赶到学院人事处，盖了章再赶回。当时已五时，办公室要关门了，父亲硬是设法将证明送了进去。一个女办事员收下了。这说明护照已经到手，只是时间问题了。父子两人在前门附近的一家饭馆里吃饭，因为人挤，没有座位了，我们站在餐桌旁，买了一瓶啤酒，两人轮流吹喇叭。"

"你们是何等样的高兴！"

"是的。等我们拿到护照，离田纳西大学开学的日子只有七八天的时间。于是，必须马上去签证。那时正是严冬。我们去美国领事处外面了解了一下行情，在街上有无数的人讲无数的故事。我父亲半夜领了号，第二天陪我去。那是一个阳光灿烂的日子。我进去，父亲一直坐在外面等。近中午时，我出来，脸上没有欣喜。我被拒签了。"

"那次失败对你打击大吗？"

"那次失败，我并不气馁。于是只好在国内读大学。要不早来了。"

"你大学毕业之后在中国干了几年？"

"大学毕业后，我考入了一家中资银行工作。我穿着一件新买的呢大衣去面试，顺利通过了。我父亲为我感到高兴。在父亲看来，在这家银行工作，按部就班，从小职员干起，将来前途也是很好的。然而，我不甘心这样缓慢的擢升，自己联系去了一家海外银行，我父母全然不知。"

"你真是有点儿像水银一样。"我说。

"当这家银行通知要我时，我才在父亲正忙着炒菜时告诉他。父亲也为我感到欣喜。父亲以为我可以在那儿安然工作，以求发展了。不料我第一次出差到天津打回电话时就说那活儿没劲。然后，从那儿又跳到另一家外资银行。记得那天中午，上午我刚进行了面试，中午这家外资银行就打来电话，说总经理下午要见我，父子两人在家里拥抱了起来。我父亲用惊心动魄来形容。"

"真是太戏剧性了。"

"不久，我又下决心要到美国去读书。我考托福，考GMAT。"

"你GMAT考多少分?"

"700分。"

"啊，简直是畜生。"陈珏夫惊叹道。他说了一个时下在大学生中流行的俚语"畜生"，指以不同寻常的苦功获得不同寻常的成功的人。

"我先给美国大学发申请入学的信就花了好几千元邮资，更不用说时而要付报名费，一次报名费就是200美元。在我内心深处有一个美国读书情结，不解决这一情结，我不会舒服。这就像鲑鱼，它必须每年要从大海洄游到河流的上游卵石间产卵，非去不可，任何力量也阻挡不住。"

"好一个鲑鱼情结!"

"我29日签成，30日买机票，走人，太急促了。买箱子，提外汇，买机票，忙得不亦乐乎。那一夜我们都睡得很晚。我那夜没有睡好，清晨时还流泪了。原来期待的、追求的，一旦获得，又觉得来得太突然了。后来听父亲说，30日上午送我上飞机后，回到家中，我妈突然发现家中空落落的，她流泪了。"沈公甫说。

陈珏夫问:"你决定回国，你爸爸是什么态度?"

"我知道我爸从心眼里是希望我留在美国的，找一份安定的银行的工作，在郊区买一栋带草地、花园的房子，过中产阶级的生活。可我这个人就是不太喜欢在美国的生活。你知道这是白人占统治地位的世界。在银行里，你一个亚裔，最多只能当副手，永远当不了第一把手。"

"你想当第一把手?"青凤笑了起来。

"当然，我不愿在别人手下工作，我要当头儿。"

"那你最好自己当老板，一切都由你说了算。"陈珏夫说。

"这不是不可能。"沈公甫说。

"让我们祝贺沈老板——"我说，车里一片欢呼的笑声，把这小孩逗得脸发红。

车开到格鲁山斯特市，不见何文潭的丰田车跟上来。我赶紧用移动电话跟他联系。

"你小子在哪儿?"我问。

"我正在哈蒙德城堡，很快就到了。"他说，"你小子车怎么开得那么快?"

"别忘了老哥是开飙车玩命的，"我说，"别废话，快开吧。"我对着电话喊道。

在格鲁山斯特市中心竖立着一座青铜的渔夫雕像，显示这美国最早的海港之一的历史。在1640年，清教徒在普利茅斯登陆之前16年，就有欧洲的探险家来到这里，称它为美丽的海港。

用美丽这个形容词似乎远远不够描绘它的魅力。你漫步在海边，一汪蓝蓝的潟湖湖水呈现在你的眼前，湖水间是青青的茂盛葳蕤的草场；再远处是一带海滩，白白的、黄黄的，在阳光下闪烁。从岸上，有一条原木的栈道一直越过潟湖、草场、沙滩，而进入大海。一条条白色的像雪堆一样的浪花永恒地在海的那头变幻。你看看那突兀在海中的海角上的城堡吧，在绿树丛中，该上演过多少动人的爱情故事?

美国"精神号"海轮要下午1点才出湾看鲸鱼，我们大伙儿便爬上了"探险号"木帆船到海中去钓鱼。

仿佛是一霎眼的工夫，青凤已经换上了细吊带白色背心，戴上了白色的帆船帽，像一个亮点一样，在洁白的木帆船上跳来跳去，同时嘻嘻哈哈和叶安娜打闹。

"青凤，当心别摔到大海里去。"我说。

她一边往远处抛钓线，一边说："掉进大海有什么了不起的，在旧金山海湾我是女子铁人三项的冠军。"

"那是一个班的，一个学校的，还是一个地区的冠军？"我故意逗她。

"一个班的。"

"哈，小儿科！"

"啊，鱼上钩了。"青凤高声嚷道，"准是条大鱼，拽不动。段牧之，快来帮忙！"

我走过去拉住她的钓竿，鱼钩在海水中激烈地抖动，显然是一条大鱼在挣扎。

"遇到这种情况，你不能死拽。先悠着点儿，等它筋疲力尽了再拽过来。"我说，"这是海明威传授的经验。"

青凤钓上的果然是一条大鲐鱼。她待鱼靠近船舷时，伸出网去，一下子就把它套进了网里。

鱼拿上船后，青凤高兴得手舞足蹈。她两手抠住鱼的鳃帮，高喊："喂，谁来给我照个相？"

没等她说，我早就准备好相机，她一脸青春洋溢的微笑，咔嚓一下，就永恒地留在海的记忆中了。

12时半，正当阳光灿灿地照耀在海面上，四周闪动着金色的星星时，我们爬上了美国"精神号"。

我们在船舱的自选餐厅里坐下，因为刚才钓鱼累了，肚子挺饿的。

青凤拿了盘子在自助餐厅盛了海虾仁、海贝肉、生鲑鱼片和生菜，上面浇了法国沙司，一大盘，满满的。

"你是不是刚饿了大半辈子？"我打趣地说，"像你这么吃法，老板准要亏本。"

"我饿极了。"青凤说，"刚才在'探险号'上时，我就饿了。看来运动运动确实好。"

和青凤正相反，穿着轻盈如水的雪纺裙、绿色吊带背心的文小玉的盘里稀稀拉拉放了一些菜肴，她的胃口比青凤差远了。

"小玉，"穿着磨白牛仔短夹克的叶安娜说，"在新英格兰，特别在新英格兰海上，你不吃龙虾？"

"我不喜欢海味。"文小玉说。

"世界上还有不喜欢海味的人。"叶安娜说。

沈公甫坐在舷窗边，高喊："快来看逮龙虾！"

我们一起凑到舷窗边往外瞧，只见一只雪白的机帆船上，一个戴墨镜、穿红色背带橡皮裤的渔夫和一个穿鹅黄色夹克的渔夫在往船上捞沉在海中的铁笼，铁笼里有一只肥大的龙虾。黄夹克老头将龙虾从笼中拿出来，脸上洋溢着收获的喜悦。他将橡皮筋套在龙虾那两只吓人的螯上，螯正在往外傲慢地伸张，毫不畏惧地向渔夫挑战。

"我这是第一次看渔夫逮龙虾。"文小玉说，"这么有趣！"

"还不来一首诗？"叶安娜说。

"写诗，还是得青凤，我哪敢呀。"文小玉说。

陈珏夫告诉我，青凤在哈佛诗歌比赛中获得二等奖，她是第一个亚裔学生获此殊荣的。诗歌还刊登在哈佛校报上。有一篇评论说，青凤的诗歌充满女性的敏感性、美和活力。

青凤一边吃她的生菜，一边问："你们怎么看克林顿总统的性丑闻？"

她总是喜欢哲理地思考许多问题，即使在这前往观看鲸鱼的船上。

"哲学家，饶了我们吧。"陈珏夫说。

"泡泡头，你怎么看？"青凤不理陈珏夫，问我。

"它表明了男性的弱点。"我说。

"难道它不表明女性的弱点吗？"青凤反问。

"我觉得他敢于最终承认错误，是很了不起的。"青凤说。

"同时，很重要的一点是它表明在美国，不管你位置多高，它有一套法定的手续将事情刨根问到底。"我说。

"对，"青凤说，"说得好！"

"朋友们，不谈克林顿了，让我们去跳舞吧。"青凤说。

舞厅就设在餐厅旁边的船舱里。船已经驶过深海区，大西洋海风将船吹得颠簸起来，船一会儿倒向左舷，一会儿又倾向右舷。这使舞厅里的舞者就像一对喝醉酒的男女，在探戈乐曲中嘻嘻哈哈地跳来跳去。如果你追求不同寻常的快乐，这绝对是一次十分难得的经验。

探戈、吉特巴、拉丁音乐！这是一种多么充满热带热情、火、活泼生命和乐观精神的音乐啊！你一听到它的旋律、它的号子、它的鼓点，你的心就跳起来，你的血液就沸腾起来。你就会自然扭动起你的身体，让心灵与身体融为一体，在每一个重击的击拍上，去向往热带的阳光，向往热带的悠闲、热带的姑娘和爱！你就会想起那戴宽边帽的青年和穿大红裙的姑娘，他们在椰树下卿卿我我，用热情的吻抚慰各自的心。扩音机里播放着《女孩儿们只想找点乐子》。

我抱着青凤在黑白方格地板上跳探戈。由于船的颠簸，步子已不可能成形，然而这种颠簸正合探戈创造的原意。青凤的身子在我的拥抱中贴得很紧，我几乎可以感到她的身体的湿暖和奔流的血。每一次我们滑步而站不稳时，她便哈哈大笑。我踩了她的脚，没等我说抱歉，她早已笑得前俯后仰。有哲学家说姑娘喜欢笑，果然如此。

"你这种开朗、乐观的性格，真叫人喜欢。"我迈脚打转身时，对她说。

"我不是供人玩的玩物，仅喜欢而已?"她问。

"那比喜欢更强烈的字眼是什么呢?"我装糊涂。

"当然是爱啦!"她旋转着说。

"此话当真?"

"当然!"

不知这是因为船的颠簸还是因为音乐的热狂，青凤变得如此坦率。

我来了胆子，问:"我可以在这儿吻你吗?"

"啊，不，这么多人——"

陈珏夫拖着穿着一身黑色的短外套、米色针织衫的娜娜从我们身边转了过去。沈公甫拥着他新婚的妻子也在踩着慢半拍的不协调的步子走过来。灯光将人们的脸蒙上一层橘红色的光，血色都很健康。

嗨，男子汉，泡泡头，接住! ……越过嘈杂的人头，从空中飞来一罐百威啤酒，好家伙，这跟飞越大西洋有什么两样。幸亏我以前练过篮球，易拉罐不偏不倚叭一声落在手心中。青凤在远处笑着，一转身，随着音乐，扭着腰肢，又给别人去倒可口可乐了。在这舞厅里到处回响着她的笑声，咯咯咯——仿佛世界上任何事情都可以逗她笑似的。

"你说那钩子是干什么的?"我问她，指着白色的天花板上的一个铁钩子。

"干什么?"她又哈哈大笑起来，"任何人干越轨的事儿，就在那儿吊死他!"

"越轨的定义是什么呢?"

哈——

"你发过愁吗?"我问她。

"发愁有什么用?"她说,"你说是吗?"

"你现在最想要什么呀?"

"要什么呀?"她沉吟了一下,说:"我想要兰博基尼跑车!哈!"

我们聊啊,笑啊,青春的精力似乎还没有发泄完毕。我们随着节奏感极强的鼓点扭着、跳着、追逐着,仿佛身上的每一个细胞、每一根神经都融化在这音乐所造成的疯颠的忘我境界之中了,仿佛我们真的"携带着威力、自由,大地、大自然的能量,健康、轻蔑、快乐、自尊、好奇"。尹文君穿一件不对称立领夹克,牛仔裤。文小玉穿一条毛绒卷边短裤,芥末黄针织衫,充满了青春活力,又给人一种温暖感。我特别注意了一下叶安娜的脸,一张典型的中国式鹅蛋脸,很美;而眼下这张脸上却印着一种沉浸在欢乐之中的极端的喜悦。她扭动着丰满的,却富有线条的东方的身子,伸手,举腿,自有一种特有的魅力。摇滚乐,竟然也有这般美。这些舞着的男女使我想起我在华盛顿国家艺术馆见到的德加斯的雕塑《舞者》的美,从手到脑袋,到那滚圆的臀部再到腿的线条是那么的流畅而饱含生命勃发的力。有喜,有怒,有哀,有乐。这就是生活。

接着是做梦了,缓慢而又缓慢的旋律;一首首倾诉爱情的歌,欢乐和哀怨,期待的痛苦,男男女女抱在一起,做爱情的浪漫的梦。舞池里的人并不多,沈公甫和妻子在跳着,许多人都退到池子边来。那是正在谈情说爱的人们的舞。

我问叶安娜:"你一生的梦想是什么?"

"能活得长一点,工作得长一点。"很干脆,几乎不假思索。她又以科学家的口吻说道:"你知道,妇女一般比男子多活好多年。在全世界的百岁老人中，绝大多数是妇女。"

"主要是因为男子太冒险。"我说。

"那在科学上就是所谓的睾酮风暴，在青春成熟期和冒险行为期青年男子的死亡率比女子要高得多。"娜娜说。

娜娜希望活得长一点，希望个人幸福，社会幸福不就是千百万人的个人幸福组成的吗？她已经有了许多人为之羡慕的幸福，她还向往一生都幸福。有谁会拒绝给这么一个无辜的、可爱的女人以幸福呢？她会幸福吗？"我自己就是幸福。"祝福她吧，这个女人，家庭的不幸、婚姻的不幸也没有难倒她。这就是中国女人的生命力。祝福叶安娜吧。

辣妹走了过来，问娜娜："那么长寿的原因是什么呢？"

"你想长寿哪？"我开玩笑地说，"要想长寿，心不能太急。"

"谁不想长寿？"

娜娜语出惊人："这其中最重要的因素是停经，它决定男女生命的寿数。"

"你说的事儿离我们太遥远了。"辣妹说。

小鸟儿也凑过来，说："别那么说，人生易老，一晃眼就过去了。"

娜娜接着说："人类生命寿数的主要动力就在于最大可能地扩大妇女生育的时间。停经从根本上消除了妇女生育，以及由生育而带来的对生存的威胁，所以停经的年龄决定了妇女在嗣后的岁月存活的长短。"

"这是不是与基因有关系？"小鸟儿问。

"是的。"娜娜回答道，"长寿妇女的基因包含了她们存活漫长而又健康的诀窍和秘密。她们的基因不是一般的基因，是不同寻常的。对于一般人来说，是否喝酒、抽烟、运动或者多吃蔬菜水果也许能增加或减少一些岁月。但要比一般人多活30年却需要特殊的基因，以减缓衰老的进程，并减少老年痴呆、中风、心脏病和癌症的可能性。"

"娜娜,你们正在研究这个,是吗?"小鸟儿问。

"我们正在对波士顿地区一百多位百岁老人的基因进行研究,对他们基因的研究可以提高人类对这类基因和衰老过程的认识,可以帮助我们预先认知某个人有可能罹患老年痴呆、癌症、心脏病和中风,给予一定的治疗,以延长他们的期望寿命。"娜娜说,"不过现在男女寿数之间的差距也在缩小。这可能与妇女采纳过去被认为是男性的行为有关,比方说,像青凤啦、佩子啦、我啦也开始喝酒了。而且,妇女也开始承受男性的心理压力。"

"世界上活得最长的人在哪儿?"

"目前世界上活得最长的人是一位法国妇女,123岁。"娜娜说。

辣妹伸了伸舌头,说:"这无异于赢得一场博彩,60亿分之一的可能性!"

船驶近鲸鱼每年一次造访的求爱与生育的海区。我们都来到下甲板船头,在大海中寻觅鲸鱼的踪迹。

"瞧,在那儿!"沈公甫首先看见远处海平线附近鲸鱼的踪影。随着船的驶近,鲸鱼便看得非常真切了。大海是它的乐园。它的尾鳍就像一艘大船的桅杆,光滑的巨大的身子一会儿沉进海中,一会儿浮出水面,蔚为壮观。它们似乎是一对情人,在美国"精神号"周围翻腾、嬉戏,仿佛专为人们表演似的——这些人类的朋友。

那天从格鲁山斯特市回极乐鸟海岬后,青凤来敲我的门。她拿了一盒光碟进来。

"我借到了《查特莱夫人的情人》的光碟,我们一起看吧。"她说。

她说着,把光碟放进DVD机,然后不由分说径直去拉上窗帘，关灭了电灯，便坐到我旁边的沙发上来。

西尔维娅·克里斯托尔演得逼真极了。她把查特莱夫人的雍容高贵、她的压抑的心理、她的不顾一切的放纵都恰到好处地表演出来了。

在放映电影的过程中，青凤直率地问我："你觉得查特莱夫人是一个坏女人吗？"

"我不认为她是一个坏女人。"我说。

"说对了。她丈夫无能，她有追求自己幸福的权利。"青凤说，"她之所以被英国上流社会鄙视，就因为她跨越了阶级，去爱上一个看林人。她违反了英国固有的社会和文化规范。"

事后第二天，我越琢磨看光碟的事，越觉得不简单。难道是一种暗示吗？我真蠢，真迂腐，我怎么一点儿也没有觉察；我真后悔，我怎么没有一点儿反应呢？怎么没有顺势进攻呢？女人已经做到这份儿上了！

当晚，在门厅里我一把抓住她，她把脸抬起来，我们的舌头绞在了一起。我吻了她。我久久地感受着她火烫的嘴唇的温热。原来接吻可以是如此销魂！

我不由自主地对她吟诵了乔伊斯的一首诗：

> 我的爱的酥软而雪白的胸脯，
> 在那里既无诡计也无恐惧。
> 伫立在岸边，她听见
> 水上的钟声，
> 她听见那召唤"走吧"
> 那灵魂的召唤。

"那是乔伊斯在大学毕业前写的一首诗，他正准备离别爱尔兰，到国外去了。这个'她'应该是爱尔兰。"青凤说。

"故国和爱人是不矛盾的。"我说。

八

在美国，我们吃早餐很简单，燕麦片和葡萄干冲冷牛奶。董佩荀有时候还有兴致给我们每一个人煎一个中国式的荷包蛋，算是额外的馈赠了；因为她不在的时候，我们一般总是偷懒，不想把早餐弄得那么复杂。

"你们怎么那么懒?"董佩荀一面在煎锅里煎鸡蛋，一面说。

"泡泡头是个懒蛋。"青凤说。

"这本来是女同胞的事。"我说。

董佩荀在餐桌上说："今天下午在神学院埃多佛尔教堂举行一场学生音乐会，你们能来吗?"

"有你的节目吗?"青凤问。

"有。"

"那一定去。"我说。

啊，音乐！在新英格兰，在剑桥镇，在哈佛，仿佛音乐无处不在。欢乐的学生军乐团在校园的行进中一曲《拉德茨基进行曲》可以顿时让所有人的血沸腾起来。你可以从那乔治王朝式的廊柱和红砖，从那百年的茂密的榆树，从那不经意搭架在草地边上的原木栅栏感受到那跃动的音乐旋律。

在餐桌上，在青凤的手边有一本新书。精装本封面上有一张我熟悉的面庞的照片。

"那是一本什么书?"我问道。

"在哈佛广场买的。"她说。那是一本关于伯恩斯坦的书。

"伯恩斯坦!"董佩荀在炉灶那儿说。

"这本书我早读过了。"我说。

"真是不可思议。"青凤说,"我读的书你总是读过的。"

"这就是为什么我是老哥了。"我说,"这是我最喜欢的指挥家之一。他一走上指挥台,无论是贝多芬、莫扎特,还是马勒的音乐,他是何等样的潇洒,何等样的自如,在音乐激情处,他那颧骨突出的、布满皱纹的脸庞的嘴角上每每露出一丝标志性的淡淡的微笑,仿佛他的诗意的、显得痛苦和充满激情的表情就是音乐艺术的化身。"

"我非常崇敬他。我在波士顿音乐厅听过他指挥波士顿交响乐团演奏斯特拉文斯基的《春之祭》和西贝柳斯的《第五交响曲》。他对音乐的细腻的感觉、他的才能无与伦比!"董佩荀说。

"他是你的学长,佩子。曾经回来在纪念会堂的查尔斯·艾略特·诺顿讲座上做过《没有回答的问题》演讲,横跨音乐、哲学和语义学。"我说。

"我看过那次演讲的录像,他口才好极了,思想就像行云流水,那么自然、那么流畅地奔流而出,真是叹为观止。"青凤说,"就为这,我买了这本书。我想了解他。"

"他无疑是一位神童。"董佩荀打开了话匣子,"他在25岁时,有一次德高望重的指挥布罗诺·瓦特突然生病,无法指挥星期日下午纽约爱乐乐团的音乐会。伯恩斯坦得到通知时仅仅只剩几个小时,排练已经不可能。更加糟糕的是他前一天晚上在招待会上胡闹喝酒过量。对于这场音乐会,从他走上指挥台,一直到走下指挥台,他已经什么也不记得了。

对于他这像是一场梦。曲终时，连乐队也都欢呼起来了。"

"对于他，你怎么这么了解？"青凤问我。

"我不是告诉你了吗？我非常喜欢他指挥的乐曲，因此也非常关注他。除了他，我还关注卡拉扬，对于贝多芬音乐的阐释，没有任何一位指挥家可以超越他。当然我也非常喜欢阿巴多。他从不张扬，但他的指挥总带着一股诗意。"我说。

董佩荀问道："你们知道伯恩斯坦的妻子是谁吗？"

"不知道。"青凤说。

"智利演员菲利希亚。菲利希亚仰慕他的才情，他则为菲利希亚的美丽倾倒。他在一封给他妹妹的信中怀着美好的憧憬，说：'对于我们的关系我感到是如此的肯定——我知道我们将有一个真正的未来：伟大的情意啦，一栋房子啦，孩子们啦，旅行啦，互相分担事务啦，我很少感觉到的温情啦。'然而，当他成为世界闻名的指挥家之后，他越来越不顾忌他的同性恋倾向，本来就有的自怜变成了自恋，决意要过粗野而放肆的生活。这使菲利希亚非常难堪。"

"他的成功令人痛惜地毁灭了他的人格。"青凤说。

"你说得对极了。"董佩荀说，"最终，他还是回到了菲利希亚的身边，然而已经太晚了，妻子因肺癌与世长辞。她当然是他一生之所爱，该轮到他痛苦了。她似乎一直存在着。有一只白色的蝴蝶常常来造访他。白色的蝴蝶飞进了屋，在房间的每一个人的身上停栖一下，在他的身上停栖一下，然后飞走了。他认为这就是菲利希亚。他一直没有从失去她的痛苦中摆脱出来，他也一直没有忘记她对他发的诅咒。她愤怒地用手指指着他，严厉地说道：'你死时，将只会是一个满腹牢骚的、孤单的老头儿。'"

"这一幅前景对于一个人来说太可怕了。"青凤说。

"当然这样闻名的一个指挥家死的时候是不会寂寞的。"戈顿了一下，接着说，"他崇拜马勒，他逝世后在他的胸口安放马勒的《第五交响曲》曲谱安葬。他的生命驱动力来源于三件事：音乐、家庭（尽管有冲突）和犹太教信仰。"

"金钱呢？名声呢？性呢？"青凤问道。

"对于他都是在其次的。"

"但我认为性也是很重要的，尤其对于一位艺术家。"青凤说。

"这是你的真实思想吗？"

"是的。"

沿着燕京图书馆门前的红砖人行道前行便到了哈佛神学院。院子里一棵矮矮的繁茂的松树里聚集了无数的鸟儿，鸟儿在树丛天堂里吟唱，给神学院增添了不少生动与神秘的色彩。我们前往神学院埃多佛尔教堂听一场学生音乐会。我们将沐浴在音乐所带来的温馨和激情之中。啊，音乐，给我激情，给我灵感，给我欢乐吧！

管弦乐队演奏莫扎特的《第二十三钢琴协奏曲》第一乐章。董佩荀担任独奏，穿着一袭黑色的飘逸的长裙走上祭台，胸前别着一朵玫瑰花饰，那浓浓的黑色将她白皙的皮肤衬托得更加耀眼了。前些日子家庭的纷扰给她带来的心灵阴影已经荡然无存了。

董佩荀的弹奏把莫扎特协奏曲的诗意、光明和抒情都以纯真的风格表现出来了，给人一种超凡脱俗的感觉。

我喜欢莫扎特几近童稚的活泼和开朗，那跳跃的节律，那撞击心灵的音节，让人想到春天，想到鲜花，想到美丽无邪的少女。

董佩荀演奏了肖邦的《升c小调夜曲》和勃拉姆斯《第一钢琴协奏曲》第二乐章。我对勃拉姆斯的钢琴协奏曲情有独钟，第二乐章那每每是温暖、明朗、欢快的旋律，让人如醉似狂。犹如散落在玉盘里的珍珠般的叮叮咚咚的琴声与单簧管的相互呼唤，钢琴与小提琴的对话，洋溢着青春的律动的脉搏，使人激情澎湃。

我在心中默默念着，音乐终于使她摆脱了生活的危机，她又重新像春天一样光鲜了。

"音乐的力量太神奇了。"我对青凤说。

"是的，前几天我看了日本钢琴演奏家内田光子演奏莫扎特第十三和第二十钢琴协奏曲的录像，她的并不漂亮的脸上表情那么丰富，如痴如醉，那种对音乐的异乎寻常的沉迷太让人感动了。"

而听商学院沈公甫作为小提琴手演奏门德尔松的小提琴协奏曲更是一种精妙绝伦的享受了。门德尔松的整部作品充满了柔美的浪漫情绪和均匀齐整的形式美，沈公甫的小提琴的处理手法在我看来精妙绝伦，把门德尔松优美的旋律、华丽的技巧，都完美地表达出来了。这对于一个商学院的学生来说是相当不容易了。

"那种透彻心扉的美感让人感觉生活是多么的美好。"我不禁感慨系之，轻轻地对青凤说。

"这就是音乐的力量。"青凤说。

舒曼《童年情景》的梦幻曲让我激动得不能自已。我在多少年之前就听过这旋律了，是在一部日本的影片中，主人公悟到了生命的本质，就像找到了生命的泉水一样，于是响起梦幻曲，就好像汩汩的生命之泉一滴一滴地滴落在焦渴的灵魂上。霍洛维茨在弹奏这首曲子时，曾经落泪。弹奏者董佩荀落泪了。我看到坐在我旁边的青凤落泪了。是已逝的童年让我们所有的人惆怅吗？

合唱团演唱了威尔第的《飞吧，思想，乘上金色的翅膀》和舒伯特的《挽歌》。

"《飞吧，思想，乘上金色的翅膀》是我的最爱。"我说。

"比情人还爱。"青凤调侃地说。

"是的。"我不假思索地说。

学生们在女声合唱《挽歌》中唱道：

> 您消逝了，永远地
> 像山峦中的雨露，像河中的涟漪，
> 像喷泉中的水泡！

"为什么《挽歌》叫coronach？"青凤问。

"这音乐是根据斯格特的诗《湖上夫人》而谱写的。英语还是苏格兰的英语。"我说。

伴奏钢琴的是董佩荀。在哈佛大学和麻省理工学院中国留学生合编的合唱团中我看到了薇薇，她披肩发垂挂在胸前，一袭雪白的长裙，像一个天使。

铜管乐队由两个喇叭、一个法国号、一个长号和一个低音大喇叭组成。铜管乐队和唱诗班联合演奏了丹尼尔·品汉的圣诞清唱剧；铜管乐队演奏了安塞尼·霍尔保恩的《作品五首》。铜管乐的铿锵的旋律在音乐厅的穹顶下，在祭台前回响，一会儿高扬如战号，一会儿低吟像山泉潺潺。

在亨德尔的《救世主》中，哈佛巴洛克室内管弦乐团和哈佛大学室内合唱团演绎了亨德尔对多神的理解。我们坐在教堂的座椅里，聆听一品红布置的祭台前音乐家们的演奏，感受着亨德尔神圣的音乐的魅力。

"你说有救世主吗？"我问青凤。

"世上哪有救世主。"她说，"全靠我们自己救自己。"

听了威尔第的《命运的力量》序曲，我的眼睛湿润了。

走出教堂，我们来到哈佛广场，在布莱特尔街铁匠咖啡屋喝咖啡。这地方正是诗人朗费罗每天到学院去要经过的铁匠铺。坐下后，青凤问我："难道威尔第的命运之声让你回忆起了什么？"

"是的，让我回忆起了一件非常有意思的事。我一般并不相信命运。但这支曲子让我想起我高考时的一次奇异的遭遇。"

"什么遭遇？"

"那是一次英语考试。拿到考卷，我一溜眼，觉得太简单了，几乎在二十分钟内就把试卷答完了。全场我是第一个交卷的。然而，走到徐汇中学大门口时，不知怎么的，我在冥冥之中憬悟到我没有写准考证号码。于是我一身冷汗赶紧奔回去，找到那监考的老师，说明了情况，我还生怕他拒绝。他却很慈爱，在已经打包的考卷外面做了说明。我不知道他的名字，我感谢了他一辈子。你瞧，就在那一刹那决定了一个人的命运。"

"你怎么这样容易被音乐感动？"

"是的，音乐每每给我以力量。你知道，在大学时，有一次我一个人在宿舍里，突然广播里传来约翰·施特劳斯的《蓝色多瑙河》的乐曲，一听到那无与伦比的优美的旋律，我感到生活是那么美好，我一个人嘤嘤哭了。"我说，"在中学时，我们的音乐老师是一位戴极深度近视眼镜的老人，他看东西简直要将纸贴在鼻子尖上。他的名字我忘了。他有一副很漂亮的男低音嗓子。他还兼做刻蜡纸的工作。我们的音乐教室在门房旁边，是一座草屋。我们随着他的钢琴声唱一些激昂的歌：

美丽的花朵，

遍地开放，

开在我们前进的路上。

"请想象一下，一个一头白发的老人，近视得近乎失明，挥舞着手在指挥，几十张稚气的嘴在他的指引下引吭高歌。多么动人！这是一首捷克的歌。花朵，前进的路，对一个孩子多么有吸引力，多么美好。这是我最初的音乐美学教育。现在回忆起那时的情景，仿佛那奋扬的歌声仍然萦绕在那由于雨水而变灰的稻草顶上。"我说，"我一辈子都记住这一位可爱的老师。在我美学和性格形成的整个过程中，音乐起了极大的作用。"

"其实音乐和文学是相通的。"青凤说。

"这就是一种所谓的敏感性。"我说，"我曾经在读报栏上读到王蒙的《青春万岁》。一读，我就喜欢上了。喜欢得不得了。我每天直奔那个连载的栏目。我知道这是一位极有才华的作家写的。他描写的是青春，青春的美丽和困惑；一切关于青春的描写都让我心动。我特别喜爱关于苏宁哥哥的描写，那个略带忧郁的年轻人正合我当时的心境。后来，我将《青春万岁》抄在练习本上，你听：

　　脚步声打断了蔷云热烈的话语，一个瘦长的微驼着背的男人斯文地走进屋子，看见蔷云，想退走，又微微点头。

　　"我哥哥。"苏宁介绍说。

　　蔷云站起，他忙说："请坐。"然后用被烟卷熏黄了的指头与蔷云轻轻握手。蔷云看见他的微遮着眼睛的鬈曲的长发和宽大的多皱纹的前额，有一种衰弱的美丽。

101

"那时，苏君的病态形象特别让我感动，特别拨动我文学的多愁善感的神经，就跟那些忧郁的音乐一样。"

在达拉斯我们听了一场音乐会，引发了一场关于英雄的讨论，使我对青凤更了解了。

我前往达拉斯大学参加一个学术讨论会。青凤自费陪我到欧文小镇。我们住在一个乡间小客栈里。我白天去开会，晚上我们就在那充满拉丁风情的街区散步，空气中弥漫着奔放的伦巴、恰恰、桑巴舞曲的绕梁余音。我们到一家墨西哥餐馆吃了卷生菜、涂辣酱的卷饼。我还喝了一罐墨西哥啤酒，觉得别有风味。

当我和青凤沿着镀金的扶手从音乐中心大厅步下音乐厅正厅时，看见在高大的大理石墙上镌刻着著名的捐款人的姓名，其中就有罗斯·佩罗。

青凤对此很不以为然。她说："在大理石墙上刻上名字无非是想流芳百世。然而，世界历史中有谁因此而永垂英名呢？"

尤金·麦克德莫特音乐厅呈鞋盒形，使听众和演奏者之间处于一种更为融洽的感情交流中。青凤对音乐有一种天然的悟性，当我们坐在墙壁嵌有非洲樱桃木、座椅覆以安哥拉山羊毛织物的音乐厅中，我们的整个身心似乎都被艺术攫住了。我们期待着庄严的圣洁的音乐从那偌大的乐台上飘将出来。

音乐会客座指挥——一位矮小的日本音乐家穿着燕尾服步上舞台。青凤对我说："我这是第二次听理查德·施特劳斯的《英雄的一生》了。"

"第一次在哪儿？"

"在波士顿。那次，波士顿交响乐团在小泽征尔的指挥下于波士顿音乐厅演奏这部作品。"

《英雄的一生》选择的是降 E 大调，一种最适于表现英雄气概的音调。这种传统可以追溯到贝多芬的《英雄交响曲》，甚至莫扎特的《魔笛》和《第三十九交响曲》。理查德·施特劳斯选择降 E 大调，运用了庞大的、犹如万马奔腾的铜管乐，其意也就在强调精神与行动的高贵性。

"理查德·施特劳斯将这部作品处理得极像奏鸣曲，它表述英雄如何排除万难去获得成功。作品表现了瓦格纳式的高贵英雄，一生坎坷，音乐简直就像是一个年迈的临死的智者对自己漫长一生的回忆与评述。"青凤说。

"这是他的自传吗?"

"他竭力否认这是一部自传性的音乐作品，他说交响诗所描写的'不是一个单一的诗意的或历史的人物，而是伟大的男子气概式的英雄主义和自由的理想'，但他在交响诗第五段中引用了其旧作的主题就足以说明作品的自传性了。"

当达拉斯交响乐团演奏精彩的第三段"英雄的伴侣"时，小提琴华彩段奏出称颂妻子波琳的柔美与伟大的音符。音乐从独奏小提琴琴弦上飞扬出来，如泣如诉，在尤金·麦克德莫特音乐厅内飞翔，我看到青凤的脸因感动而在抽搐。她的手紧紧地捏着我的手，她的手心汗津津的。

陡然间，在庞大的乐队里突然吹起嘹亮的震撼人心的号角和连续不断的急促的鼓点，这是男性的刚毅的呐喊。

"罗曼·罗兰把这段英雄的战场的音乐称为'在音乐中描述的最为令人称羡的战斗'。"青凤悄悄对我说。

回到客栈，青凤穿着一袭古典风格的碎花连衣裙，意犹未尽地来到我房间里来坐一会儿。我煮了咖啡，人手一杯。

"这是地道的哥伦比亚咖啡。"

"确实很香。"她说。她坐在沙发里，全身罩在落地灯橘黄色的灯影下，问我道："你觉得在理查德·施特劳斯的心目中是一个怎么样的英雄呢？"

"一个极难回答的问题，因为我是外行，我听音乐全然凭我的内心的感觉和悟性，是很主观的。就像我看画一样，我对于色彩的运用懵然无知，我喜欢哪幅画，全凭我自己感动的程度。"我说。

"我觉得，对于英雄，最重要的就是要克服对于自身的畏惧，将命运紧紧捏在自己的手里。向前，向前，永远向前！"她一边说，一边挥舞着手中的小调羹。

"我尝过贫穷的滋味。我知道贫穷是可以造就英雄的。但真处于贫穷中的时候是不好受的。上学时一次快期末了，我分期付款的学费仍然没有着落。家中每月入不敷出，要抽出学费来，吃饭就会成为问题。就像脆弱的天平一样，不能碰一下，一碰，就会完全失去平衡。看着父亲浮肿的眼泡，满头白发，我心里就很难受。"

"怎么办呢？"

"一次，我在楼梯口碰上教导主任张由枢先生。他操一口标准的北方口音，人高高的，乌黑的头发往后梳，很是英俊的。像我这样一个普通的学生和教导主任隔得很远，他根本不知道我是谁。我斗胆向他叙说了我的困难，他站在那儿，沉吟了一会儿，当场拍板说：'那就免了吧。'

"免掉的大约是十元光景的钱，然而，这十元钱却意味着卸去家中一个巨大的负担。

"这么好的一个人却患有气喘病。后来他因为气喘而移居北方。他在哪儿而不可得，然而我在心里一直铭记着他，祝福他。"

"你这么小就尝到了贫穷的滋味。"

"是的。我经历了好几次命运的挑战，每一次我都将命运紧紧捏在自己的手里。"我说,"你知道,在我初中毕业后,我父母为我吵了一次架。我不是很清楚,但我现在想来可能是与我的下一步前程有关。母亲跟父亲说,希望我找一份事由,该去干活了。父亲好像并不以为然。吵架后,父亲在晚上戴着老花眼镜在布置玻璃柜台货架。他将花毛巾、棉毛衫裤和袜子之类用曲别针固定在柜壁上,组成一个个美丽的图案。父亲一边在设计图案,一边自言自语地说:'这孩子难道差吗?'

"我当时正站在柜台边,我知道父亲在护我。

"母亲要父亲将一位族叔大福叔找来,为我的工作想想办法。在我很小的时候,在父母的嘴里,大福叔就是一个榜样。他仅小学毕业,靠他的聪明,却进了南京路上一家大药房。从药房的楼上可以看见对面的跑马厅赛马。这在泾县乡人看来,是了不起的成功了。大福叔来了,他高高的身躯站在玻璃柜台边像一根瘦芦苇,脸也瘦,似乎只见颧骨似的。白衬衣,白的镂空的皮鞋,一尘不染,在这鄙陋的店堂里,他俨然是一位王子。他一只手搁在玻璃柜台上,一面侧过脸来问我:'你是想工作,还是想读书?'

"'想读书。'我说。

"他立即转过身对站在柜台后的父亲说:'他想读书,还是让他读书吧。'

"父亲是非常崇拜他的意见的,这一句话就决定了我的命运。

"也许是天意希望我读书下去。其间,我们没有任何可以找到活儿的门路,如果有,我也许会去。我幼时的朋友有的已经到工厂去干活了。那时我的思想还没有定形,境遇的影响力一定会很大的。我确实有过一次尝试。乃健阿哥的大哥在上海做洋钉活儿。就是买来粗钢丝,然后用非常简陋的冲床压出洋钉来。他介绍我去一个工厂，在南市。他陪我去了。在一条条铺碎石的小弄堂里，女人们穿着花短裤坐在小板凳上，带着异样的眼光瞧着我们。在一座低矮、阴暗的，散发着铁锈味儿的屋子里有两架机器丁零哐啷响个不停，全靠人的力气操作。我没去。"

青凤将手中的咖啡一饮而尽，说："处于逆境而毫不气馁，而直面人生，这就是英雄，这就是音乐，这就是艺术。英雄并不是一定要干一番轰轰烈烈的事业的。更多地表现在心灵上，在意志上。这次在达拉斯听《英雄的一生》，我似乎颖悟到了更多的关于人生、关于英雄、关于奋斗的真谛。"她站起身，说："好了，我要去睡觉了。晚安！"她踌躇了一下，问道："不吻我一下吗？"

"当然，求之不得。"我说。我抱着她，亲吻了她。她身子就像一团火。

九

　　佩子在联邦大道租了一套带家具的房间，包括钢琴，决意搬去住。她说，她兀自住在教授家里不合适。我们在一起住了好几天，很有了些感情，她说要搬走，还真有点舍不得，有点伤感。

　　"也许钟晨会良心发现，来找你。"青凤说。

　　我看得出来，佩子虽然嘴上说不可能，但心里还是那么期望着的。

　　我送她到那租住的楼去。一进那房间，她就大哭了起来。

　　"到美国这么打拼几年，好不容易，就这么鸡飞蛋打了。"她呜咽着说，"我都不好意思对外人说，跟你说没有关系，钟晨在家仿佛是一头野兽。他发起脾气来操起棍子就打人。事过了，他也会忏悔，在你面前跪在地上，用棍子打自己的脑袋。但没几天，又是故态复萌，老样子了。"

　　"别哭。"我劝她，说："这婚姻也没有什么可留恋的了，从头再来。"

　　"你去吧，我没事儿的。一会儿就会好的。"她说。

　　"周末，我们到感恩岛去，你也一块儿去散散心吧。"我说。

"你们去吧，我不去了。"她说，"我还有一首练习曲需要再练一练。"

周末，我们穿上了牛仔衣裤，巴拉德夫妇拉着我和青凤沿着大西洋沿岸的公路驱车从波士顿到洛克兰镇去。

车开过萨勒姆，天空开始飘起霏霏细雨。道路两旁全是树林，树叶濡湿了，显得特别的绿，特别的生动。在林间，枯树倒于其间，使人有一种庄严的死亡感。有一段树林全是白桦林，白白的树干千姿百态，犹如裸体的舞女，在跳自然之舞。然后是松林，蓊郁的，显得非常庄重。车再北上，天晴了。远处出现了青青的山峦，天上是薄薄的白云，镶嵌在蓝蓝的天上；陡然间，现出一个细细的高耸入云的漆成白色的教堂塔尖。几乎每一座新英格兰小镇都有一座这样的教堂。

路旁不时闪过一座座谷仓，有的原先髹漆成红色的木板业已褪色了，露出了本色；有的雪白的墙，绿色的顶。在这些谷仓中发生了多少欢乐和痛苦、幸福和悲哀的故事！

洛克兰是一个很小的渔镇。一天两班渡轮驶往感恩岛（好罗曼蒂克的一个名字）巴拉德教授的夏季别墅。我们抵达洛克兰的时候，渡轮还没有到，便在镇上闲逛。码头前一条中心街道，行人并不多。我们走进了一家旧货店，里面的东西琳琅满目，大都和海与航行有关。餐馆外面挂着巨大的龙虾招牌，也与海有关。钓具店虽小，什么溪流竿啦，台钓竿啦，矶钓竿啦，海竿啦，路亚竿啦，钓具却一应俱全。店主以为来了大主顾，显得非常热情、殷勤，让青凤很不好意思。

巴拉德教授给我们买了一份感恩岛的小报《风》。他说："才几百人的岛还正儿八经办份报纸，你们瞧瞧。"

我直想乐。我读了几则新闻："我衷心感谢在我住院期间给我送卡片、礼物和鲜花的人们——弗洛拉"；"麦克·唐纳夫妇的子女将举行午餐会，欢庆两老结婚六十周年，欢迎岛上所有的朋友参加"。

青凤说，她心中发酸，只想哭，多么淳朴的民风啊。

巴拉德夫妇开车驶上渡轮上的车位，我们则从跳板上走上船去。渡轮要在飞舞着轻雾的大西洋海面驶上一个多小时。海鸥随着渡轮飞翔，好像很依恋人们似的。一路上有点儿薄雾，大洋中的散散点点的小岛仿佛害羞似的躲藏在青青的面纱后面，但仍然可以依稀看见小岛上的松树、极为精致的小屋和小屋前的游艇。

到达码头后，小车便在北美的松林中穿行。啊，那林间的小路，小路往不可知的森林里延伸而去，泥地上铺满了陈年的落叶，静静的，给乡间凭空增添了一种静谧的美。更加令人心旷神怡的是那林间的空气，如此清新，夹带着松子、松针、泥土、腐叶、枯木、海风的味儿。车陡然间停在了海豹湾一栋木屋前，木屋墙上爬着弗吉尼亚青藤，胶冷杉将它罩在浓密的树荫下。这是名副其实的木屋，所有的结构都是树木制成的，不上油漆，一切是自然的本色，掩映在高高的松树之下。透过树丛可以看见远处天际的蔚蓝的大西洋。

"到了。"巴拉德教授说。

我问："教授，你住在这儿，还会有人来找你吗？"

"会的。"巴拉德夫人代为回答道，"全世界的人会来。"

房屋仍然散发着树木的香气。这是一栋按照坡盖盐盒式楼房设计的两层小屋，房间的设计很有意思，我居住的客房和她的客房之间由盥洗室相连，两门相通。虽然在波士顿已是摄氏35度的热天气，可在岛上却还只有十几度。

我们前往一家建在石岸边的龙虾馆，领略一下散文家怀特描述的乡间餐馆的风味。龙虾馆是一个高架于岩石之上的木屋，桌子和板凳都是用长木条钉的，很粗糙，有一股野味。进门的大桶里放着一只只清晨刚逮到的通红的龙虾，龙虾吓人地伸着它们的螯。女侍者，一个敦厚的乡间姑娘，端来刚蒸煮出来的龙虾、嫩玉米和一根木头。

"这木头干吗？"

"打脑袋。"她指一下自己，说。她笑得很甜。

"是打他的脑袋吗？"青凤问。

"当然啦。"女侍者也是一个非常活泼的姑娘，"如果他不守规矩的话。"

白白的冰清玉洁的瓷盘上躺着一只红得这么新鲜的大龙虾，两只大螯傲然地眈眈地趴在那儿，仿佛就要爬出去游归大海似的。我将木头朝那大螯啪啪三下，红壳顿时裂开，绽露出雪白雪白的肉来。巴拉德夫妇喜欢将虾肉和着奶酪吃，而我和青凤则不用任何佐料。

"原汁原味才是真风味。"我说。

巴拉德教授不以为然地摇摇头。

这时，我抬起头，发现雾退了。刹那间窗外一片暮天苍色，黑黝黝的松林，倒映在蓝色的海中，银鸥、笑鸥，其中还夹杂着大鹬和加拿大野鸭，不知疲倦地飞翔其上。

回到小屋，巴拉德夫人跟我们说，如果我们觉得湿冷，可以在房中生一个火。他们在新英格兰冻惯了，不怕冷。

"生个火吧！"青凤女王般地命令。

"好！"我说。

松树干柴早已劈好，码在那儿。我点着了纸，炉膛一下子闪亮起来，照在她浓密的发上，一片红光。然而不久亮光弱下来，头发还了本色。青凤双手抱着腿，坐在后面的地板上讪笑答："没本事，还吹牛。"

室内陡然间亮了起来，火光在印着无数年轮的木板墙上跳动。炉膛里传出脆脆的啪啪声，空气中弥漫着松木的馨香，这只有缅因州才有的馨香。青凤从后面一把抱住我，给了我一个长长的吻——她的爱，仿佛生火本身并不重要，而是火给这新英格兰的爱情带来的象征意义，正如莎士比亚说的，火所凝聚的一种精神。

我们从剑桥来于斯，暂时摆脱了学习的羁绊，而忘情于松林、大海和一摊摊紫色的白羽扇豆花之中，如怀特说的：

> 去追求生活本身，一种如此直接、多样、美丽、激动人心的使命。

请想象一下吧：佛罗里达大花滑水衬衫，大玫瑰图案布短裤，伪装色圆檐帽，光脚丫子；青凤则穿一件蓝白条纹吊带背心，白色五分裤。我和青凤在岛上采石场遗弃的大理石坑冰冷的水中游泳，那水好清。青凤在头上套一件筒裙换衣服。我们和光屁股的小孩一块在岸边拿大顶。在美国这样迢遥的一个小岛上，我仿佛又回到了童年时代，拿着竹片，在乡间小溪岸边小洞里掏螃蟹。青凤惊叹我与小孩打成一片的速度。我们像稚童似的在草丛中找寻浆果，那颜色，或如丁香紫、茄皮紫，或如胭脂红、枣儿红，像宝石一般。我尝到一种清淡的原野的香味。

我们寻觅一种缀有小黛色点的大理石卵石，因为青凤喜爱，要收集来放在巴拉德教授花园里。我用平时背书的书包帮她驮一半。

第二天，我们去海豹湾划独木舟。巴拉德教授从后屋拖出一艘爱斯基摩式的独木舟。

独木舟下水了，两个尖头翘起，一条弧线，点在一片柔水、白云之上。我们划过浮出水面的礁石，礁石上还长着青苔，在那儿懒洋洋地躺着几头海豹，在晒太阳，见到我们来了，便一出溜溜到海水里去了。不久，海湾起风了，小小的舟子像一片落叶在浪涛中飘扬；我体验到一种不安与无定，在大海面前，这舟子太轻了，太渺小了。

在我们的头上盘旋着燕鸥，全身雪白，只是头顶上有一摊黑。它们在寻觅吃食。这时，从松林里突然蹿出一团黑点，鸬鹚往清澈的蓝天飞去，回头一转，像箭一般往水中俯冲，然后展开黑黑的大翅膀，双脚的蹼重重地拍打着水面，极沉重地浮升起来。

巴拉德教授问，还记得弥尔顿的诗句吗？他吟诵道：

> 他从那里飞出来，
> 像一只鸬鹚蹲坐在生命之树上。

他真是知识渊博，弥尔顿的诗句就这么信手拈来。

隔海有一大块开阔的空地，缓缓地延伸到水边，孤零零的一小屋，屋顶耸立着红砖烟囱。在坡地的后面则是一大片缅因松林。

巴拉德教授说："这多像怀特的咸水农场那种船屋呀。他因不满纽约世人'丧失正直'，携家北来，在缅因定居写作。"

我接着他的茬儿，说："他曾经说过，'我一直有一种在自然的世界中生活得更自由一些的感觉'。"

在这散文家的家园，在这"把人带回到最原始发端的时代"的氤氲之中，我体验到了怀特的"欢乐，宁静与善意"。在这人烟稀少的小岛上，平时野性十足的青凤仿佛也像一个娴静的淑女一样变得彬彬有礼了。

划船回来，巴拉德教授拿了一杯咖啡坐到门前松林的椅子里，极目远望在礁石上晒太阳的海豹。我还是拿了我的Tropicana西柚汁，青凤拿着一罐百威啤酒在教授旁边坐下。小桌上摆放着一捧野玫瑰，花瓣是嫩嫩的玫瑰红，花蕊是黄色的，这是巴拉德夫人从野外采撷来的。

巴拉德教授指着这在新英格兰野生的玫瑰花，说："据希腊传说，这玫瑰花是花神为赋予一个可爱的仙女生命而创造的。于是，爱神给予这花以美，而美惠三女神给予它以鲜艳、欢乐和魅力，酒神则给予它琼浆和芬芳。"

青凤接着话茬，说："就这样，红玫瑰就成了爱与欲望的象征。"

"你说得太对了。"教授手中拿着咖啡杯哈哈大笑起来。

教授忽然来了兴致，问我道："你读过《芬尼根的守灵夜》吗？"

"读过一遍，看不懂。"我说。

"人们试图理解《芬尼根的守灵夜》，犹如《伊索寓言》中盲人摸象，读一遍远远不够。"

"是的。"

巴拉德夫人上来给他续咖啡："啊，亲爱的，还要吗？"

她跟他说话，打头总有一个"亲爱的"。几十年的夫妻还是那么相亲相爱。

巴拉德夫人走后，他仿佛回忆似的问道："你们知道《尤利西斯》在美国曾经是一本禁书吗？"

"就和《查特莱夫人的情人》一样被禁吗？"青凤问。

"是的。"

"在美国，真是不可思议。"青凤说。

"在美国也有保守的人。"他说，"那时我还是大学生，我们中许多人都有走私进来的这本书。偷着看给人一种少有的兴奋。当地一家书店老板因为销售这部走私的书而监禁。"

"当时这本书在哪方面吸引了你？"我问。

"好奇心，年轻人的好奇心。"他说，"一读了不得了，

113

他的英语、他的风格、他的前无古人的现代技巧一下子让我折服了。"

这时，有一只深赤红色的北美松鸡从黑黝黝的松林飞到我们面前的空地上，停栖在那儿，高耸着它那脑袋，在东张西望。它的胸部和两侧有很深的斑纹，条状的，好看极了。

我壮着胆子问巴拉德教授我给他的关于《青年艺术家的画像》的论文看了没有，有什么意见。他没有直接回答我的问题，问我道："段，你读过福楼拜的《情感教育》、巴特勒的《众生之路》、吉辛的《新格鲁勃街》吗？"

"没有。"

"你读过托马斯·哈代的《心爱的》、德莱塞的《天才》、诺里斯的《范多弗与兽性》、歌德的《威廉·迈斯特的学习时代》、司汤达的《亨利·勃吕拉传》吗？"

我简直有点无地自容了，手心沁出了汗，说："没有。"

巴拉德教授仍然保持着他那儒雅的风度，不紧不慢地对我说：

"段，去找来读一下。《青年艺术家的画像》跟它们一样，是一部艺术小说，Kunstleroman，又是一部教育小说，Bildungsroman。韦德纳图书馆里都有。乔伊斯在这部小说中描写的不是'一位艺术家'，而是带有定冠词的'艺术家'，这是一个特别的一类人的画像，这个艺术家就是斯蒂芬英雄类的人。有一点必须记住，这部小说带有强烈的自传性质，但它不可能是生活的原封不动的翻版，也不可能是生活的简单的再现，它不是一部自传，而是一部艺术创作。斯蒂芬是乔伊斯，又不是乔伊斯，这就是结论。"

"那么，乔伊斯到底对他的斯蒂芬·德达罗斯的态度是什么呢？"

"这在国际学术界多年来一直是一个争论不休的问题。"

教授说，"有的人认为斯蒂芬相当学究气，另一方面怀着讥讽的态度来描述他。有的人认为，乔伊斯把斯蒂芬看成是作家自传性的代表，一幅由年长的长者描摹的'青年艺术家的画像'。你倾向于哪一种意见？"

"我倾向于后一种意见。在创作《青年艺术家的画像》时，乔伊斯作为一个成熟的人回眸他的青春期的自我，反映一个艺术家成熟的过程。特别是那段关于他16岁时走进红灯区的描写，让他从数百年的沉睡中苏醒过来，从中世纪式的禁锢中解脱出来。但最终还是宗教的力量战胜了他灵魂中野性的欲念。"

巴拉德教授说："斯蒂芬在克朗哥斯公学求学期间曾被同学蛮横无礼地推进尿池。斯蒂芬在以后的经历中多次回忆起这一又'湿'又'冷'的经验，这成为他感情经历的一个很重要的里程碑。"

我趁机把不懂的问题一股脑儿都提出来了。我问道："乔伊斯说杜鹃孩，是什么意思？"

"杜鹃孩指斯蒂芬，雌杜鹃每每将蛋下在别类鸟的鸟巢里，小杜鹃每每处于异类的环境里，对于孤独的艺术家斯蒂芬来说，这称呼再合适不过了。在小说一开头就对斯蒂芬进行'杜鹃孩'的精神界定，对于理解斯蒂芬整个的精神成长过程是至关重要的。"

"教授，对乔伊斯多次提到的fall（坠落），应该怎么理解？"

巴拉德教授说："这在此书中占有极其重要的位置。路济弗尔——

"早晨之星堕落成撒旦，伊卡洛斯从空中坠落而下，斯蒂芬的堕落，都是fall。乔伊斯在一封信中解释道：'我坚信，英雄主义的整个结构现在是，过去一直是一个该死的谎言，并且不可能有任何东西可以取代作为一切事物——包括艺术和哲学——原动力的个人激情。'请注意，个人激情！"

巴拉德教授似乎漫不经心说的一席话让我豁然开朗，对于斯蒂芬，对于这位青年艺术家的把握更有信心了。

"青年艺术家，让我们去散一会儿步吧。"青凤开玩笑地说。

松林弥漫着浓郁的馨香。我和青凤漫步走在散发着松香味儿的松林里，那松香真把人灌得有一点儿醉了。薄薄的轻雾在松针间游移，带着那馨香往海边游丝般地飘散开去。天空是湛蓝的、清澈的，与远处的大海浑然一色。头顶上飞翔着燕鸥、笑鸥和银鸥，它们在欢唱，在召唤，发出动人的、稍微有点哀怨的鸣叫声。时而还传来啄木鸟啄树干的笃笃声。从松林望去，可以清晰地看到那长着伟岸的冷杉的新英格兰小岛的海岸。帆影点在海湾的蓝水之上，顿然让整个世界充满了勃勃生机。

青凤对我说："巴拉德教授真是诲人不倦，他循循引导，绝不讥讽学生的无知，也不打击你的自信。他的绅士风度真太让人着迷了。"

"这是一种文化修养，要多年的积淀才会有的。"我说。

在荒崖的草丛中我们发现了一个喧鸻的窝。这喧鸻真会装蒜，它急速地从窝中故意摇摇摆摆跳了开去，假装一个翅膀断了，无法张开飞翔，尽量把我们引向它，等我们离开窝老远了，它便突然振起翅膀飞走了。

"这是一种本能，它这是在保护它的窝和后代。"我说。

"太奇妙了。"青凤说。

面对大海，她突然对我说："上次听你谈你的过去，真让我着了迷。我太想了解你的过去了。在那里面，我仿佛看到了人成长的艰难和复杂。你怎么看上去总是那么成熟？"

"我成熟吗?"我反问道,"也许因为我经历过贫困和痛苦。在我上学的时候,父亲的眼袋似乎一日下沉一日了。我看见他去买了一袋蓝染料在锅里自己染老白布。一件自己染蓝的布中山装像挂在身上似的,越来越显得苍老了。他身体很孱弱。一次,我从学校回家,在楼上,见父亲拿来一个小碗和一根筷子,碗里面盛满了白开水。他拿来一个小瓶,从小瓶里往碗里倒了两片药片似的东西。我问:'爸,这是什么?'

"'糖精片。'

"他一面用筷子将糖精片戳碎,一面说:'嘴淡。'

"有一次,星期天,我在家,父亲煮白萝卜当早餐。我问:'这是什么?'

"'白萝卜。'

"'白萝卜当早餐?'

"'我以前把白萝卜当过饭。'

"我拒绝吃白萝卜。父亲和母亲两位老人各盛了一碗吃了。现在再想起这件事,心中十分愧疚;我那时太混了。

"家里每个月的钱紧巴巴的。那时,母亲在修配站给人修胶鞋和雨鞋,腰间围一条围裙,坐在矮凳上,周围全是破损的胶鞋、胶水和锉刀,低着花白的头。"

"世上的母亲多么伟大呀。"青凤说。

"是这样的,每每懂得这一道理已经太迟了。"我说,"母亲说,她年轻的时候,特别喜欢笑。可现在老了,很少笑了。但修胶鞋的同事们却生活非常和睦。我每次去,母亲都要我按上海的习惯叫一声'李家姆妈''王家姆妈'的。"

"这都是一些普通的人,但她们的感情特别叫人温暖。"

"母亲的午饭由父亲送。我在复旦,每个月要伙食费。最后一个月,母亲没有钱,她解开工作的围裙,和我一起沿

华山路走到一家商店门前，商店主人的妻子是她的朋友。那人，一个50多岁的女人，胖胖的，走出来，问：'什么事？'

"'借10元钱，有吗？'

"'有。'

"我兜里揣着那10元钱，爬上了42路公共汽车，回到了学校。我告诫自己要永远记住那10元钱。

"但我并没有因为贫苦而自暴自弃。我现在仍然清晰地记得，我用父亲小店里的肥皂箱，做了个书架。在粗糙的书架上，我放了一尊贝多芬的石膏像。他那有棱有角的脸庞，很能表达我当时的心情。我读了许多书，巴尔扎克、左拉、狄更斯、列夫·托尔斯泰、车尔尼雪夫斯基、屠格涅夫、巴金、郁达夫等。在所有这些作家中，给我影响最深刻的莫过于巴金先生了。特别是他的《灭亡》，又特别是他的《灭亡》的《序言》。他的文字简直像一把把火，正好燃起了我生命中的热情和爱，使我没有自暴自弃，没有沉沦，驱使我去奋斗，去创造。"

我们来到一块坡地，从坡地上可以极目远眺大西洋海湾的景色。在海边有一溜白沙滩地。灰白色的滨鹬在沙地里啄贝壳吃。我们找了一根倾倒的枯树干坐下。枯树树皮上还长着青苔。我一屁股就坐上去了，而青凤还要拿出一张餐巾纸垫在树皮上。

"你这太多此一举了，本来就是野游。"我说。

"你一定是一个具有钢铁般意志的人吧？"她不接我的话茬儿，问道。

"不，其实我很脆弱。"我手中拿着一根树枝，拨弄着落叶间的蚂蚁，说。

"我看不出来。"

我说："是的，我很敏感，有点多愁善感。"

"难怪你有一种诗人的气质。"

"诗人气质和肺结核有没有关系？我看有关系。有一年秋我遇到了一件事，这整个儿地改变了我的性格，我向无忧无虑的少年时代告别了。在例行的健康检查中，X光显示我左肺尖上患了肺结核。这是一个晴天霹雳。我的一切正在按部就班地进行着，我几何、代数的成绩还相当好，语文的学习非常轻松，作文的灵感也很快，初中毕业我就要16岁了。我也许可以以高分考一个职业性的技校，如海关学校，很快就可以挣钱减轻父亲的负担。当时父亲已56岁了，家中大小7口人。他没有自己的余暇和娱乐。我是老大，我有责任帮忙。但，如果我病了，就一切都完了。当时我变得很悲观，肺结核在吞噬我年轻的生命。我把这病看得很重，很重。

"记得一天下大雨。我心情悒郁地撑着伞沿肇嘉浜路街心花园往岳阳路走去。滂沱大雨，打在雨伞上，发出清脆的飒飒声。天在下雨，我在雨伞下哭。我感到'命途多舛'，情绪非常低落。"

青凤说："你曾经这么悲观过。在我看来，你却是那么潇洒而乐观。但我感觉你骨子里有一股傲气，虽然表面上看来你是那么随和。"

"你说对了。我曾经染上了他的那种纨绔子弟的孤傲的习气。我几乎看不起任何人，把他们看成是低下的，是一群不知道罗曼·罗兰为何人，从来没有读过《约翰·克利斯朵夫》的人。"

"你自视很高呀。"

"因为父母不怎么管我，我那时就开始自我设计，目标很明确，我大量的时间花在英语和文学上，其余的课目，如代数、立体几何、物理、化学，只求及格就行。在这段时期，我读了苏联年轻作家Y·特里弗诺夫的长篇小说《大学生》。那种淡淡的哀愁、热烈的友情、一丝孤独感扣动了我年轻的心弦。我在我家那矮小的阁楼上，一个一伸腰就要碰到头顶的地方，犹如苏东坡说的'常时低头诵经史，忽然欠伸屋打头'，开始不顾一切地苦读英语。

"我当时因贫困而感到苦闷。我用近乎铁一般的坚忍来学习，以摆脱这苦闷。正是这种心境使我迷恋上了郁达夫。我将郁达夫的照片放在镜框里，立在我的写字台上，旁边是一脸悲愤的贝多芬的石膏头像。

"我记得他30岁生辰作的词，特别撩起我对于青春的感伤：

> 小丑又登场。
> 大家起，为我举离觞。
> 想此夕清樽，千金难买，
> 他年回忆，未免神伤。"

青凤接着念道：

> "谅今后生涯，也长碌碌，
> 老奴故态，不改伴狂。
> 君等若来劝酒，醉死无妨。"

我说："你对郁达夫的词也这么熟悉？"

"当然啦。我读他的《日记九种》读了好几遍。"青凤接着问，"你是不是对哪位姑娘迷上了？"

"是迷上了一位女同学，但那是一种诗人的单相思。"我说，"对文学的狂热，生活的困窘，在成长的烦恼的催化下，很容易走向颓废。我模仿起上海滩上的艺术家来，戴上黑框架的眼镜，蓄稍长的长发，手中拿着阳伞当手杖，漫步在淮海中路上，一副颓废的样子。

"第二天，几何老师在学校里见到我，狠狠地瞧了我一眼，说：'你怎么颓废成这个样子？'

"他昨天在淮海中路上见到了我。我一怔。你看看，我曾经颓废过。

"难以想象的是，让我整个儿地改变的是一位同学的一句漫不经心的话。比我低一级的年级中，有一位同学的年龄比其他同学都大，他的长相和举止也很老成持重，大家都叫他'老头子'。一次，他突然似乎严肃、似乎调侃地说：'你怎么搞的，好像整天在睡觉似的！'

"我心一怔。我明白了我在别人心目中的形象，这形象是非常糟糕的。我决定改变我自己。我甩掉了与众不同的黑架眼镜，换了一副平常的褐黄色的角质镜架。更重要的是我告诫自己从今以后，一定要以乐观的精神对待生活。我要乐观，我要快乐，在别人眼中，我应该是一个享受生活和友谊的乐观的人。在这期间，我读了美国诗人惠特曼的《草叶集》，他的那种美国式的乐观精神使我深深感动：

> 我轻松愉快地走上大路，
> 我健康，我自由，整个世界展开在我的面前……

> 一切对于我都是美丽的，
> 我可以对男人和女人再三地说，你们对我这么好，我对你们也要如此……

> 走啊！带着力量，自由，大地，暴风雨，
> 健康，勇敢，快乐，自尊，好奇；

走啊！从一切的法规中走出来！

"于是，美国式的信心和乐观精神、美国式的追求自由的执着，似乎非常合乎我当时的性情。我决意我要那样地生活，自由、快乐、乐观，充满信心地走在大路上。"

青凤说："于是你整个儿地改变了。我们真应该感谢惠特曼，感谢文学，感谢诗。"

我说："是的，美国人那种特有的乐观精神是很让人感动的。使我改变的还有一本书。有一次偶然的机会使我认识了居里夫人。这对于我个人道德和毅力的培养具有极大的作用。我有一个女同学有次在教室自习时看连环小人书——大学生看小人书！我随手拿了一本，是关于居里夫人的。其中关于居里夫人在巴黎求学期间因为穷，住在小阁楼里，巴黎的冬天冷，被子薄，用椅子压在被褥上取暖。这关于一个穷学生的故事一下子吸引了我。"

我顿了一下。蓦然间，从树林里蹿出一只红嘴美洲鹭鹰，褐色的翅膀扇成"V"字形，在空中一掠而过，就像影子一样。

我接着说："我也很穷，我也在苦苦地奋斗，我觉得从她那儿找到了像我这样穷困的人要求改变命运的答案。这个答案就是勇气、毅力和不顾一切的奋斗。成功只属于那种坚忍不拔、百折不挠的人。我不能自暴自弃。于是，我到图书馆找关于居里夫人的英文书。我找到她女儿伊芙·居里写的《居里夫人传》。这本书使我懂得了一个有教养的人是怎么样的一个人：勤奋、温和、爱你周围所有的人，懂得了人应该怎样来度过一生，应该怎样来锻炼自己的性格和意志，使自己成为一个对社会有用的人，一个不为境遇所左右的人。处在逆境中而不自卑，始终保持一种向上的心，对于当时处于逆境中的我无疑是一种抚慰和激励，一种近乎宗教的信条。"

青凤说："生活是复杂的，正如你经常说的，人是复杂的。"

我们起身走到海边，前面是一大片绿茵茵的草甸，草甸上停栖着北美长腿的鹭鸟，浅蓝色的喙，单腿亭亭玉立，犹如妙龄少女一样的优雅。在草丛中生长着生命力极其旺盛的牵牛花，一朵朵深粉红色的；还有美洲血根草，一朵朵白花黄蕊，好看极了。

"我就喜欢牵牛花，它无须任何照料，却开放得如此生动。"青凤说。

"这就是旷野的美。在旷野中成长，有一种野性的生命力。是吧？"

"是。我确实感到你有一种别人无法企及的野性的生命力。"

"不知怎么回事，我总觉得你更加具有充沛的野性的生命力。"我说。

我们面对着大海，任凭从大西洋吹来的海风拂面。空中飞翔着海鸥，它们在欢乐地互相呼唤着。

来到海边的小路，在一架陈旧的木栈桥旁停泊着一艘龙虾船。船舱里放着活蹦乱跳的鲜红的龙虾。

站在栈桥上，青凤一直默默地听着我说，以惊异的眼光瞧着我，连连说道："你经历了那么多的痛苦和挫折，不断地自我调整，自我设计，自我完善。"

"这也是天意。从家庭的环境而言，我多少次有可能到上海的一家小作坊去干活挣钱了。如果那样，也不会有在哈佛的我了。"

"真不可思议，不可思议！"

“为什么？”

“我一直以为你不过是个playboy。”

“我是个playboy呀，没错！”我坦率地说，“人是复杂的。”

我们手牵着手，像两个顽童，冲过草甸往大海边走去，仿佛想热烈地拥抱这大海，仿佛想在大海的怀抱里痛快地洗涤一番。我们嘻嘻哈哈往前走去，在春天的温馨的空气中哈哈笑着，我在她面前拿了好几个大顶；我们是多么快乐。

在回剑桥镇的路上，巴拉德教授夫妇在缅因州路上想带我们去散文家E·B·怀特的故乡看看。然而，他们开着车在缅因的小镇间转悠了许久，仍未能找到。我们也就只能作罢了。

十

德克萨斯大学道格拉斯教授在爱默生楼大教室作报告，讲述他对莎士比亚的发现。莎士比亚一直是我的梦。于是，我早早地就去了。谁知还有比我早的，长长的大教室早就坐满了，我只能站着，来得更晚的就只能坐在另一间教室里了。

他的发现太让我惊奇了！

两个世纪以来，对英国16世纪剧作家托马斯·基德发表于1602年四开本的《西班牙悲剧》中约325行诗句是否是莎士比亚的手笔一直存在争议。最早提出这一异议的是英国诗人萨缪尔·泰勒·科勒律治，他在1833年就指出，基德死后加于《西班牙悲剧》的那所谓"另加的段落"有可能是莎士比亚的贡献。

伊丽莎白时代的戏剧有一种共同创作的传统，剧作家有时将老作品掺和在一起，共同创作出一部新的作品，就像今天好莱坞修改剧本的高手。1602年增加的诗句是在基德逝世10多年后附加进去的，有点儿像今天的心理现实主义更新这部血腥的报仇戏剧的剧情一样。

他说，他研究解决了这一长期的困惑，将注意力集中在莎士比亚的草书习惯上。他认为，这另加的段落所呈现的种种特异的现象，比方说有一些绕嘴的诗句在专家们看来明显地低于莎士比亚的水平，是印刷厂对莎士比亚手书的误读造成的。因此，他认为，在这里，并不是莎士比亚的诗歌的水平低，而是他的手书水平太低。

他根据不列颠图书馆保存的莎士比亚的手稿，总结出了莎士比亚的24种拼写模式，比方说缩短的过去时拼写，blessed 写成 blest，wrapped 写成 wrapt，比方说喜欢节省位于词中间的辅音，sorrow 写成 sorow，比方说莎士比亚的个人的书写习惯，将 alley 写成 allie、allye。同时，他根据文本的讹误情况，比方说 creuie 给排成了 creuic（即现代英语的 crevice），证明排字时的误读。他认为，这些字的拼写方式就各自本身来说并不是独一无二的，但如果总的来看，从莎士比亚的习惯手书来看，就是独一无二的了，就是莎士比亚特有的了。

道格拉斯教授还从附加段落中特别臃肿、特别不合语法规范的句子断定排字时的误读。比方说，在《西班牙悲剧》中主人公西埃洛尼莫（Hieronimo）作为处于痛苦中的父亲做了一段令人感动的演讲，在演讲中他思考了一位父亲对儿子的爱的性质。在1602年的四开本中，有几个字I, or yet杂于中间长期以来令人非常费解。但是，经过道格拉斯教授研究，他从排字者的误读出发，便将这一谜题迎刃而解了。他认为，这实际上应该是Ier，是Hieronimo这一姓名在当时流行的缩写，是戏剧提示，表明这段话由西埃洛尼莫所说，并不是诗句本身的文字。

演讲后，我干脆到韦德纳图书馆里将基德的《西班牙悲剧》借了出来。晚上回到住处，我在客厅十分激动地跟青凤说了爱默生楼的演讲。

"现在肯定这是莎士比亚的诗歌吗？"青凤问。

"虽然还没有绝对的证据证明这就是莎士比亚的贡献，

但目前的研究成果使我们能够最接近证明这一点。这位教授说：'我认为我们现在可以以一定的权威说，是的，这是莎士比亚的诗歌。'"

"有没有炒作的问题?"青凤问，"目前在别的同期的作品中寻觅莎士比亚的贡献做得有点儿过头，有点儿疯狂。这中间很大的原因是出版社总想比它们的竞争对手出版更多的'莎士比亚作品'的缘故。"

"我已经在图书馆把那段独白翻译了出来。"我说，"你愿意听听吗?"

"当然。"

"听着：

> 我的儿子！儿子是什么？在几分钟内
> 一个在那个地方着床的东西；
> 一块心肝肉在幽暗中发育，沉甸甸压在那儿
> 确实能使玲珑纤巧、婀娜多姿
> 我们称之为女人的人
> 稳稳当当。
> 在九个月的末尾，他爬出来见到阳光。
> 儿子身上有什么东西
> 能叫父亲宠爱、狂喜，或者发怒?
> 一生下来，他噘嘴，哭闹，长牙齿。
> 要儿子干吗？必须喂养他，
> 教他走路，说话。
> 为什么不能去爱一头牛犊呢?"

"倒是很有莎士比亚的语言风格。"青凤说。

"或者将激情倾注在一个活蹦乱跳的孩子身上，
就把他当作儿子？我想，一头小猪
或者一头漂亮、毛色光溜的小公马
完全能像一个儿子那样让一个男人心动。"

"在念谁的诗？"巴拉德教授走进客厅来。

"莎士比亚的！"我说，"《西班牙悲剧》后续增加的段落现在基本证明是莎士比亚的贡献。"

"啊，那个我知道。"他说，"科勒律治在1833年就指出，那些'另加的段落'有可能是莎士比亚的贡献。段，你这么激动！"

"是有点儿激动，我已经把它翻译成中文了。"

"翻译成了世界上最为难懂的文字之一，真是很有意思的。"他说，"段，我和夫人要到意大利去度假，哈顿·米夫林出版社要为庆祝约翰·肯尼思·加尔布拉斯教授90岁生日在肯尼迪政府学院塔勃曼楼五层举行生日聚会。请你代表我去一下，代我向老朋友祝贺生日。"

我们去了。这是我第一次见到校长奈尔·罗顿斯坦，他的"哈佛要培养懂艺术的科学家和懂科学的艺术家"的教育思想可以说开创了一个新的教育的纪元。加尔布拉斯腰板仍然很直，一头白发，打了一只黑色的蝴蝶结领带，西服口袋里还插了一条浆硬的白手绢。罗顿斯坦校长在讲话中引用了加尔布拉斯的一句话："历史学家和小说家十分明晓悲剧可以充分地展露人的本性。但是，当他们利用战争、革命和贫困以制造悲剧时，他们都偏偏忘了利用金融恐慌以达此目的。在金融恐慌中，人们可以充分地欣赏人的行为的种种愚蠢性，因为在那样一个伟大悲剧的时刻，人们除了失去金钱之外，其实什么也没有失去"，以表明这位影响了整整一代经济学家的学者思想之深邃。罗顿斯坦校长接着说："我希望我们今天既不失去金钱，也不失去任何其他的东西。"引起全场哄堂大笑。

有一位戴着深度近视镜的法学院的教授——看来他们是很亲密的朋友——问他，约翰，纽约股市大跌之后现在已在回升，道琼斯指数有可能达10000点，你怎么看呀？他伸出食指在空中晃了一晃，说："我的忠告是小心！好事儿快完了！股市上的投机性很严重，所谓美国金融将成为亚洲和俄罗斯经济的支柱纯粹是无稽之谈。"他向大伙儿开玩笑地说："投机的泡沫总有一天会爆破的，小心点儿。如果华尔街立墓碑的话，那么，在那儿栽跟头的金融天才太多了。"

一头白发的清瘦的加尔布拉斯看上去十分的睿智，好像从他脑袋瓜子里人们可以找到所有的金融答案似的。

当加尔布拉斯在吹灭三层鲜花与草莓装饰的蛋糕上的九支蜡烛时，侍者来找我，说有人打电话在找我。

"喂？"我说。

"段牧之博士吗？"

"是的。"

"我是彼得·佩林。"

"彼得·佩林教授！你在哪里？"

"我在哈佛客栈，Inn at Harvard。"

"等一会儿我来见你。"

彼得·佩林教授是旧金山一所大学一个系的系主任和亚太研究中心的主任。他曾经到华盛顿特区乔治敦大学当访问学者一年，在这一年中我们是邻居，建立了非常深厚的友情。他有一半犹太血统、一半盎格鲁血统，是一个十分善于交际的人，不像一般做学问的人那样木讷。他虽然比我大10岁，但我们仍然是好朋友。

红砖白窗的哈佛客栈就坐落在哈佛街与马萨诸塞大道的交叉口，从塔勃曼楼走过去并不算远。

他在客厅里。客房并不算大，放着一张双人床，盖着大花的被罩，一张书桌和书架，两盏镀金的台灯，很是整洁与舒适。

彼得是一个挺帅的那种美国男士，蓄着络腮胡子，个子高大，穿着刚买的哈佛白球衫，走上前来跟我握手，活像个橄榄球运动员扑上前来，仿佛要从我手中抢球似的。

"这么大的床，一个人睡？"我问。

"一个人。"

"多可惜！"我拍了一下他的肩膀，"老兄！"

他耸了一下肩膀，两手一摊。

"不是你说在旧金山有一个中国女朋友吗？"我问。

"正如你们中国人说的——鸡飞蛋打了。"他苦笑。

"你来哈佛干吗？"我问。

"在费正清中心有一个研究中日美三角关系的课题。我参加了这个课题的研究。我将在这儿待一个月，来自中国、日本和美国的学者将开一系列专题的讨论会。你有空来吗？"

"我去干吗？我一点儿也不懂。"

"别谦虚了。文学和国际关系也不能说完全没有关系吧？"

"是吧，喝啤酒去。"我说。

在哈佛客栈斜对面有一个香港楼。香港楼楼上是一个酒吧，沿着一个狭长的木楼梯走上去，往右拐便到了酒吧。酒吧里黑压压一片人，全是哈佛的学生。没有座位的便站着聊天，似乎并不在乎。两头头顶上的电视在播放最近的橄榄球赛，但人们似乎只顾聊天，很少有人注意电视屏幕。我想那电视屏幕无非是给酒吧增添一种气氛而已。

我们两人各要了一罐酒精含量27%的塞缪尔·亚当斯啤

酒，挤在学生群中聊天。有的女孩子特别能笑，不管你说什么，她总觉得十分好笑，而且笑得特别脆，特别响。我们周围就充满了这样的金发的、黑发的、棕发的、紫发的女孩，于是傻笑声必然不断。

"你离婚了？"他问我。

"离婚了。"我感到有点凄凉。

"李蓉婷是一个很可爱的女人，很可爱，简直令人难以置信的可爱。"他说，用了那么多极端的形容词。

"她跟一个美国老头儿走了——"我说，"唉——"

我接着问："你呢？你还是坚守你的不结婚的哲学？"

"仍然。"

"为什么？"

"婚姻是爱情的坟墓。"

"你不希望负责任，你对世界采取一种十分悲观的态度，还是采取一种玩世不恭的态度？"

"你不也是这样吗？"他问，避开我的问题。

"是的，我们是同类的人，惧怕责任。而男子汉的肩膀是需要承担远大的生活责任的。"

因为彼得第二天早晨9点在费正清中心有一个会议，我们没有像平常美国人那样，非得在酒吧泡到半夜一两点才回家倒头睡觉，而是早早地分手了。

第二天我在韦德纳图书馆里待了整整一上午，下午，我顺着地上画着的红线走，从地下径直走到豪顿图书馆去查看乔伊斯的手稿。傍晚犹太研究中心的希莱尔·拉文教授请我上他家过犹太人的苏卡节。他是一个矮矮胖胖的人，黑卷发；夫人看上去年轻时一定是位美女，脸部的线条十分柔和，双眼皮下的眼珠很美，很美。在客厅的墙边上放着她画的油画，是印象派的，非常注重色彩的运用，特别是蓝色与白色。拉文教授在他布鲁克莱恩家的后院里用鲜花点缀了一个祭祀台，在曳动的烛光中他吟读了犹太律法中的段落，然后每人虔敬地分一块面包。从拉文教授家回到极乐鸟海岬已很晚了。我生怕吵醒青凤，蹑手蹑脚走上楼。从冰箱里拿出西柚汁，给自己斟了一杯，靠在沙发上独自静静地呷饮，仿佛这样一天的辛劳就会自然消散。

这时，我突然听见青凤房中有隐隐约约的男人的谈话声，那声音似乎十分熟稔，又似乎十分陌生。

"青凤……"

"……"

"青凤，我不能——没有你……"

"请放——放了我吧……"

"不，不，这是不可能的——"那男人的声音。

翌日深夜我回家又听见了房间里的响声。

"Honey，跟我回去吧——"

"这——已经不可能了。"女人的声音。

"我们可以私奔到另一个地方去——"

"现在太晚了。我要求的不是私奔，不，绝不是私奔——"几乎是充满了痛苦的哭声。

"我要疯了！"

"我也要疯了！"

这一切使我在卧室上床时心中充满了困惑和疑虑。这使得上次她闭门接电话的谜显得更为神秘、更为复杂了。这男人可能是谁呢？他们是什么关系呢？我心中的深处有一种妒意，这个女人到底和我有一吻之缘；我对她有一定的好感。难道一吻就能定情吗？难道好感是爱情吗？我有什么权利妒忌？我有一种深深的空落感。

然而，令我奇怪的是青凤第二天在客厅与我相见时仍然是那么活泼，那么快乐，一脸笑容。在餐桌上，喝着Tropi-cana西柚汁，吃着涂了黄油的面包，她跟我聊起曼德拉那次在哈佛校园的演讲，说她从没见过12000名学生给予一个外国领导人如此热烈、如此动人的欢迎。她说她从头到尾始终处于热血沸腾的状态。她问我："你觉得是什么原因？"

"你说呢？"我故意反问她。

"你看，一国之领导人，一洲之领导人，世界级的领导人，仍然显得那么温文尔雅，毫无造作与矫饰，没有很深的修养是做不到的。另外，我觉得哈佛学生对他倾倒还因为他的不报复的政策，他上台之后，没有采取对原种族主义者报复的政策，而是采取民族和解的政策。"

"难道还不因为他在80岁高龄而娶了一个53岁的新太太吗？"我问。

"有可能，有可能。"她笑着说，没有一丝昨晚的阴影，"那是需要勇气的，需要对生活的信心，需要生命力。就需要有这样的气概，即使两人能在一起生活一天，也是一种幸福。"

"你有这种勇气吗？"我问。

她含有深意地说："没有这种勇气我活不到今天。"

我的潜意识告诉我，她一定有什么东西隐瞒着我。她的过去就像隐藏在新英格兰灯塔后面的黑夜一样，对于我，是茫然一片。

"现在言归正传。"青凤将我从沉思中猛然唤醒，"我们说赫尔克里斯和所罗门是英雄，因为他们军事上的英武和智慧。那么，像曼德拉这样的现代英雄，是因为什么呢？"

"就因为他有性格，对，性格。"我说，"他经历了生活中最严酷的一面和最荣耀的一面，但他始终保持了他的人性。他被监禁了27年，他仍然保持人性；当他当上了南非总统，成为世界级的领导人，他仍然保持他的人性，他的幽默感——请别笑，别误解我，我并不是说他成为英雄是因为他在演讲中使用了幽默——它表明一种人性的力量，你可以称之为谦逊，称之为伟大的人生观，或者称之为英雄式的。"

"那你呢？"青凤问。

"我？"

"对，你，你是车尔尼雪夫斯基式的英雄吗？"

"我缺乏性格，缺乏那种人性的力量。"我承认道。

"就承认这一点的勇气来说，你是够英雄的。"她大笑着说。她沉默了一会儿，接着说："我经历了你难以想象的痛苦和磨难——"

"而你仍然保持一张英雄式的笑脸？"我替她续完了她想说的话，"你想说你是一个车尔尼雪夫斯基式的英雄吗？"

她没有回答我，闭上了眼睛，美丽的脸在抽搐。

我问她："青凤，我昨晚听见你房里似乎有人在讲话。"

她抬起脸，惊愕地问："什么？你听见了什么？"

接着，她像镇定了自己，自我安慰地说："你也许听错了吧？"

我说："我也没有把握，也许听错了。"

楼下有人按门铃。青凤手中拿的西柚汁杯也泼翻了，她显得有点紧张。

我下楼去开的门，原来是董佩苟。她头发有点披散，神情疲惫不堪，看来精神状态很糟糕。

"佩子，怎么了？"青凤问她。

董佩苟嘴角微微笑了一下，轻轻的，不说话。

"你想喝什么？"青凤换了话题问她。

"威士忌，你有威士忌吗？On the rock（放冰的）！"她说。

我刚从肯塔基开会带回来一瓶肯塔基老爹威士忌，还没开瓶。我去斟了一杯威士忌给她，她仰脖一饮而尽。

"天！你什么时候学会喝酒的？"青凤说。

"这还用学吗？心情糟透了的时候就喝了。"

"佩子，你告诉我怎么了？"青凤问。

她把手提包往沙发上一甩，屁股往沙发里一坐，玩世不恭地问："想听吗？A funny story（一个可笑的故事）。"

"钟晨没来找你？"我把话题支开了，我知道她所谓的可笑的故事绝无可笑而言。

"他整个儿地混蛋了，他还会找我回去？他现在拿了博士头衔了，挣的钱比我多了，满世界地跑了，他还会把我放在眼里？"说完，她哇的一声哭了起来，眼泪鼻涕一齐往下流淌。这哭声真让人揪心，不是滋味。我拿来毛巾递给她。

"谢谢，"她说，"青凤，他读博士的时候，我有多苦！我一天打三个饭店的工，从弗莱斯特山跑布鲁克莱恩，然后再跑北区，手在池子里洗碗泡得发白。"

"真是不容易。"我说。

"有一年他资助没有拿到，一个月就200美元过日子。买海虾吃，1/5磅地买。看见黑人推着车将肉、鸡一大包一大包地往里放，我真眼馋得很！我想有朝一日我也可以那样将牛肉、海鲜、鸡肉大包大包地往家拿。我一个人坐在那儿想想就哭。除了自己，有谁能帮你忙？我出门去给人家看孩子；我到哈佛学生宿舍擦厕所和浴室；我到Star超市去给人装袋，我什么都干！"

她大概又想起当时拮据与打工的苦楚，哭得更厉害了。她大把大把地往毛巾里擤鼻涕。

"我父亲空难死了，妈妈没有改嫁，一直把我拉扯大。我一直想的就是让妈妈幸福。"佩子说，"我也是有专业的，我不是家庭妇女，我还是音乐系的硕士生。我为的什么？还不是为了钟晨能把博士学位拿下，为了这个家！刚有了点钱，日子好过一点儿，他父母从四川来探亲，一住就是半年。老太太还挺多事儿，出外旅游我坐在丈夫旁边的副驾驶座上还有意见。"

"老不死的！"青凤愤愤地说，"你们把公寓房买下了？分期付款？"

"对，分期付款。你不知道为了每月1800美元的分期付款，我费了多少心血。钟晨没把他所有挣的钱拿回家。他是不要这个家了！"

"你们两个是不是好好地谈谈？"青凤说，"心理学家说，夫妻吵架最要不得的是离家出走。"

"我最受不了的是他的欺骗。他骗人，瞒着我在外面养女人！他不拿面镜子好好照照自己，头上究竟有几根葱，没有去买几把插在头上，净装蒜！"董佩荀说。她比刚才稍微沉静了一点儿了。她不着边际地说："看来，世界上男人没有好人！"

"董佩荀，你是不是打击面太宽了，把我也包括进去了？"我说。

"难说，真是难说，段牧之。"董佩荀嘴角轻蔑地笑一笑，"刚才你们不是要听我的funny story吗？"

她没等我们回答便说下去了。落地灯的灯光照在她的脸上，那脸颊上仍然残留着泪水的痕迹。她说："那天搬去租住房之后，我独自在考帕利广场徘徊了许久。天渐渐地黑了，路灯亮了起来，人们都在急匆匆地往家赶。连接保诚人寿保险大楼和考帕利大楼的过街天桥就像一条亮着灯的灯笼挂在黝黑的街上。远处黑压压的大楼上亮起了莱诺克斯旅馆的招牌。我感觉自己在这些波士顿的寻欢作乐的人们中是一个极其孤独的人，一个被世界遗弃的人。我想到了大学时候要好的一个男同学，叫林栋，他读了一个法学硕士，竟然开办了一家律师事务所。他住在布鲁克莱恩。我就去找他。

"他家我还是前几年同学聚会时去过一次。印象非常淡漠了。我坐绿线地铁到了布鲁克莱恩，在黑咕隆咚中竟然找到了。这是一幢独立的小木楼，门前有一小片草地和矮灌木做的栅栏。这当然不是曼哈顿的气宇轩昂的那种富豪居住的价值百万美元的住宅，但在留学生中也算是成功者了。

"我按响了电铃。是林栋来开的门。他见到我先疑惑了一下；他不认识我了。我说：'林栋，不认识我了？我是董佩荀呀。'

"他恍然大悟，连连说：'啊，请进，请进。'

"我心中只是觉得异常的痛苦。难道我的面相变了吗？难道我变老了吗？变丑了吗？连大学的同学都认不出了。

"进门过了门厅便是客厅，餐厅与客厅相连。墙面全漆成白色，白墙上挂着莫奈的印象派油画复制品，气氛非常宁静而又具有艺术气质。

"我见屋子里这么安静，不像再有人，便问：'夫人呢？'

"我认识他的夫人。他的夫人是北大的，和林栋谈恋爱时常来学院。我见过，一个十分可爱、小巧玲珑的南国女子。

"他说：'公司派她去佛罗里达出差了，要到月底才回家——啊，请坐下，怎么还站着？你想喝点什么？'

"我一屁股跌坐进沙发，我已经瞎走了一天了，腿有点酸了。我说：'你有威士忌吗？'

"'怎么？你学会喝酒了？'

"'现代女性嘛。'

"'不，不，烟不抽。'

"'那还不是完全的现代女性。'他说。

"'你瞧，我现在开了一家律师事务所，生意很不错。'

"'我听说了。你是我们大学一届中最有出息的了。'

137

"'我现在雇了四个人在我手下干活，两个台湾人，两个香港人。混得不错吧？'

"'不错。'

"我知道他仍然在吃中国人的饭。给中国留学生、羁留不归的学者和福建的非法移民办绿卡。那些法定手续和报表无非是一套程序，熟门熟路之后便是一套机械的流水作业罢了。

"他瞅着我的模样也猜出了个大概。他问：'怎么？和钟晨吵架了？'

"'不光是吵架，我和他完了。'我说，'他在上海养女人，一直瞒着我。那女人打电话到家里来才穿帮了。'

"'啊，女人，女人呀，总是受害者。'他同情地说，'那你就住在这儿吧。'

"'呵，不，我本来只是想来看看你的。现在你夫人不在家，不方便。我回家去。'

"'回家？这么晚了。我有两间大房间，你住一间没问题——喂，董佩荀，我们两人谁是谁呀？在大学的时候，我们都是穿连裆裤的呀，谁是谁呀！'

"他接着又说：'你还没吃饭吧？你先梳洗一下，然后咱们到联邦大道去吃饭。'

"他找了一家按西部牛仔风格烤猪排的托尼·罗马饭店。侍者端来一个大盘，盘中是一整块用焦炭烤的猪排，量太多，我根本吃不完。那猪排烤得实在是讲究，火候适中，排骨上的肉香喷喷的，就像松木香。我竟然把那一大块排骨吃完了。

"回到家，他带我到楼上一个朝向后院的房间。院中有几丛矮灌木，一树红叶，犹如一树红花一样，生长在茂盛葳蕤的、修剪齐整的青草地上。高大的橡树就从我窗前蹿向空中去，疏影细枝就在我的窗前摇曳。

"他把房门的钥匙给我：'这是你的。晚上锁好门。我就睡在隔壁房中。'

"他走后，我一个人倚靠在窗前，望着摇摆的叶影暗自神伤。当初在大学时，糊里糊涂跟人谈恋爱，后来又糊里糊涂跟钟晨结婚。钟晨算什么？简直是侏儒！我是谁?！谁人不说我长得漂亮，白脸蛋，大眼睛，瞧瞧我的身材，虽说不是倾城倾国之色，但在学校里也算是校花呀。林栋在大学时向我求过爱，我太矜持了，也不知为什么拒绝了他。我嫁给了钟晨，这家伙简直不是人！难道仅仅是因为他骗人，在外面养女人？其实并不尽然。和他结婚之后，我内心深处有过后悔之意。从骨子里我看不起他。说实话吧，我也有点虚荣，不愿和这三等残废的男人一起到大庭广众之中；我有一种难以自制的自卑感。

"我发现我哭了，伤心地啜泣起来。

"我想，要是我当年接受了林栋的爱呢？现在会怎么样呢？他长得高大英俊，腮帮上留下的胡须的青根彰显出一种叫女人失魂落魄的男性吸引力。要是我处在他夫人吴芸芸的位置呢？啊，不，这是不可能的。别胡思乱想了。

"正在这时，有人在用钥匙开门。我的心一紧缩，再见窗外满世界的黑暗，就更害怕了。我想喊。

"门打开，冲进来的原来是林栋，穿着一条短裤，上身全部裸露，胸口长着毛。他也许因为紧张，也许是因为激情，喘着气。他问：'还没睡？'

"我问：'你闯进来干什么？'

"'我想你，佩子。'

"'废话，到如今还什么想不想的。'

"他说话有点嗫嚅，身子在发抖，像一头受伤的狼。

"他说：'我想要你，从大学时代起，我一直有这样的欲望。你是这么美。'

"'你有妻子了！'

"'那有什么？'

"这时电话铃响了。他扑过去接电话：'喂，是我，芸芸，honey，你怎么样？什么？——我的声音有点抖？——波士顿昨晚下了场雨，天气便冷了，暖气不够。别担心，没事儿，darling，什么？我想你吗？我怎么可能不想你呢？快想死我了！——'

"电话挂断，我不禁大笑起来。

"'你笑什么？'

"'你太会演戏了。你太会骗人了。'

"'这有什么，莎士比亚不是说，整个世界仅仅是个舞台而已吗？'

"这时，我心中突然生出一种对世界上所有男人的厌恶之情。钟晨是混蛋，我来求助的林栋原来也是个混蛋。我有了一种报复的欲念。钟晨把我弄到这步田地，男人把我欺骗到这步田地，我要报复男人，报复所有的男人！

"林栋咕咚一声在我面前跪下了。一个男人，一个十分性感的男人跪在了我的面前。我有一种邪恶的快乐，因为女人报复的虚荣得到了满足。

"'我有钱，我有的是美元，佩子，就一次！'

"我直截了当地问：'给多少？'

"他一听，喜形于色，说：'一千！'

"我像吆喝狗一样地吆喝道：'上床！'"

董佩荀讲到这儿脸色惨白，好像要支撑不了的样子。

"再来一杯威士忌！"她说。

青凤斟了威士忌递给她。

她没喝，却从手提包里拿出一沓美元，说："我从他那儿赚了5000美元，5000！"

说完，随手就将百元的绿背钞票往空中一抛，富兰克林头像像雪片一样在空中飞舞。

董佩荀狂笑起来，一脸怪样的狰狞，说："5000！"

我说："青凤，快把她扶进房里去，给她吃点镇静药，让她睡觉。"

青凤把她扶进房里，她嘴里还在喊："5000！5000！"

客厅的地板上、地毯上、茶几上和台灯罩上落满了美元，就像秋天的枯叶一样。

董佩荀终于决定和钟晨正式离婚。我劝她不要再放任自己，她答应将专注艺术。她是非常有才的，对于西方的钢琴曲，特别是拉赫玛尼诺夫的钢琴曲，有着惊人的阐释能力，把俄罗斯的那种忧郁和缠绵表现得淋漓尽致。但她自控的能力很差，每每会被其荒诞不经的想法左右，而把才情白白地浪费了。我一直把她当作小妹妹，时不时地提醒她。我生怕一个钢琴天才夭折了。

十一

一天，我彻夜未眠，完成了论文《斯蒂芬的自我流放》。
当我在键盘上敲下最后一个字母时，天已经蒙蒙亮了。推开
卧室的窗户，一股浓郁的青草的馨香扑鼻而来。鸟儿醒来
了，在歌唱，有山雀、鹎和金翅雀。远处海天一色，一种朦
胧的蓝，在晨雾中夹杂着朦胧的绿色、红色和黄色，俨然是
一幅莫奈的画卷。

从巴拉德夫人那儿，我知道巴拉德教授已经去网球场打
网球了，将直接去办公室。吃了早餐，我到燕京图书馆将论
文打印了一份，随即到博伊顿楼巴拉德教授的办公室。他的
秘书安妮坐在外面的房间里，看见我，她让我径直走了进
去。我将论文交给了巴拉德教授。

他示意我坐在他办公桌对面。

他饶有兴趣地问我："段，你去过曼荷莲学院吗？那儿
有一个极好的赛马场。"他给烟斗加上烟丝，说："昨天极乐
鸟来比赛了。人们争相瞧上一眼这三冠马王。真是名不虚
传，扬蹄飞奔起来，就像是一阵风似的。"

"我在华盛顿特区时，去新泽西看过赛马。到波士顿，
还没有去看过赛马。"我说，"教授喜欢骑马？"

"年轻的时候简直迷上赛马了，现在只是瞧瞧的份儿了。"他说。我说："这是体育项目中最美的一项了。"

他带着激动的神情说："叫人意想不到的是，这匹三冠马王在最后一圈拐弯处摔倒不起，在赛马跑道上被当场处以安乐死。太惨了！你读过屠格涅夫的《猎人笔记》吗？那里面讲了一个爱马的人，他的好马被人偷了。他倾其全部的财力到处去寻找，结果找到一匹似是而非的马，自欺欺人地以为就是那匹好马。结果有人给他点破了，他失去了他生命的最后一根稻草，他的生命也就完结了。"

"这是一个关于爱马的人的极致故事。"我说。

"是的，段，你知道我很小的时候，我父亲带我到梅多兰兹赛马场去看赛马，由此而一发不可收。我在卧室衣橱的门上贴上了我最喜爱的马的照片，像'海军上将'啦，'迅风'啦，'佛里特伯爵'啦，还有骑手，像拉斐特·品卡啦。"

说完，他仿佛在不经意之中向桌上的论文投了一瞥，问道："写好了？"不等我回答，他就说："那就放在这儿吧。"我便走了出来。

行走在四方院子的小径上，我不禁唏嘘："天！我终于完成了！我终于完成了！"多少个日日夜夜，无数的隐喻、诸神、神话、拉丁文、意识流需要你去破解、联想和决断，需要你去分析和综合，搞得人天昏地暗。我要永远记住这一天，要好好地庆祝一番。青凤去新伦敦开一个国际会议，我便到潘恩楼地下琴房里找到了董佩荀，一把抓住她，把她拽出琴房。

"怎么回事？"她问道。

"佩子，跟哥们儿去喝一杯！"我说，"到查尔斯饭店去，二楼正在供应早午餐。"

查尔斯饭店二楼早午餐厅很大，在一边放着自选的菜肴，同时有几个当场烹煮和烧烤的柜台。董佩荀要了一盘单面煎鸡蛋，在盘中俨然一颗太阳；我则煎了一盘牛排，五成熟，还带着血。

"什么事使你这么高兴？"董佩荀喝了一口她的橙汁，问道，"莫非你和青凤的好事儿有眉目了？"

"不是。"我说，"她老躲着我，不知为什么。我叫你来，是因为我今天完成了我的论文，把它交给老头儿了。来，喝！"我举起了百威啤酒罐。

"哈，哈，你在他面前口口声声教授、教授的，怎么在背后称他老头儿了？"

"没事儿，他也老叫自己老头儿、老头儿的。"我说，"我今天交了卷儿了，太高兴了。你知道，我看了多少参考书，从地上到桌面，足足有这么高！"我比画了一下，"难啃的骨头呀！太艰难了，有一阵都想打退堂鼓了。《芬尼根的守灵夜》看不懂，你就不好对乔伊斯的美学做一个整体的评价。"

"这是你自己选择的路。乔伊斯本来就不好懂。就像我们音乐，贝多芬钢琴奏鸣曲，这是最高境界了，能弹好的并不多。"她说，"毕竟你完成了！碰杯！"她举起她的橙汁往我的啤酒罐上碰了一下。

我瞧着她那清秀而丰腴的圆盘脸，被乌黑的头发衬托得更加白皙了。那一对黑色的眸子透着艺术家的灵气，略微带着一丝忧郁。还有那一双修长的手，多么美妙的回肠荡气的音乐，肖邦的、李斯特的、舒曼的，从那手指尖叮咚地跳跃出来。然而，这么一个优秀的女人却被丈夫抛弃！真是不可思议。

"你决定离婚了？"我问。

"下死心了。"一阵忧郁笼罩在她刚才还是灿烂的脸上。

"这是一个很艰难的抉择。人们往往选择凑合着过。"

"凑合不了了。这样的生活给我的艺术也是一个打击。我的成绩一落千丈了。"

前几天她在新英格兰音乐学院音乐厅的学生音乐会上演奏拉赫玛尼诺夫的《第三钢琴协奏曲》，砸了锅。

在音乐会上，她依然穿着一袭黑色的袒胸长裙，长长的卷发垂挂在肩上，神情稍微有点儿紧张，走到钢琴前向观众浅浅地矜持地鞠了一躬。

在观众席中有人惊叹道："太美了，太年轻了。"

董佩荀还从来没有在这么大的场合表演过，而且弹的曲目又是有名的难。第一乐章，自由的奏鸣曲式，她恰当地表达了犹如薄暮一样的安谧，将怀旧的俄罗斯民歌般的曲调处理得欢快而又惆怅。然而，在第二乐章，她似乎有点不能控制自己了，对于乐曲所饱含的那种先俄罗斯式的忧郁和寂寞，而后又狂放不羁的激情把握不住了，显得有点儿呆木。有的乐句过于拖曳，有时候左手过重，到第三乐章，她已经无法招架那快速而庞杂的和弦，好几次出现错音，落指也不那么准确，更糟糕的是她把琴弦弹断，彻底砸锅了。

曲终，全场一片沉寂，没有掌声。从楼座上还传来调皮的口哨声。

董佩荀跟我说这事儿的时候，眼睛中噙着泪。因为说起伤心事，她扑到我的肩膀上干脆哭了起来。

"你选了一首这么难的协奏曲，太难了。"我说。

"练习时好好的，怎么在现场却昏了头了。"她哭得泪人儿似的，"太丢脸了！"

"你太紧张了，晕场了。很可能你还没有完全把握拉氏的激情。他创作拉三的时候，才36岁。他的乐曲饱含了对英雄的憧憬、悲剧性和对人生的思索。"

"你说得对极了，我对拉氏理解还很不够。没有感情的演奏只是一个个音符而已，但那不是旋律，不是乐曲。"

"这么美的音乐，这么坚毅、这么带有忧伤和沉重感的音乐只能源自俄罗斯。如果你读过屠格涅夫和车尔尼雪夫斯基的小说，你就明白了。"

"文学上的准备也很不够。"佩子说。

"不要紧，以后就会好的。谁都有这么一个过程。你还只是一个研究生。"我说。

吃完早午餐，我们安步当车穿过哈佛广场，路过合作社商场和书店、花店，回潘恩楼。我们在校园里漫步，学生们背着背包在犬牙交错的小道上匆匆走来走去，阳光透过浓密的榆树林照在青草地上。约翰·哈佛的铜像仿佛也非常惬意地沐浴在灿烂的阳光之中。韦德纳图书馆前的宽大阶梯上零零落落坐着看书或休息的学生。

"我这几天一直在琢磨，我还应不应该继续学钢琴？那钢琴已经成了一个'长着88颗牙齿的魔鬼'了。我也许不是弹钢琴的料。"

"不要这么想。我觉得你有弹钢琴的才能。你会成为一名出色的钢琴家。你妈妈也对你期望很高。"

"我现在毫无信心了。钢琴能成为我安身立命的事业吗?"

"当然，我们不能和自己较劲。要是没有才能，硬强迫自己做音乐家，也是做不成的。达到艺术的峰巅也只能是少数人，你不要灰心。你瞧，威尔第在一部歌剧失败后，受到极大的打击。挫败让他消沉了下去。他不再想写歌剧了。但三年之后，他又东山再起，写了流芳百世的歌剧，和那首著名的《飞吧，思想，插上金色的翅膀》。"

"我怎么能和威尔第相比。"

"你只是这一次的挫折。你有过很辉煌的经历，别忘了。

146

不是什么人都能进哈佛音乐系的。这一次，你选择了一首过于艰难的乐曲，对于一个大学生来说，太过艰难了。再说，你晕场了。"

在做早祷的艾珀顿小教堂旁边，在一棵榆树下，董佩荀突然伸手抱住了我，把脑袋贴在我的胸口上。

"你会恢复自我的，你会重新找到艺术的灵感的，我确信，佩子。"我说，"最近，我在卡品脱楼的电影院看了罗曼·波兰斯基导演的《钢琴家》。阿德里安·布洛迪把这位钢琴家在第二次世界大战中作为犹太人的窘迫和苦难表现得太惟妙惟肖了。犹太钢琴家瓦拉迪斯劳·斯皮尔曼演奏的肖邦的夜曲，太令人感动了，即使那样九死一生的苦难也没有把他摧毁。"

一只嘲鸫从榆树上飞下来，停栖在草地上，随后，又有一只飞来相伴。

"我有他的录像，我一口气看了两遍。阿德里安·布洛迪为了演好钢琴家的饥饿，在拍摄前忍饥挨饿了整整半个月。"她说，"瓦拉迪斯劳·斯皮尔曼确实弹得比一般演奏家要好，它带有只有波兰人才有的那一丝忧郁和悲愤。"

"我觉得你上次在埃多佛尔教堂的演奏就达到了那样的一种境界。这是中国人对肖邦最好的阐释了，我认为。"我说，"所以，你无论如何不能沉沦。"

"我不会沉沦，请你放心。"

草地上的两只嘲鸫向图书馆方向飞走了。

"但愿如此。"我说，"快乐起来。有位美国女作家说，任何艺术都有一种令人爱恋的特性，那是一种终生的恋情。"

"是这样的，我相信。"

十二

　　青凤从新伦敦回来之后，我们两人相约飞往阿尔伯凯克。巴拉德教授要在那儿主持一个关于乔伊斯的国际讨论会。青凤没有去过那儿，想去瞧瞧。阿尔伯凯克那里人山人海，正在举行一个热闹的国际热气球比赛。从阿尔伯凯克，我们租了一辆赫兹租车公司的车驶往亚利桑那州北部的曼卡。

　　曼卡是阿巴契印第安人的保留地。车一驶入萨克拉曼托山谷，就被蓊郁的松树林包围了。几分钟之前，我们还在稀疏的高原草原行驶，蓦然间映入眼帘的是远处的雪山和近处令人心旷神怡的绿意。

　　曼卡坐落在峡谷的边上，是一个平坦的高地，印第安人在高地上建了一个小镇。即使印第安人在松林深处建有现代的住宅，他们仍然还建造传统的像大帐篷一样的房子，支以树枝，盖以楞瓦，仅留一门，极似蒙古草原上的帐篷；同时，印第安人黑发、黑眼珠，宽阔的额角与脸膛，高耸的颧骨，也极似蒙古人种。我和青凤一样，对于他们所带有的亚洲特征十分惊异。

　　"看来我们可以证实印第安人是亚洲人在更新世通过白令海峡的陆地桥而进入北美洲的。"青凤说。

148

"像你这么轻易地下结论，还要考古学家与人类学家干吗？"我说，"有证据表明最早的移民是40000年前。更多的证据表明他们在10000年到15000年前确实已经生活在北美了。"

"不是有人说在殷商时期有一支部队打了败仗，从此消失，历史上再也没有记载。这支部队就有可能北上而进入北美。"青凤说，她对这假说自己也很没有把握，只是作为谈资而已。

我们走进一座帐篷房，里面呈长方形，16英尺长，15英尺宽，木柱和横杆都取自红松或者一种沙漠杨柳，非常坚韧。门朝东方（青凤说这又是一个有力的证据说明他们的祖先来自东方了），地是夯实的土，三面墙脚边是长条木，做卧床、储藏柜和客人座位。在门外建有一个门廊，在其两端各置一长木凳，睡在长木凳上的人早晨能见到太阳出山，而晚上则在他或她的背后落山。青凤调皮地在长木凳上睡了一会儿，引来了好几个印第安孩子来看热闹。

在印第安人眼中，自然界中每一样事物都有一个神，这与中国人的信仰何其相似，山神、土神、雷神。他们主张精神、心、身体与自然融合和谐。

"你知道在印第安人的宗教中他们反对什么？"青凤问我。

"我不知道。"我说，"你怎么这么了解印第安人？"

"我花了一年的工夫专门研究印第安人的历史与文化。"她说。

"别瞎吹了。"我说。

"告诉你吧，他们有十三样反对，即十三条戒条。他们不能自杀，不能杀死部落的人，不能杀死另一个部落的人，不能杀死墨西哥人，不能不履行礼仪，不能耽迷于酗酒、偷窃、通奸、欺骗、积敛财富、乱伦、行巫术与背后恶言伤人。是十三条吧？"她在扳手指数。

"是十三条戒条。"我说，"一个民族反对什么、赞美什么，构成这民族的主要文化精神。"

"你瞧，他们有图腾，大部分是动物，但有一样动物他们是不做图腾的。你知道是什么吗?"青凤问。

我知道今天在印第安人保留地我是大失水准，与青凤相比，我的知识面太窄了。

"是什么? 别卖关子，我承认你知道得比我多。"

"鹿，鹿对于他们是神圣的，因为他们的食品、御寒的衣物都取自鹿；在剥鹿皮和取鹿内脏时，都需要举行宗教仪式的。"

当我们在印第安小镇闲逛时，有一个印第安老太婆叫我们到她家做客。她脸上的皱皮就像松树皮一样粗糙，牙齿都脱落了，腮帮深深地陷进去；一对黑眼珠子极小，几乎要给眼皮遮掩了。手指甲跟她的手指差不多长。屋子里很乱，到处堆放着旧衣物，屋子中间一张吊床，一个小孩正躺在里边。

"你们是来旅游的?"她用一半英语、一半西班牙语问。

"不是，我们是来丁香客栈开会的。"我说，"顺便到这来看看。"

"啊，丁香客栈还有5英里路。"她说，顿了一下，问，"你们是一对夫妻?"

"不是。"我惶恐地说。

"啊，太遗憾了。"她神秘地说，"你们应该是一对的。小伙子，要是在财富与好妻子之间让你选择，你选择什么?"

"我选择好妻子。"我说，没有半点迟疑。青凤在一旁傻笑。

"小伙子，你做了正确的选择。"老太婆说，"这正合我们印第安人的传统。"

"什么传统?"青凤问。

"我们认为积敛财富是危险的。"老太婆说,"把你的手心给我。"她对我说,不由分说地一把抓住我的手,在手心上端详良久。

"哈,你会交桃花运。"她说。

青凤乐了:"说你会交桃花运呢,有多少姑娘会追求你呀!"

"有一个印第安民间传说,你们要听吗?"老太婆说。

"说来听听。"青凤说。

老太婆用舌头舔了一下她没齿的牙床,说:"从前,在曼卡住着一个十分富有的人,他拥有黄金、牛、衣物和一切金钱能买到的东西。有一天,伟大的神带富人到一个地方,在那儿点着长短不一的蜡烛。伟大的神指着一支代表富人的蜡烛——那蜡烛快燃到尽头了。富人说他仍然很年轻,他不想死。这时,正当伟大的神转身的时候,富人点燃了另一支蜡烛,吹灭了那支短的。富人刹那间便倒下死去了。伟大的神将那支长蜡烛接在短蜡烛上,富人即刻活转过来了。伟大的神对他说,既然他这么热爱生命,他便让他复活了,但有一个条件,那就是他必须放弃他所有的财富。回到家,他把刚才的经历告诉了妻子。妻子大笑,说他准做梦了,这一切不可能是真的。她说,要是没有钱,我们就不能吃我们想吃的,穿我们想穿的。富人一想也许他刚才经历的一切仅仅是梦幻而已,于是将伟大的神的要求置之脑后了。他心中一这么想,便立刻倒地呜呼哀哉了。"

从印第安老太婆家出来,青凤说:"无论在美国还是在中国,在民间总是有一种神话或寓言,寄托一种警示的力量。"

"刚到上海时,我脖子上和脚上还套着银项圈,胸前挂着所谓的金锁,一面写着'长命百岁',一面写着'荣华富贵'。银圈的含意就是要把孩子的命套牢，这样容易活下来。其含意和印第安人在寓言中所寄托的思想是一样的。"

"你说这印第安寓言到底想说明什么？"

"无非是人生苦短，财富并不是人生追求的目标。人生追求的应该是幸福。许多人在生活中误入迷津了，将生活中最基本、最简单的事实忘却了。"

"我不同意这观点。"青凤激动起来，"没有钱是万万不行的！这印第安寓言太理想主义了。"

从印第安小镇驱车到丁香客栈仅十几分钟便到了。

丁香客栈的客房楼全是二层楼的建筑。我和青凤紧邻住在二楼。我打开窗帘是一面玻璃幕墙，沐浴在阳光下的松林顿时映入眼帘。拉开玻璃门，我走到阳台上，一阵阵深谷中才有的清新的松针与泥土混杂的馥香扑鼻而来。我深深地吸了一口气，仿佛希冀将这春天的气息永恒地留在我的胸中和脑海里。我忽然被一阵阵叮咚声所吸引，犹如天籁；原来是一条曲折的清溪，在岩石中、在青青的山地青草地间时而欢快地、时而悠悠地从我的阳台底下流过。有灰白的小松鼠在溪边饮水。我似乎忘却了离婚给我带来的阴影与痛苦，仿佛又找回了复旦的那个青春年少的我。

"嗨！"

从阳台那头探出青凤一头卷发的脑袋。显然，她也经受了与我同样的、置身于自然之中的感动。

"嗨！"我回应道，"过来吧，到我这儿来。"

一眨眼的工夫，她就来到我的阳台。阳台上有一只铁丝的小圆桌和两把铁丝沙滩椅。我在厨房间（与客厅相连）的咖啡室里熬了喷香的咖啡，各斟了一杯，两人便坐在阳台上有滋有味地品味起来。

青凤全身靠在椅子上，说："牧之，你知道，我多少年来还没像今天这样放松过。"

"你是说你一直是在神经绷紧的情况下生活？"我问，先没喝咖啡，而是用鼻子闻了一下那特殊的带一点儿焦的香味。

"是的，你说得太确切了，神经绷紧——我是自费生，全靠自己用两个拳头打天下。拿的是半奖，要到街上去找活儿——找付现金的活儿打工，有时一天要跑三个地方。"

"打什么工？"

"什么工都打，给人看孩子算是好活儿了，有时看管生病的老人，给老人做血压记录、吃药，管他们拉屎拉尿，遇到有的老头儿、老太婆脾气古怪，麻烦就大了。"

"你一个姑娘家照料病老头儿不觉得不方便吗？"

"你为什么老说我是姑娘家？"她敏感地反问。

"难道你那时不是姑娘家吗？"

她不理我的问话，继续沿着她的思路说下去，仿佛故意回避我的问题似的。

"有什么不方便？我不在乎。有的调皮的美国老头儿还故意逗你……"她说，"我在学生宿舍擦过马桶，在地下成衣厂干过缝纫工，在餐馆当过跑堂的，在美容屋给人修过指甲。"

侍者将吃食送到了房间，那是一盘西部牛仔风味的烤猪排，是整个猪脊骨放在火上烤出来的，吃的时候用刀子在脊骨上割肉吃。我们两人就在阳台上用刀子割肉吃了起来。

她接着说："为了生存，我出外去打工，为一个叫玛丽的美国人照管小孩，1小时才2美元。即使这样的工作也有10个人申请，最后我被选中。一次，我在照顾孩子时，想到没有钱付房租，想到月底就有可能给赶出来，成为无家可归的人，便潸然泪下。那家女主人见到此状，忙问我怎么回事。我如实告诉了那女主人。女主人立即给她丈夫，一家爱尔兰餐馆老板，打电话。不久，她来到我面前，说别着急，你搬到我家来住，你可以到我家餐馆去打工。于是，我在美国的生活发生了一个戏剧性的转折。我在那餐馆里从女侍者跑堂的、收银员，升至店堂经理，餐馆外间的事务，事无巨细，我都料理得有条有理。别人还以为我有过丰富的饭店管理经验，实际上，在这家爱尔兰餐馆我也刚露锋芒。"

她割了一块肉，边吃边说："如今，玛丽变成了穷光蛋，背了一屁股的债。当年带养的那孩子染上了毒瘾，送到戒毒中心也无济于事。他们关闭了原来那家大的餐馆，另开了一家较小的，但生意不好。他们主要是不会过日子，有了钱就胡花。女主人生第二个孩子，家里便请了三个人，一个管账，一个管家，一个管孩子，排场很大。"

"你的经历简直可以写一部小说。"我说。

"绝对是一部好小说的材料。"她端起咖啡杯饮了一口，那种优雅、温文尔雅的淑女般的神态和她述说的故事成一个强烈的反照，"有一阵在旧金山活儿难找，我急得团团转。"

"就想绝招了？"我问。

"绝招？妙，是绝招！最后的一招了。"她沉默了很长一段时间，眼睛茫然地望着远处山上的松林。她接着说："我决定到一个叫'舞者'的酒吧去干，那名称是打马虎眼的。"

她接着咯咯笑起来，说："不说了，不说了——让我们到外面去走走吧，反正会议要明天才开始。"

她站起来，我也跟着站起来。在她站起来的一刹那，我蓦然间感到她是这么美。这是自从我认识她以来从没有感到过的。她穿一件鲜红苏格兰细羊毛衣，黑色的苏格兰长呢裤，胸部健壮地、几乎有点骄傲地隆起，腰部是细细的，臀部有力地向外突起。我知道，每每这样的女性身体里总是孕育着过剩的生命力。她总是需要发泄这精力。

丁香客栈正面面对一泓明珠般碧蓝的湖水。湖四面环山，郁郁苍苍的松树林映在湖水中，与白云、蓝天共一池之中。

我们两人沿着湖畔的碎石小道散步。湖边有一位父亲和女儿在钓鱼。小姑娘将浸在湖水中的渔网拉起来给我们瞧，大多是钢笔那么大的虹鳟鱼。另一对夫妇（或者情人？）在钓鱼，娘儿拿着竿儿，爷儿坐在带来的沙滩椅上，光着膀子在看通俗小说。山坡的草地上，松鼠在旁若无人地嬉戏。放眼望去，在湖的左岸有一大片修整得毫无瑕疵的草地，绿茵茵得可爱，那是高尔夫球场。

"我真想在这儿住上半年一年的。"我说。

"这是你初来乍到的新鲜劲儿，真让你长待在这山沟里，你就要烦了，你就要感到寂寞了。"她说。

路边有一栋房子，大圆顶，用木板垒搭而成，正面开一个小门，原来是帐篷房咖啡屋。

"你瞧，这难道不就是蒙古包吗？"青凤问。

"对，像极了。"我说，"我记得你好像说过，你在内蒙古待过。"

"何止待过！我生在内蒙古，16岁才进北京城。"她说，第一次为我轻轻地撩开她过去的面纱。

她顺手从草地里拔起一根青草，嗅了嗅，说："我就喜欢这青草的香味，从小就是在草地上滚着长大的。"

"难怪在你身上有那么点野性。"我开玩笑地说。

"内蒙古人民风淳朴，可以说夜不闭户。"青凤说，"听说这儿有狩猎，去打听打听，要有可能去山里打只熊才过瘾呢。"

"打熊？"我问，"还没等你打死熊，熊可能已经把你抓住了。"

"你别小瞧人好吗？"她说，"我在上大学时上过狩猎安全的课，我是有证件的。"

狩猎信息柜台的一个印第安模样的人告诉我们，在这儿可以狩猎熊、公麋、母麋和火鸡。猎熊季节是每年8月23日至27日，猎公麋季是从9月27日至10月1日，而狩猎母麋季则从10月18日至22日。打火鸡是春天的事。猎母麋正合适。每次狩猎季只发125个许可证，每张证400美元。

"400美元？哦，天！"青凤伸一下舌头，说："这么贵？"

"我们提供当地印第安人当向导。"印第安模样的人说。

我则更为关心环境问题，问："什么熊都能打吗？"

"正在哺乳的母熊或者正在哺育1岁以下小熊的母熊，以及公麋头顶上茸少于5节的，不能狩猎。"他说，"夫人，400美元你嫌贵吗？打公麋每季只发25张许可证，一张许可证就是5500美元。我们备有专人替猎获者剥去猎物的皮并切割好猎物的肉。我们有一整套服务，包括狩猎前一夜的露营。"

他们对狩猎用的枪也有严格规定的。所有的大枪口径不得小于28毫米，子弹重量不得轻于165克。

"可以用自动武器吗？"我问。

"不行。"印第安模样的人见我们无意狩猎却有一大堆问题，显得有点不耐烦了，"手枪和土枪都不准使用——夫人，你还嫌贵吗？我们每季狩猎申请者必须抽签才能拿到许可证呢，并不是想狩猎的都有机会。"即使打火鸡的100张许可证也都预订完了。

"看来打火鸡的价格还能承受。"青凤说，"明年春天我们来吧？"

"明年春天再说吧。"我说。

"我的手痒痒的，真想试试身手。将来有钱了，这些猎物都得来打打。"青凤说。

"我们去骑马吧，这还比较现实一点，我可爱玩马了。"

地又提议道。她好像永远安静不了似的。

马场在两英里之外，需要开车去。到了客栈停车场，交上一张车牌，由打工的给你从停车场将车开来，给他3美元。一会儿工夫就抵达马场，一大片一望无际的绿草地，青凤说太像内蒙古草原了。

一个戴白牛仔宽边帽的印第安男子将一匹枣红马牵来，青凤将脚套进脚镫里，一纵身就跳上了马背，双腿一夹，马就像箭一样沿着木栅栏间的跑马道疾奔起来。风呼啸着，青凤的头发向后扬起，肥肥的屁股坚实地蹲坐在马背上。她双手扬着缰绳，嘴里吆喝着，马蹄向后扬起飞尘。印第安男子看着几乎惊呆了。

我也跃上了马背，用绳子使劲地抽一下马屁股，我的白马便往前疾飞起来。

"哈——段牧之，来追我！"

"小丫头，不追上你不算男子汉！"

枣红马很肥壮，鬃毛柔软极了，而肌肉却硬得像钢板。它双腿有力地往后蹬，产生的前冲力很大，在青凤的驱使下，一溜烟往前飞奔。白马在后面追赶着，死咬在枣红马的后面。我全身趴在马背上，屁股撅起，死命地抽打马屁股。白马在飞腿的全速冲刺中，追上了枣红马，我纵身一伸手，勾住青凤的腰，顺着飞马的奔势，一下子就把青凤掳到了我的马上。

"哈——"她一个劲儿地笑，像个疯丫头。

"怎么样？"我骄傲地问。

"厉害！"

"你知道我在弗吉尼亚正儿八经学过骑马术。"

她也不是等闲之辈，从我的马背上纵身一跃，又回到了她的枣红马上。

我们挽着缰绳，开始骑着马儿遛步。这样骑在马上，呼吸着带草原清香的空气，在这样宁静的自然中只听见马蹄的嘚嘚声，真是一种乐趣。

　　"你几岁开始学骑马的?"我问。

　　"几岁? 差不多一生下来就在马背上。"她说，"你是不是觉得我身上有一股野气?"

　　"是的。"

　　"你喜欢这种野气吗?"

　　"喜欢。"

　　"真喜欢?"

　　"真喜欢。我不喜欢虚伪，不喜欢过分文弱与忧郁的女孩。"

　　"你骑在白马上，俨然一个白马王子了。"她说，"你想知道我的过去吗?"她扬了一下眉毛，侧过脸盯着我。

　　"我总觉得你有一种神秘感。"我说。

　　"不知道为什么，在你面前我什么都不想隐瞒。"她说，"我是一个私生女。"

　　"天! 私生女?"

　　"吓坏了吧? 像你这样的美国博士难以想象吧?"

　　"不，不。"我嗫嚅起来。

　　"我是一个私生女。即使现在我也不知道我的生身父亲是谁。"

　　枣红马自作聪明地小跑起来，停在一片小树林边吃起草来。白马缓步赶了上去。

　　她骑在马背上，背后是蓝天、白云和远处的山峰，似乎显得特别的高大。

　　"你去找过他?"

　　"别人都想寻找自己的父亲。我不想找他，我找他干什么?"

青凤对我的坦率真让我感动，而她对我的述说又给了我极大的震撼。仿佛那是一剂强烈的刺激剂，那一整天和那一整夜，我始终处于亢奋之中。难道这是命运吗？是所谓的劫数吗？我的心灵是如此的不宁，当我第二天在会场上听巴拉德教授做主调演讲时，仍然心不在焉。

巴拉德站在一个小小的演讲台后面，台下有人发出咯咯的笑声，巴拉德教授红光满面的脸也有礼貌地笑了一下。

他的背后是一面大玻璃，松树林就在数尺之外，在微风中轻轻摇曳。松鼠沿着玻璃墙往里张望这一屋子的人，很好奇、很调皮的样子。

当一个人作为私生女长大的时候，是一种什么样的生存状态呢？

这些问题一直在我的心中萦绕。当我和青凤晚上在阿巴契饭店吃自助餐时，我便拿这个问题来问她。

当时她真可以说是容光焕发，像夏日盛开的大丽花一样的鲜艳。落地玻璃窗外是暮色笼罩下的山峦和森林，天际还残留一抹灿烂的血红。餐厅里华灯初上，橘黄色的灯光洒在她因晒了太阳而发红的脸上，给人一种健康和向上的力量。你几乎很难将她与那内蒙古女人画上某种等号。

她沉思了一下，说："性格决定命运。一个人的命运在很大程度上是由其性格决定的。人的性格坚强，有钢铁一般的意志，他就可以在荆棘与万难之中杀出一条路来。"

我说："我不太同意你的观点。难道没有外在因素吗？"

"当然有外在因素，就是所谓的境遇。"她说，吃了一口她身前盘中的拌了法国浇头的沙拉，"有的人屈服于境遇，最终必然一事无成；我则不。我要战胜境遇，要超越境遇。我是一只极乐鸟。"

十三

　　耶鲁大学的哈罗德·勃鲁姆教授在纪念会堂做查尔斯·诺顿演讲，中心主题是论述从《圣经》到当今的诗歌和信仰。他论述涵盖的范围广泛，从《圣经·旧约》到塞缪尔·贝克特。他引证古罗马哲学家莱克修斯、意大利哲学家维柯、德国哲学家叔本华和比利时结构主义文学批评家保罗·德曼等，分析了莎士比亚、惠特曼、哈特·克莱恩、爱默生、丁尼生、布朗宁和叶芝的作品，论述了伟大的文学是怎么产生的，为什么伟大的文学对于我们是如此重要。

　　散会后，我和青凤从剑桥镇踱步，走过查尔斯河上的哈佛大桥，漫无目的地沿着查尔斯河散步。

　　"他认为莎士比亚不仅是现代文学的'奠基者'，而且是'现代人格'的'奠基者'，这个观点倒是很新颖。"我说。

　　"他是一位莎士比亚的崇拜者。在他看来，福斯塔夫、哈姆雷特、伊阿古和克莉奥佩特拉都是莎士比亚的最伟大的创造。"青凤说。

　　"对于他，莎士比亚是上帝。如果人类文明有一个里程碑的话，那就是莎士比亚。"

　　我们不觉来到了亨廷顿大道。在波士顿美术博物馆前青

160

青的草坪上，一个几乎赤身裸体的男子，驰骋于马背之上，双手伸摊，仰脸对苍天长吁。见到这座铜塑像，脚步不禁蓦然放慢，心为之一怔。我们被那用十分浪漫、粗犷的线条勾勒出的人的极度迷惘、无奈和痛苦震慑。

"这人在向谁呼吁呢?"我问。

"向天。"青凤说。

"天能告诉他什么? 什么也没有。"

我走到铜塑像前，看见了铜牌上的题名。

"他在向伟大的灵魂呼吁。"

"伟大的灵魂是什么? 那只是一种安慰。你只有依靠自己。"青凤说。

我们直奔博物馆的楼座，在那儿正在举行陈珏夫的绘画展览。楼上是一座咖啡屋。坐在楼上喝咖啡，可以将大厅一览无余。陈珏夫的画挂在咖啡屋的一面墙上展览。这次展出140幅铅笔素描、水彩和蛋白调色画。

画家以干笔水彩和蛋白调色细腻地描画出少女，一头飘柔的细发垂挂在雪白柔软的胸前。模特儿黑发上戴着玫瑰花冠，俨然一个春之神女。在她的背后是垂挂下来的一树浅黄色的迎春花，每一瓣花瓣似乎都饱含着金色的阳光，灿烂、喜庆、快乐。

"你看，她眉宇间露出多么中国式的娴静和优雅，这是与外国的女人所不同的，你看她像谁?"青凤问。

"像谁?"

"她太像佩子了。"青凤说，"特别是对线条的处理。"

"我无从评论。"我说。

"那当然啦。"她笑着说。

我们伫立在《白桦树》前，清风吹拂着树叶，金黄色的大地，几棵婀娜多姿的白桦树前亭亭玉立着一位少女，披着浅蓝色的青花披肩，靠在一根粗大的墨绿色的树干上，她双手手指微微地优雅地交叉在一起，火辣辣地注视着你，叫你都不敢正视她的目光。一头披肩发，散落在白皙的肩上。美女在期待着什么？在希冀什么？

在《睡女》中，少女将黑发披散在孤眠的枕上，被褥盖在大腿以下，露出窈窕半身来，那腰身以下富有肉感的线条刻画出她所富有的无穷的生命力。这样一个充满渴望的身体显出谙尽孤眠滋味的焦躁、不安和期待。

"你瞧，少女的脖子上围着一圈黑色的带，将浅粉色的肉体分割成两部分，这明显地显示画家受马奈在《奥林匹亚》的影响。"青凤说。

"但马奈的《奥林匹亚》横身躺在一条绣花锦缎之上，给人一种暖感，而这个少女却没有鲜花，没有柔情蜜意，给人一种冷感。"我说，"我不喜欢冷感。"

"为什么？"

"因为在生活中我总是看到温暖和光明的一面，我不喜欢悲观。"我说。

"环境把你改变了。瞧，这儿有花。"青凤说，"这鸢尾花开得多么热闹，你该喜欢了吧？"

在一幅题为《鸢尾花》的画下面题着一首诗：

风儿
　　吹绿了
吹紫了
　　那一片金光灿烂

"这是你的题诗吧？"

"是的。给陈珏夫胡诌的。"

"我觉得挺好。"

在一幅题为《窗景》的画中，透过窗扉，可以窥见花园里被金色阳光照射的梧桐树树叶，绿色和鹅黄色交相辉映，蓬勃的盎然的生气油然透过画面直向你奔来，少女像希腊神话中的酒神那样躺卧着。少女的线条和色彩柔和而细腻，周身放松，一条蓝色的丝巾覆在腹部以下，像一阕柔美的华彩乐段，又像一缕最为温暖的太阳的光，女性身体上的暖光与窗外的自然美色相映成趣，显示人、人体和自然的一种谐和的意境。

"陈珏夫最近艺术上进步很大，他已经从追求所谓的后现代的神秘的表现手法又回归到现实主义，这是值得庆幸的。"青凤说。

"如果画出来的画谁也看不懂，或者画出来的画看来就十分丑陋，那有什么意义呢?"我说。

虽然陈珏夫的画的背景都是新英格兰，无论是那白雪皑皑的寒冽的隆冬、色彩缤纷的深秋、蔚蓝的大海边的白沙滩，还是百花争艳、姹紫嫣红的春天，画中的人物，特别是少女，她们的神态，都是东方的，这都是融于血里的东西，即使那表现的是荒凉的缅因州乡间、马萨诸塞州的农场，或者弗蒙特的山谷。

我们走出展览大厅，青凤问:"陈珏夫的画是一个充满光明的、乐观的世界，他已经告别他的悲观了，因为他找到了爱情。对吗?"

"爱情确实可以改变观念、改变艺术的。"我说，"不过他的少女还不够美。"

"你是指不够艳丽吗?"青凤问，"你对女人的判断是正确的吗?"

我笑着说:"一般不会太离谱。少女们缺乏德加斯所描述的女子奔流在体内的那种令人感动的青春的活力。"

"但陈珏夫的少女给人一种沉静感。我们生活于其中的现代社会太焦躁和迷惘了。"

"你是不是说你自己也太焦躁和迷惘了?"

她没有回答我的话。

"马拉默德将个人命运归结于一个人对爱的态度。新生活就是对爱情的追求。"我说,"这是不是也是陈珏夫画作所表现的主旨呢?"

青凤说:"我想,陈珏夫是这样想的。"

夜幕降临了,灯塔山与后湾的大楼全点上了灯;波士顿的夜是美丽的。纽伯利大街——波士顿市中心最为时髦的大街华灯初上,画廊橱窗里的脚灯、咖啡馆里的彩灯、时装店里的白炽灯,交织成一片灯的海洋,使它在夜色中就像一个妙龄少女一样,将微笑遮掩在她的头巾后面,妩媚而动人。

我们到紫藤庐吃饭。紫藤庐坐落在地下室,从街面上要沿黑铁栏杆往下走。店面不大,墙上挂着棕麻的蓑衣和竹笠,让人想起春雨中的钓船和渔翁;让人想起中国乡间牛郎头戴竹笠,脚踏草鞋,身上披一件短蓑衣,手中执着柳条,嘴里唱着《小放牛》。丰收的纯朴的乡民打着花腰鼓;人们在家里挂了鲜红的喜神,高烧红蜡,在狂喝土烧酒。哦,中国!

我和青凤在门边一个座位上坐下后,一个操台北普通话的女孩,一脸文静的甜甜的笑,来给我们冲乌龙茶。

青凤美美地喝了一口乌龙茶,说:"你怎么找到这么一个地方?这么美的茶,我有好久没有喝到这么地道的乌龙茶了。"

"我没事时,好喜欢在大街瞎逛。"我说。

"你好像有使不完的劲儿,简直成了一个restless soul(不安宁的灵魂)了。"

"在这儿一边吃饭一边听中国的民歌，是不是别有风味？"我问。

"到美国这么多年，吃了意大利、法国、俄罗斯、墨西哥、印度的菜肴，我最终钟爱的仍然是中国菜，这好像是一辈子也改变不了的。"她说。

"这是一种文化，它已经融进你的血液了。"我说，"这使人想起家乡。想起家乡我就想起乡下过年的情景，年前每家做年糕的情景还历历在目。泾县的年糕那时用木模子将蒸熟打烂的米粉压制出各种栩栩如生的动物模型来。有狗，有鸡，有鸭，有兔子。我记得我家邻居一位老奶奶做的年糕最为逼真，味道也最为鲜美。'来，吃一只。'我年前一走进她家门，她就喊道；我忙跪下作揖，将小脑袋在石地上敲得砰砰响，引起众人的一场大笑。她从簸箩里拿起一块年糕塞进我怀里来，那是只兔子年糕，高抬着机警的脑袋，竖起耳朵，眼睛上点着红印，仿佛要从我手上一骨碌跳走一般。我真是爱不释手，不忍送进嘴里。年初一，泾县人请客人吃过年少不了的清水芙蓉蛋冲发米、喷香的黄山毛尖炖的元宝蛋、发米糖糕、黄灿灿的家佘的寸金果和巧果、小葱豆腐圆子。"

"你说得我快要淌口水了。"青凤说。

这时，不知从哪儿传来一阵阵歌声，那样的高亢，仿佛要冲向遥迢的未知的天际，那样的苍凉，仿佛要涵盖这整个广袤的大地。那是中国民歌《走西口》：

> 哥哥你走西口，
> 小妹妹送你走，
> 手拉着哥哥的手，
> 妹妹我泪长流。

歌声中充溢了对恋人的关切和担忧，真叫人慨然神伤。

"来自民间底层的歌声是多么动人啊。"青凤说。

"你说，我们当初到美国来，是否也有点走西口的味儿呢？一切都是未知数。听到这歌声，我就想到中国，想到中国底层的那种生生不息的伟大的力量。"我说，"这使我想起一次在崇明岛江滩边看见的情景。我看见一个乡人，戴草帽，老布短裤，一身古铜色，双脚牢牢地屹立在江岸，脚肌肉紧绷绷地鼓起，背上拉着一根船缆绳。江边一艘小船就靠着他的力量在掉头。我看得惊呆了：这是什么样的力量啊。这一图景深深地刻印在我的心头，像一幅生动的油画。我想，这就是中国，中国底层的力量。"

我接着说："不知怎么，这总让人想起家乡，想起童年的日子。你在吃这肉，而我家乡泾县的火烘肉那才好吃呢。泾县那香喷喷的火烘肉，我一辈子也不会忘记的。过年时，我见母亲拿来竹编的手炉。在手炉的铁盆里放上点儿大灶的残火，随即撒上自种的茶叶，缕缕青烟，夹杂着阵阵茶香，往上升腾起来。母亲将切成薄片、佐以作料的猪肉放在火炉的网盖上，任凭茶烟熏燎。吃了火烘肉，那一嘴的茶叶的清香还久久不肯散去，仿佛沉醉在春天茶树的树荫下一般。"

我吃了一口台湾口蘑烧豆腐，对青凤说："你试试这豆腐。又清淡又鲜美，绝了！我幼时街头有一爿豆腐店，那是一间古老的作坊，每天半夜三点钟就轧轧地响起榨黄豆的声音。"

"你父亲那时干什么？"

"父亲在小街上开了一家小杂货铺，卖酒、酱油、烟纸之类。父亲的铺子门面很是窄小，柜台呈曲尺形，青釉酒坛、油坛就放在柜台后边，逢人来打酒拷油，戴深灰罗宋帽、穿青布长衫的父亲就用一撮小勺伸进坛口，手那么一扬，一弯，小勺里的油就倒入瓶口的漏斗里了。"

"那纯然是一家段家铺子。"

"母亲在家附近开了一块地，围上碎砖，成一个小园子。小园子种菜，里面还有一棵桑树，逢到桑椹成熟的时候，我就拿竹竿去打着吃。母亲养蚕、养羊。"

"多么美妙的田园生活！"

"我父亲特盼望我读书，虚岁四岁，就送我到村上祠堂聿修堂里去上学了。我一回想到童年，总忘不掉雨天在竹窝村穿着死沉死沉的铁钉鞋去聿修堂上学的情景。我在风雨飘摇之中，用小手撑着同样死沉死沉的油布伞，小脚拖着沾满烂泥的铁鞋，在泥泞之中，高一脚低一脚地跋涉。也许正是这雨，这铁鞋，锻炼了我的意志。

"到上海，他决意送我进汇师小学，那是一座1870年创立的天主教学校。教师中有一位龚天诚先生，他在给我们上课时，时不时就激动地用上海官话说：'你们不知道，你们的父母是何等样的辛苦，是何等样的不易。你们不好好学习，会何等样地对不起他们！'他的宽脸膛本来就是红彤彤的，再一激动，青筋凸出，就像龙虾一样地红了。说实在的，他的这句话我记了一辈子。他使我用一种不同的角度去省视父母的辛劳和牺牲精神。我开始注意到父亲的白发和脸上深深的皱纹，使我从小就生了一种对父母的负疚感和责任感。"

青凤说："这种负疚感一直激发你去不断地奋进？"

"是的。我有一次读了马克斯韦尔·库切的《夏日》，我抑制不住眼泪流出来了。"我说。

"怎么啦？"

"处于青春时期的他每星期六作为家庭中的一个乐趣，要陪父亲乘火车去纽兰看欧式橄榄球比赛，这是联系他们的仅存的最坚强的纽带。当他看到没有朋友的、越来越远离人群的父亲没有说一句话穿上大衣，像一个孤独的孩子一样走出家门前往纽兰时，这像一把刀一样刺穿他的心。天下起雨来，父子俩打起伞坐在看台上观看欧式橄榄球决赛。看台上周围坐着的全是些穿着灰色的卡其雨衣的孤独的夕阳老人，他们不与人交往，仿佛孤独是一种令人羞耻的疾病似的。他的父亲已不再关心谁赢球了。他已经很难断定父亲到底关心什么了，是欧式橄榄球，还是什么别的东西。这在他心中撩起莫名的伤感。他想，如果他能发现他父亲到底向往什么的秘密的话，他也许能做一个更好一些的儿子。"我说，"这是一个儿子面对孤独的父亲的故事。作家简洁而动人的叙述在这里揭示了日益衰老的老一代和年轻一代之间的间离和隔膜，令人感到无可奈何，令人扼腕叹息。"

"这种感觉扩大了说，就是一种负疚感和责任感。"

我喝完了那酸辣汤，深有感慨地说："我今天在这儿太思乡了。"我顿了一会儿，问道："听说有家美国杂志请你写一篇文章？"

"是的——啊，多美的豆腐——他们请我写一篇关于中国现代婚姻的文章。"说着，她从小包里拿出来一篇文稿，"瞧，这儿！"

"你干活真快，不像一般的女人。"我说。

"你帮我修改一下吧？"她问。

"修改什么？"

"英语。"

"我哪敢，你别开玩笑了！"

"段牧之，我是认真的。帮我修改一下英文吧。"

她把软盘和打印稿都给了我。

"拿了稿费怎么办？"我问。

"在紫藤庐请你，怎么样？"

"不够。我需要远远超过这个的东西。"

"什么？"

"一个吻，就像那次在巴拉德教授家门廊里一样。怎么样？"

说完，我哈哈大笑起来。她脸上竟然泛起了红晕。

她从手提包拿出一个精致的小本儿，封面上用草书写着：青凤诗草。

"这是我最近写的小诗，你想看吗？"她问我，脸上仍然浮着那一朵红云。

我开玩笑地说："你找我看你的诗草，算是找对了门。我最早入文学的门是从诗歌开始的。"

"诗歌本身就是文学精神的精髓嘛。"

我接着说："一次偶然的事件突然燃起了我对文学和诗歌的热情。"

"怎么回事？"

"一次，新华书店到学校操场上来设摊售书。书都摊放在地上。我随手拿起一本灰面的精装的《普希金诗选》来看。诗是戈宝权先生译的。我翻阅时，一首诗映入眼帘：

> 我记得那美妙的一瞬：
> 在我的眼前出现了你，
> 犹如昙花一现的幻影，
> 犹如纯洁之美的精灵。

"原来，爱情是这么美，诗是这么美，这么多情，这么细腻！请想想，我那时才13岁！我被震撼了。凯恩、达吉扬娜，啊，这些名字本身就会叫人神魂颠倒！书售价两元多，这对于一个穷困的初中生来说，是天文数字。我在徐家汇新华书店书架上也看到了这本书。我问父亲要，父亲竟然给了我钱。我耽读了《致恰阿达耶夫》《致大海》《致西伯利亚的囚徒》《纪念碑》。这是我文学上的最初的发轫。普希金的诗给我一种热情洋溢而又孤傲的感觉。为了爱情，他竟然去决斗而死。我景仰他。我时而冒着霏霏的细雨，从衡山路沿茂密的梧桐树丛漫步到岳阳路去，在普希金纪念碑周围盘桓。雨滴打在宽大的梧桐树叶上，打在明亮的阒无一人的柏油路上，发出孤独的沙沙声，和着音乐学院附中传来的叮叮咚咚的琴声，普希金的诗在我胸中回荡：

"眼泪和雨水混在了一起。"

十四

从紫藤庐出来，我们向灯塔山的方向漫步。一进入灯塔山，迎面是一幢幢建在平缓的山坡上的房子，铁柱圆罩路灯，幽幽地将灯光洒在红砖的人行道上。街上很暗，青凤的皮鞋在落满秋叶的人行道上发出空洞的橐橐声。我们仿佛到了一座英格兰或者爱丁堡的小镇。

秋夜的幕罩在灯塔山一条条黝暗的、宁静的小街上。夜色是这样的深，即使在街道上点燃这一盏盏19世纪欧洲式的黑铁柱街灯，你仍然看不清一幢幢隐藏在夜色中的19世纪风格的屋宇。你感到一种神秘感，仿佛灯塔山，波士顿的后湾区，本身就是一首不可理解的、不可接近的、不可阐释的诗。

偶尔你遇到一个戴礼帽、穿风衣、将衣领翻起的匆匆而过的美国佬身影。你根本看不清他的脸，只能感受他在红砖道上行走时的那种绅士风度，那种充满精力的步态。他是T.S.艾略特？斯科特·菲茨杰拉德？还是多斯·帕索斯？

看看那在夜色中敞开它们心胸的窗户吧——这新英格兰独有的氛围。窗棂上、门庭前、草地上，甚至木栅栏上，都种满了鲜花；在夜色中只见点点朦胧的黄色、红色和紫色。草地上百年的大树，粗糙的树皮告诉你它百年的故事。在它周围纷飞着落叶。啊，你见过这么鲜红、这么鲜红的树叶吗？

一个个亮着灯光的门廊，精雕细刻，装饰着镜子、铜雕像和盛放衣物与雨具的松木家具，多么精致！新英格兰人将他的客厅、他的书房呈现在夜色中行走的人们面前。挂着惠斯勒油画的雪白的墙，装饰着松木的天顶，铜雕框中的、壁炉架上的镜子，仿佛和窗外的夜色融成一片，给人一种宁静的感觉，一种书卷气，一种新英格兰绅士气的感觉。难道这不就是一种文化吗？既世俗，贴近大地，又高尚而不凡！

灯塔山静极了。所有的19世纪的屋宇，所有的新英格兰人似乎都沉睡了，只听见我们两人踩在干枯的落叶上的沙沙声。我们在奥本山街131号停下步来。

"这是亨利·詹姆斯写作他的《苔茜·密勒》的地方。"我说。

"我知道。"她说，"他一生都在故国与欧洲之间来回居住，试图寻觅他命运的归宿，即使到死，他似乎也没有找到。"

"他的心灵似乎始终被美国和欧洲撕裂成两半，始终处于矛盾与困惑之中。"

我们静静地伫立在街心，一动也不动。我可以看到幻影下的青凤脸上的感动。我的心中也在激荡不已。这位美国作家，这位移居异国的美国作家，给予我们太多人生的启示了。我们站在那儿，几乎成了一种朝圣了。

是什么驱使我们不约而同地来到这灯塔山，这亨利·詹姆斯的故居？

亨利·詹姆斯12岁离开美国前往欧洲，16岁从欧洲回国，27岁又前往欧洲，老年时，从欧洲归国，但终又不能适应故国的生活再度前往欧洲，最终老死于异国。

这是一颗游移的灵魂，一颗自我流亡的灵魂。它有根，又没有根，一生中都在寻觅自己的根。

我身靠在131号对面楼宇的砖墙上，青凤的头枕在我的肩上。她的眼睛里有泪光，泪光在黢暗的街灯中闪亮，就像秋夜空中的星星："我们是风华正茂、风流倜傥的岁月来到美国的。岁月流逝得多么快啊。"

　　我们望着夜色朦胧中的131号，望着门前亨利·詹姆斯抚摸过的黑铁扶手，望着那棵高大的枫树，似乎在等待答案。

　　那楼现在空无一人，似乎被人遗弃了，到处落满了记忆的尘埃。亨利·詹姆斯在欧洲时，一直坚信他的另一个自我一直居住在纽约第五大道、他度过了童年的住宅中，居住在灯塔山、剑桥镇、弗莱西池塘。那个遗弃在故国的他是谁？他是干什么的？他变成了什么人？

　　在欧洲，他一直注视着美国，企图理解它。他对他的朋友说，在他决定留在欧洲之前，他给他的故国"一次很好的机会"。他一直没有排除回国的可能性。他在35岁上给他的哲学家哥哥威廉·詹姆斯的一封信中说："我知道我要做什么，我一直在注视我的故国。"但是，在他和故国之间始终存在深深的鸿沟。基于丰富而复杂的历史、习俗、礼仪之上的欧洲文化比美国文化更为深厚，更为丰富，更富有人情味。欧洲的高级文明正是美国生活所缺乏的。在美国，没有欧洲意义上的国名，没有君主，没有法庭，没有贵族，没有乡村绅士，没有宫殿，没有城堡，没有古老的乡村农舍，没有草顶的农舍，没有爬满青藤的遗址，没有有名的大学，没有公共学校——没有牛津，没有伊顿公学，也没有埃斯科特公学！在美国生活中缺乏这些！如果生活中缺乏这些，整个人的生活就毫无意义了。他一生的使命就是使美国更文明；如果文明意味着个性与意识的发展，这是再好不过的了。

　　"他是向人类的群居本能挑战的第一个美国作家。他揭示美国社会的不完备性和高度个性化的人在粗俗的社会中所

173

感到的痛苦。他为个性权利而斗争，个性在他的笔下具有一种超于宗教的价值。"青凤说。

"这正是他所谓的欧洲的神秘力量给他的最好启示。"我说，"他的人物大多是expatriats（移居外国的人）。"

"是的。"青凤说，"他们初到欧洲时，并不清楚到欧洲去干什么，只是为了去而去。他们心目中清晰的只是想逃离美国。然而，他们没有在真正意义上逃离过，有一种'奇怪的必然的触角'在将他们往回拉。"

美国是亨利·詹姆斯度过童年的地方。度过童年的地方在一个人一生中是任何别的地方所不可替代的。美国终究培育了他的本能，他的爱。他好朋友说，不管他对欧洲多么向往，但心更多地属于美国，而不是属于欧洲，因为它与美国有一种更为自然的关系。

是的，他的美国民族，他的美国土地——他生长于斯和最终埋葬于斯的土地，对于他来说，是一个神圣的源泉。他发现自己生活在一片陌生的土地上，始终是一个陌生的人。

青凤走进了一条黝黑的卵石小道——雪松小道，像一个幽灵一样，在小道里走了一圈，皮鞋空洞地敲打在卵石上，在小巷里回响，就如肖邦的琴声。

我说："这使我想起我在上海住过的小街，街面也是鹅卵石的，很湫隘，都是本地古老、破旧、低矮的黑瓦平房。茶馆请说书先生说书。那铜锣必须是破损的，竹片敲打在上面，随着本地的吴侬软语的吟诵，发出阵阵凄凉的颤音，撩拨人思量起那辽远的古国情调。

"小时候，那小街是我的天堂。每每趴在地上，凝视那黛青的、幽蓝的、浅黄的、灰色的、深绛的卵石，给了我无穷的乐趣。有的卵石上还有花纹，或似流云，或似飞鸟，或似鲜葩，或似楼屋。最令人心醉的莫过于那阶石边卵石缝隙间青青的草，翡翠般的嫩叶，在阳光下，将自己的影子投在兀突不平的卵石街面上。

"逢到南方的雨天，我每每蹲在窄窄的屋檐下，呆望那淅淅沥沥的雨点打在块块卵石上，溅着雨花，又晶莹，又透亮，又洁白；而那声响，更是叫人沉湎，悠悠的雨声，和着不知从哪儿传来的、有点寂寞的滩簧声，仿佛这曼妙的南国风光一样，那样的悠闲、谧静，带着一点点淡淡的哀怨而撩人心绪。"

我上的那所汇师小学也在卵石路旁。印象最为深刻的是那一溜高大无比的梧桐树。学校的对面是上海天文台。梧桐树从两边的矮墙上兀然耸入空中。背着书包的我抬头望树，只见锯齿形的肥厚梧桐树叶密密匝匝，在树叶间垂挂着褐黄色的毛茸茸的球，我们叫它们为"毛栗子"。成熟的球也有掉落在卵石上的。我们捡起它们来，互相投掷攻打。请想象一下那一脸稚气、透着聪敏的孩子们吧，玩得连将书包丢在哪儿也不知道。

"我父亲喜欢在晚饭时喝上两盅。我每天拿了玻璃杯到隔壁酒店给他打1角钱的老酒。喝了几口酒之后，他的话就多起来。他坐在小圆桌前，面对着几颗炒长生果，脸红红的，一条腿搁在另一条腿上，会对我说：'信用，我段某人一辈子讲信用。我缺头寸，到哪儿都能借到。'"

"这是他作为商人一辈子的体会，实际上，就是人要诚信。"青凤说。

"至今，我仍然清晰地记得星期六的晚上，我从江湾五角场复旦大学回家，走在那行人阑珊的卵石小街上，望着那楼上昏昏的灯火的情景。看着头发花白的父母亲的身影，我的心就要颤抖。在浦东路那所陋屋里，有过我太多的欢乐和忧虑，嬉笑和悲伤。它是和我的父亲母亲联系在一起的。那是我永恒的家，那阁楼上的昏昏的灯火永远在我生命中亮着。我永远记得在我来美国之前，母亲就在那小阁楼上亲手包了馄饨给我吃。虽然我在以后的岁月里，有过无数的栖身之所，但真正让我魂牵梦萦的还是这浦东路的陋屋。"

青凤说："尽管你英语说得比谁都地道，你却有这么深厚的中国文化的渊源。在美国，回忆在中国的种种生活，真是一种绝妙的享受。"

"我有时候变得非常怀旧，想想那些自然的生活也有它美的一面。"

"你有那种生活在陌生土地上陌生人的感觉吗？"

"有，很强烈。"

"刚来美国时，确实有一种新鲜感，对一切都感到好奇而印象深刻。但是，时间长了，这种新鲜感就消失了，人们也许什么也感受不到，而只剩下美好的童年与青春期的回忆了。我们带着激情而来，自以为非常懂得美国生活了，和美国人关系很好，和他们一起吃饭、嬉戏和聊天，但是最终发现我们还是外人。"

"我在波士顿没有亲密的美国朋友，甚至连较为接近的美国朋友也没有。我有时也纳闷我是不是过了与人交友的年龄？"

"不，不是的。"

"我有一种无家可归的感觉，感到很孤独。"

"这实际上在你的——或者说我们的——内心深处有一种中国情结在将我们往回拉。"青凤说，"亨利·詹姆斯在去国四分之一世纪之后回到纽约时，心中充满了一个问题：如果他一生一直在美国生活，他的命运将会如何呢？他懂得了美国思想是他的思想，美国人的情感是他的情感，美国人的期望是他的期望，一切都融于他的血液之中。于是他心中萌生了回美国的念头，去寻觅往昔的踪迹，去聆听清晨有人隐约敲打窗户的声音。"

"回美国后，他还是失望了？"我说。这时我们已走到联邦大道的林荫道上。我们挑了一张椅子坐下。远处波士顿公共绿地上的树荫和林荫道上的树荫连成了一片蓊郁的朦胧，衬在布满星星的天空下。

青凤叹了一口气，说："他最终还是失望了。他意识到他有可能躺在担架上到美国来死，但不可能到美国来活。在美国，他又怀念起英格兰，英格兰金黄色的橘园，老莱姆屋的桑树，那宁静的长着青草的卵石小街，他在草场与沼泽地散步的时光，他的花园！他的在宁静的温馨夏日清晨中刚长成的梨和含苞待放的郁金香，停栖着燕八哥和苍头燕雀的草地上的阳光，海雾、冬夜的雪和静夜里座钟的嘀嗒声。"

我说："无论在欧洲还是在故国，他都成了陌生人了。"

在黑暗中青凤没有回答我，我只是看见她一头卷发的头点了点。

我们突然都感到需要将两颗灵魂在这陌生的土地上紧紧地靠在一起。我轻轻将手伸在座椅的背上，她极自然地倒在我的怀里，我闻到了落叶、青草、夜雾和她头发里散发出来的甜蜜的清香。我低下头去吻她。她紧紧地抱住了我的头狂热地吻我。

"不，不，我们不再孤独了——是吗？"青凤喃喃地说。

"是的，是的，不再孤独了。"我说。

十五

"这星期日我们到康科德去吗?"一天晚上,我在客厅问青凤。

她犹豫了好久,最终抵御不了那诱惑,说:"我早就想去了。一直下不了决心。去吧,"她说,"去感受一下那种哲学家的氛围。"

我和青凤从波士顿乘火车,不到一小时便到西部小镇康科德。一下火车就好像走进了一个金色、红色、鹅黄色交相辉映的斑驳的世界。梭罗街两边一栋栋幽静的小屋仿佛被深秋的黄叶染上了一层亚麻色的光,那光和屋顶的月白、果绿、褐色糅合在一起,又反折在路边参天的北美红枫树上。人行道上、车道上、屋前的草坪上落满了黄叶,厚厚的一层,像地毯似的,没有人去惊扰它们,它们静静地躺在门廊前,躺在新英格兰的太阳底下。整个一条长长的梭罗街上只有我们孑然的人影,我们似乎淹没在一个谧静的、多彩的光的海洋之中了。

美国思想家爱默生的故居是一栋白色的两层建筑,静静地立在一棵巨大的欧洲七叶树下。楼前有一小块草坪。草坪外面围着矮矮的白色的栅栏。门廊边上爬满了常春藤,枝蔓已经快爬到两层楼的窗口了，轻柔的嫩枝在门柱前摇曳。屋后的草场依然还在，但养牛和鸡的谷仓已没有了。远处传来落叶松林里云雀和小鹎的鸣啼声。

我望着这栋曾经负载过那么多智慧的小楼的屋顶，三座红砖砌的烟囱立在浅绿色的木瓦片上，有一种感动。

"你看来有点像香客，好像很感动的样子。"青凤说。

"我不信教，我不是香客。"我说，"但请想一想，从他开始美国才有了本土的文学，这是怎样的一个划时代的人物呀！"

这就是爱默生所说的"俭朴的生活，高尚的思想"的地方吗？

我说："当他刚与莲蒂恩结婚搬来这里住时，他曾经在一封给哥哥威廉的信中说，这是一个简陋的地方，要种上树和花，给它一种自己的性格，这才会成为一个好住所。我们在这屋里放上许多书籍和文稿，如果可能的话，再请些聪明的朋友来做客，那它就是一个有无穷智慧的场所了。"

"你看，高朋满座很有必要。"青凤说。

"交流嘛！"

我们走到瓦尔登街上，步上公路，不久便踅进康科德森林。那是一个精妙绝伦的色彩的混合——鹅黄、深褐、玫瑰红和翠绿色的世界，像梦幻一般。高大蔽日的山核桃树、红橡树、白松、桦树把林地笼罩在一片斑驳的荫凉之中。青苔盖满了深褐色的树身，不时有一两根被折断的枯树树桩，像一个个被击败的英雄，倔强地挺立在斜坡上。前面隐隐约约有一条人走出来的小径。我们周围没有一个人，甚至连声音也没有，宇宙似乎凝静了起来。

湖中，在倒映的白云之上，有一叶扁舟，像永恒地停栖在那平静的水晶般的湖面上似的，像一个音符，凝定在天地之间，诉说着宇宙间的无穷的美和魅力。我瞧见那著名的湖湾了，黄栌树树叶黄中泛出点点殷红，间杂在青郁的洋松之中，倒映在湖水中，在天光之下，呈动人的五彩色了。时而有蓝背樫鸟、黄刺嘴莺、草地鹨在林间飞翔，有时还传来啄木鸟劳作的空洞的笃笃声。这是美国作家梭罗在瓦尔登湖畔独居时汲水和下船垂钓的地方。

突然，我们听见林中有歌鸫在鸣啼，那鸣声就像风笛声，似乎还有一定的节拍。它栖息在高高的枝丫上，能看见它雪白的腹部，那上面有一些褐色的斑点。

梭罗说过："谁听见歌鸫的歌声，谁就年轻了。"

"所以，你年轻了，我也年轻了。"我说。

"想得美！"

"我一直觉得你很年轻、很年轻的。"我说。

我在湖湾处看到一丛丛浅粉色的花，十分的优雅而美丽。

"你知道这是什么花吗？"我问。

"不知道。"

"这是菊苣。"我说，"这里还有一个故事。它是由一个漂亮的淑女变的。太阳神向她求婚，被拒绝了，太阳神便把她变成菊苣。从古代起，菊苣就是求婚者拿来取得姑娘芳心的一种爱的象征。"

我顿了一下，说："所以，我现在摘下一朵来送给你。"

青凤哈哈大笑起来："你真逗！"

离湖湾不远处，便是梭罗小屋的原址了。几柱大理石围着一小圈土地，就在这里，这位19世纪的美国智者"希望谨慎地生活，只面对生活的基本事实，看看我是否学得到生活要教育我的东西，免得到了临死的时候，才发现我根本没有生活过"。梭罗在这松树和橡树的林地中央架立了屋架。7月4日，美国独立纪念日，这位被爱默生称为"没有人更像他那样是一个真正的美国人"的人住进了小屋。"这样我有了一个密不透风、钉上木片、抹以泥灰的房屋……还有一个阁楼，一个小间，每一边一扇大窗，两个活板门，尾端有一个大门，正对大门有一个砖砌的火炉。"作家在这木屋里生活了两年又三个月，在以前只长杨梅、狗尾草、黑莓、甜蜜的野果子和好看的花朵的大地上种豆子，因为豆子"使我爱上了我的土地，因此我得到了力量，像安泰一样"。他在这里咀嚼人生，写作《瓦尔登湖》。我们在旧址周围盘桓了一会儿，寻觅这位博物学家兼诗人的踪迹。在旧址左边有一堆石头，是世界各地的来访者从家乡带来的，石堆垒得很高了。

"真遗憾，我们没有从中国带一块石头来放在上面。"青凤说。

"一个哈佛大学的毕业生，不愿将自己羁于任何世俗的职业的桎梏之下，到这瓦尔登湖来寻找什么'生活的基本事实'呢？"我问道。

青凤没有回答我。

我们在那平静的绿水中，在那雪球浆果中，在那针枞中，在那仍然鲜艳的落叶中，寻觅我们的答案。

"你还记得波伊提乌说的吗？如果你不认为你痛苦，你就不痛苦了，反之，每一种境遇都是一种幸福，如果你在这种境遇中感到满足。这就是生活的基本事实。"青凤说。

置身于这红艳艳的枫叶的世界，这新英格兰深秋甜蜜而令人陶醉的氤氲之中，我仿佛获得了一次新生。

"这就是说，我们无须'压死在生命的负担下面'，无须'满载着人为的忧虑'，无须'为自己铸造一副金银的镣铐'。"我说。

我们在这白松、越橘、樱桃树之间，在画眉、杜鹃、燕八哥的吟唱之中，在那青草覆盖的小溪水面上漂浮的朵朵动人的野生水莲上，仿佛找到了"纯洁得无法描述的恩惠"，自然提供的健康和欢乐！是的，"难道我不该与土地息息相通吗？我自己不也是绿叶与青菜的泥土的一部分吗？"

那个沉默而天才的作家在哪儿呢？他生前，乡人并不理解他，他的作品无处出版；当世界上许多人敬仰他时，乡人还不胜惊讶，认为他的那些日记怎么也值得出版、研究。理解人是多么的困难。我们踏着青青的草，寻访了萨德贝利河，萨德贝利河湾被称为美港的水域；寻访了秋树掩映、一池金水的阿萨贝特河和康科德河——作家原来在此放舟、垂钓、沉思冥想。康科德镇已没有多少作家的遗迹了，他原来居住的派克曼屋现在已盖起了公共图书馆，他和父亲一起制造铅笔的工场也已不复能寻觅了，只剩下瓦尔登湖畔山核桃树和浆果紫杉丛下这一堆瓦砾和大理石石柱标志，我不禁感慨起来。然而，作家一生淡泊处世，从未去追逐浮华，一个人守在只避风雨的小屋里思虑、写作，写出了许多令世人肃然起敬的思想。这瓦尔登湖本身不就是作家最好的纪念碑吗？

梭罗如今躺在贝德福特街边幽静的"眠园"的"作家山"，那一个美丽的山坡上。参天的橡树、欧洲七叶树、洋松，将墓碑遮掩在它们那荫影的怀抱之中：

　　　　大卫·亨利·梭罗
　　　　1817年生，1862年殁

地上有青苔，有野花，有刚离开枝丫的树叶，仍不失其鲜亮和美丽，飘洒在青草的叶上。这里长眠着他的作家朋友——《美国学者》的作者爱默生和《小妇人》的作者玛丽·阿尔考特。

"他说过，在大自然的任何事物中，都可以找到最甜蜜的温柔，最天真和鼓舞人的伴侣。"青凤说。

"然而，这只是给他的孤独找一个遁词、找一个慰藉罢了。他这么热爱人生，热爱自然，然而他一生却没有得到过真正的爱情的抚慰。难道这不是一种缺憾吗？"我说。

在他离开哈佛不久，在22岁上，他曾热恋过西托埃特镇17岁少女艾伦·希瓦尔，一个光彩夺目的美女，不仅她的外表，她的内心精神气质也同样的动人。她来康科德梭罗家居住了三个星期。她到达康科德的那一天，梭罗就在日记中写道："一片绿叶是我的屏风，直到太阳爬上她的寝床……"第二年6月，"这自由自在的，甚至很可爱的年轻女子"又来康科德。梭罗带她去萨德贝利河上去划船，"在我和她之间除了苍天之外什么也没有"。或者说，在他和坐在船尾的"东部地区来的少女"之间"只有隐形的守护神"。在《日晷》杂志里，他发表了一首题为《东部地区来的少女》的诗：

> 我小心地划着桨，
> 躲过弯曲的河湾，
> 平稳地驾着船，
> 在那水莲漂浮的地方……

他感到幸福，"一股喜悦之流充溢了我的周身，犹如月光洒满大地"。这个孤僻的哲学家、诗人、散文家把爱情藏在内心的最深处。他说："爱情是最深的秘密。向人，甚至向最爱的人泄露出来，就不再是爱情。"

这年的10月19日。他写道：他的少女朋友住在东方的地平线上，那地平线就跟东部的大城市轮廓一样的富丽堂皇。她在大地的边缘孤零零地航行。思念无声无息地从他身上飞出，拴住了她，直到把她拖到他的锚地。但是，她从未好好地在他的港岸抛锚停船。也许他没有精良的锚地吧。他在11月给希瓦尔小姐写了"一封十分美丽的信"。信中这样写道："我想我们的爱情的太阳应该像大海上的日出一样无声无息，我们像两名水手在热带航行，在那里白天仿佛永远不会完结。"

青凤说："然而，他收到艾伦一封简短的、直截了当的、冷冷的信，他的求婚失败了！"

失败了，他只好忧郁地歌吟爱的太阳沉入了黑夜。

"要是我，真受不了！"我说。

"所以你是凡人。"青凤哈哈大笑起来，"我能承受。"

"吹牛！"

"不，真的。"青凤说，"再痛苦的事儿，我都可以过得去。到第二天，我又是乐呵呵的了。"

自此，艾伦只生活在他的幻想和梦中。他苦苦地追求着爱情的哲学，在他年轻的心灵中将他的少女描上了理想的神灵的光晕，把她看成是美的化身；然而，他太诗人气质了，他没有能得到这场爱情，在以后的人生旅途上，再也没有爱情之神来叩他的柴扉。他终于就这样孑然一身地带着回忆和憾意离开了人世。

"但梭罗对人生总是充满了爱和信仰。"青凤说。

"不论你的生命多么卑贱，你要面对它，生活它；不要躲避它……尽管贫穷，你要爱你的生活。"他总是积极的、乐观的，大自然给了他无穷的力量。他说："我的人生是一场狂喜。"他的身体里储藏着"难以言说的满足，无论是它的困倦还是它的振奋，对于我都是甜蜜的。大地是最辉煌的乐器，我聆听着它的音乐……我意识到我被超然的力量控制着……清晨和夜晚对于我都是甜蜜的，我过着一种超然于人的社会之上的生活"。他不愿生活在"这个不安的、神经质的、忙乱的、琐细的19世纪生活中"，在那"品德败坏的时代",他希望生活得清醒、诗意而神圣。

在瓦尔登湖畔的森林中,我们仿佛漫游在荷马、西塞罗、乔叟等古代预言家们漫游的领地里。从那渺渺的湖面上,从远处林肯镇紫色的山脉中,从高洁的新英格兰天际,仿佛传来一阵阵庄严、激越、令人奋进的旋律。这音乐探讨浮士德式的标准的伦理问题:"为什么而生"。那密集的令人回肠荡气的鼓点,那管风琴神秘的轰鸣,那舞台后小号遥远的召唤,那女高音肃穆的独唱,都在询问着一个古老的困惑了多少代哲学家和思想家的问题。这炽热的音乐和梭罗平静的、宏博的、深邃的湖有一种相通的东西。在新英格兰,在康科德,我感到一种哲学的启示,就像那经典的音乐给我以人生的启示一样。

中午,秋天的太阳暖洋洋的。我们在殖民客栈吃了午饭。在门口的鲜花摊上,我买了一束勿忘我送给她。

她高兴极了:"天啊,这是给我的吗?"

"当然啦。喜欢吗?"

"喜欢。"

"你知道为什么它叫勿忘我吗?"

"不知道,博士先生。"

"据传说,在中世纪,有一个追求者在悬崖边上伸手去摘一种非常美丽的浅蓝色的花儿,要送给他的情人。不料,他随即从悬崖上掉落下去,在坠落的时候,他高声喊道:'勿忘我!'"

"原来这样。"青凤说,"还从来没有一个人给我送过花呢。"

"总是有那么一个第一人,是吧?我就是那个要在悬崖上伸手去摘鲜花的人。"我还想说下去,但是欲言又止。

我们在"哲学学校"旧址旁的山坡上坐下,吃我们带来的面包、香肠，喝着啤酒。橡树的落叶积得厚厚的，像一层毯子，我不觉躺了上去，享受阳光的暖意。

我说："梭罗说，他不希望度过非生活的生活，生活是这样的可爱，他要把生活的精髓吸收到。"

"只要紧紧跟住你的创造力，它就可以每小时指示你一个新的前景。他鼓励人去创造，他劝诫人们不要让光阴在琐碎之中浪费，生活简单些，再简单些。"青凤说。

我说："当我回忆起他的话——'过去和现在的交叉点正是现在，我就站在这个起点上'时，便充满了一种神圣的被激励的情感。"

我不禁问青凤："人生有完美的吗？"

"重要的是你认为它完美，它就完美了。"她躺在厚厚的干燥的落叶上，享受着阳光。

这时，橡树的枝丫上飞来一群嘲鸫，它们发出各种各样的鸣声，有的像蛙鸣，有的像狗吠，有的像蟋蟀的鸣声。这是我第一次在自然界看到嘲鸫。

我拔了一根青草含在口中，一股清新、酸涩的味儿。我凑到青凤的身边，用小草在她的耳朵上拨弄。

"好痒！别胡闹了。"她说，"珍惜你现在所有的一切，享受它给予你的快乐与慰藉，无论这一切有多么的卑贱。要永远与质朴为友，与质朴的人们为友，从他们那儿汲取生命的源泉与力量。看看他们在泥淖中奋斗的情景吧。那才是真正的生命的根。"

"你说得极是。在国内时，我在农贸市场看到卖菜的妇女，她们卖菜，幼小的孩子就放在身边箩筐里。那孩子的脸红扑扑的。这是多么顽强的生命力呀！"我说，"我永远不要忘记那些贫穷的日子。"

"不要躲进自己设定的高贵的象牙塔中，走出来，当你痛苦与迷惘的时候，当你忘却生活的基本事实的时候，走到她们中间去。永远记住生活的基本的简单的事实，在她们面前，一切的痛苦都是微不足道的了。"

"青凤，你是在说你自己吗？我觉得你近来眼神里有些阴云。不痛快吗？"

青凤一直沉默不语。她拿了一片肥大的橡树叶子盖在脸上。我一口气就把树叶吹开了，战战兢兢地说："我爱你，青凤。你的痛苦就是我的痛苦。告诉我。"

一听这句话，她突然在落叶上翻过身，将我猛然推开，仿佛不认识我似的。

"怎么啦？我爱你，青凤，这勿忘我就是我的爱。"我迷惑不解地说。

她突然大哭起来，肩膀激烈地抽动。

"不，不，我承受不了你的爱，我承受不了——"她哭着、抽噎着说，眼泪顺着她白皙的脸颊流淌下来，"你为什么要把它点破呢？"

"为什么？我不明白！"

"你会明白的——"她说，将脸埋在手里，头发上沾着树叶的屑粒。

她真是一个谜一样的女人。

十六

青凤重燃起了我青春的热情，就像一个神奇的天使重又使我的业已沉睡的心苏醒了。我知道我已在一种木然与浑浑噩噩的状态中生活很长一段时间了。自从李蓉婷离开我之后，我一直没有过好的心情。当在乔治敦大学的同窗好友在华盛顿大街上见到我，便愕然地问："你怎么啦？气色不怎么妙啊，老兄！"

然而，现在不同了。生活好像又赋予我新的意义。我要为爱而生活，为爱而奋斗，让爱看看我到底能达到什么伟大的目的。

但她总是在有意地避开我，使我非常痛苦。她将她自己关在图书馆里，除了有必要与我交谈外，很少出来；而晚上回家，她也不再到客厅里来坐坐，聊一会儿天，一个人闷在卧室里。

星期六是哈佛与耶鲁进行橄榄球赛的日子。今年轮到在剑桥镇哈佛体育场进行。我们大伙儿一合计决定开辆车到战士操场占个位置，带上煤气烤肉架、牛肉、生菜和啤酒，先野餐一番，然后看球赛，这就是所谓的车尾聚会。

何文潭和尹文君负责采购。他们前一晚开车到阿尔瓦夫的Star超市买了调制好的沙拉、牛排、面包、甜食和好几箱啤酒,将雪佛兰运动型多用途车后座塞得满满的。

当她从盥洗室出来那一瞬间,我赶紧抓住她,对她说:"青凤,明天大伙儿一起去战士操场野餐,然后看哈佛对耶鲁的橄榄球赛。"

她拢了一下披散开来的头发,说:"明天不行。我有一份报告要写。"

"明天整个哈佛都休息,你还工作?帮帮忙!"

她断然地说:"明天不行,不行。"

她走进了卧室,把门关上了。

我简直不能相信这就是在丁香客栈见到的那个青凤。

那天阳光灿烂,新英格兰的天湛蓝湛蓝的。早晨9点开始,穿着各色哈佛、耶鲁运动衫的人流就从哈佛广场、肯尼迪大街、安德逊大桥,不断地拥向战士操场。查尔斯河仍然在静静地流淌,河面上漂着黄叶和红叶。在河边的草地上已经有人搭起了帐篷,架起了烤肉架,吹奏起铜管乐。一进入战士操场的大门,道路两旁已排满了卖热狗、哈佛与耶鲁的三角旗、鲜花与有关两队阵营分析的专号小报"The Game"的摊儿了。草地上车一辆接一辆地排着,人们打开运动型多用途车后门,那便是一个绝妙的酒台,点上自带的小液化炉,烤牛排、热狗、香肠,也有用炭火的,青烟袅袅,空气中飘飞着焦黄的牛肉和薪炭的清香。挤在热闹的节日人群中有不少年老的人,白发苍苍,拄着拐杖,但仍然西装革履,或略施脂粉,在兴高采烈地喝饮料,聊天。遇到是哈佛或耶鲁的学生,或者是哪一年的校友的聚会,那就笑声与尖叫声夹杂,更为热闹了。有的哈佛女学生在脸上用红颜料写上"H";她们的对立面则用蓝颜料在脸颊上涂上"Y"。人们忘却了所有的烦恼,到这儿来寻快乐,寻友谊,寻刺激;这绝对是一个青年人的节日。橄榄球成了他们的宗教。

何文潭在草地上找了一个绝好的位置，车屁股正好朝南，金灿灿的阳光洒在临时置放的长餐桌上和草地上。餐桌上放着文小玉买来的鸢尾，鲜艳得就像18岁的少女。在我们旁边的是西格玛学生联谊会的一群学生，在他们的会旗上写着："To strive，to seek，to find，and not to yield"（去努力、追求、寻觅，永不放弃）。我读了这段格言，觉得它很有含意，表现了一种永不妥协的人生态度。他们和我们交换食品，几个小姑娘吃了几口中国菜，连连舔手指，说："好吃，好吃。"

我和何文潭夫妇坐在餐桌前喝塞缪尔·亚当斯啤酒。车尾聚会没有啤酒是万万不行的。

何夫人是一个激动型的才女，不料，那天没说几句话，辣妹就激动起来，在我面前突然开口骂道："爷儿们怎么这么无能，在家里从肉体上与感情上伤害女人。"

何文潭闷声不响，任她骂去。

她告诉我他们已分床分居两个多星期了，两个人婚姻出现了危机。她说："何文潭在外面追洋妞，胡搞，是一个不文明的野兽。如果眼睛能变蓝，他会变蓝；如果皮肤能漂白，他会去漂白；如果头发能染黄，他会去染黄。"

我在一旁劝她，说："别大声嚷嚷了，让别人听见多不像话。你不要太强势，太咄咄逼人，男人不喜欢这样的女人。"

"我不怕。老娘爱干吗干吗！"辣妹大声嚷道，"拿面镜子好好照照。骗子，要不要个脸了，气得半夜想抽他。我图什么？我是博士，他只是个倒腾二手汽车的，什么也不是，我图什么？他倒好，在外面追洋妞！我迟早要同他分手！"

为什么有了钱反而婚姻出现危机了？他们的家庭悲剧是很值得研究的问题。在我接触的众多留学生中，在他们奋斗的初期，男女双方都能同舟共济。能共苦而不能同甘，这是悲剧之所在。为什么？我想，钱的腐蚀作用是一大原因。能创造财富、获得钱财，固然需要勤奋、刻苦与智慧；有了钱财之后，如何驾驭钱财，更需要智慧。地位改变，或者有了钱，懂得地位与钱的分量，并驾驭它，使它成为你的奴隶，而不是反之，这才是智者，我想。而许多留美博士生家庭的悲剧就是缺乏驾驭这种力量的智慧。

辣妹发了一阵火，也就完事，过一会儿，就像没事儿似的跟人有说有笑了。

一会儿，沈公甫和章薇薇来了。沈公甫穿一件黑色的皮夹克，而章薇薇穿一件长款月白针织衫，瘦腿牛仔裤，土黄色船鞋。

"小伙子，最近怎么样？"当他在草地上坐下后，我问，"有章薇薇给你做饭，你日子肯定过得很好呀。"

沈公甫说："我最近收到世界银行青年银行家计划寄来的申请表，据说我是从7000名申请者中遴选出来的800人中的一个。"

"祝贺你，小子！"何文潭说，"我是不可能有这日子了。"

"它有年龄限制，必须32岁以下。"章薇薇说。

沈公甫说："段牧之，申请书中有一个个案的题，我还拿不定主意该怎么答呢。"

我喝了一口啤酒，说："那说来听听。"

一个假想的世界上最穷的国家向世界银行申请贷款，建造一座水电站，水电站建成后可以将发的电力的一半出口邻国，为此该国将增加一倍出口收益。但是，该假想国的政府很弱。世界银行是否应该向该假想国贷款？

何文潭也已恢复了常态，沉吟了一会儿，说："我主张不给贷款。第一，它是一个很穷的国家，却一下子建造一个这么大的水电站——其发的电力一半可以出口，这超越该国的实力；第二，它是一个弱政府，其内部社会与财务机制无法管理这么一个宏大的工程，其结果必然效率低下，腐败横行。"

我说："我倒不那么看。我认为在准备的阶段，世界银行可以向政府提出一系列社会、经济、财务改革的要求。世界银行可以将贷款的发放按阶段进行；该国政府符合每一阶段的要求才发放贷款，如果不能符合世界银行的改革要求，贷款则赎回。"

"我也正是这么想的！"沈公甫说，"我昨天埋在韦德纳图书馆里一整天，阅读世界银行的年度报告，得到不少启发。"

"他们要从800人中选几个人？"何文潭问。

"选180人；然后从180人中选出80人。最后再从80人中选出60人！"沈公甫说。

"竞争这么激烈？"我问。

"就是这么激烈！"沈公甫说，"跟打仗差不多，就跟韦德纳图书馆里的一幅战争的画所说的那样：你一手拥抱胜利，一手拥抱死亡，有幸了。"

"这就是说要有决一死战的勇气，对吧？"何文潭问。

"是这样。"沈公甫说，"要是不成的话，我们就回国。不在这儿空耗了，空耗很伤人。"

何文潭说："没绿卡很难找到工作。你为什么不在这儿先随便找个活儿，拿了绿卡再说？我没绿卡时，起始工资年薪39000我也拿过。"

沈公甫躺在草地上，将印有H的玫瑰红色垒球帽压在眉梢上，说："我考虑过这个问题。我在这儿花5年拿了绿卡，然后再从头奋斗起；而我现在拿了哈佛的商务硕士学位，回国一下子就可以在外国驻京银行找一个高级职位，5年后，嗨，哥们儿，你们想想我该在哪儿了？"

"摩根银行驻京分行的第一把交椅？"尹文君说。

"不在那儿，也差不多。"沈公甫说。

"你自恃太高了！"章薇薇在一旁说。

"我就是喜欢当第一把手，不喜欢被别人管。"沈公甫说。

陈珏夫和叶安娜两人一起来的。陈珏夫一身牛仔衣裤，而叶安娜上身穿着一件镶黑边的白色针织衫，脚蹬长筒靴，针织衫下摆放入一件不规则格纹散摆短裙中，将她纤细的腰肢和浓郁的女人味凸显出来了。他们人一到便拿起一瓶啤酒轮流吹喇叭。

我走过去对他说："嗨，你是刚从沙漠来的不是？"

接着，我轻轻问他："怎么，和娜娜有戏了？"

他挤一挤眼睛，很得意的样子。

"小子，要保持攻势——"我说。

"没错，哥们儿，没错。"他说，"昨晚我把她制了。"

"这么快？"

"就这么快，慢不得！哈——"

文小玉和丰耕田领着女儿小海翎从草地上走来。文小玉穿一件双排扣白色薄大衣，学院派英伦格纹裙，系带式长筒靴，雍容华贵，皮肤很细、很白，显出一副很高贵的样子，而丰耕田站在她旁边，说句损人的话，就像她父亲，又矮，又老，又难看。幸好他们的女儿继承了她妈妈的所有优点，而没有丰耕田的任何痕迹。

尹文君见到小海翎喜欢得不得了，说："啊，这孩子有妈妈的基因哪，这么漂亮。"

小鸟儿文小玉见到尹文君也亲热得很，问："辣妹，你好像比上次见到时瘦了许多，一直在减肥吗？"

"每天晚上走路，在布鲁克莱恩走一个小时。"

娜娜插了进来，说："要身体好，就走路吧。每天走30分钟，一星期走五天，可以减少24%中风的可能性。"

"这是谁的结论？"小鸟儿问。

"哈佛公共卫生学院最近对一万名1916年至1950年从哈佛毕业的男子进行调查，每星期通过运动，例如打3小时网球或打4小时高尔夫球，消耗1000到2000卡热量可以减少中风的可能性。"娜娜说。

"运动总有好处。"辣妹说。

"不，"娜娜说，"并不是所有的运动都会有这个效果。这位科学家发现走路、爬楼、骑自行车和照料园子对减少中风的可能性最好，而打保龄球与做家务却无法获得这样的效果。"

"这不是给男人们不做家务开释了？"辣妹说。

娜娜以科学家的口吻，说："科学家还发现，适度的运动可以减少患糖尿病和大肠癌的可能性。"

她又以极大的兴趣宣布一项研究成果，这也许是一种职业病吧。她说："对波士顿附近百岁妇女老人的调查表明，她们中大部分在40多岁时才生头胎。这项研究与德国一位科学家关于寿命与生殖力之间的关系的研究成果相吻合。"

"这是不是说中年产子的人可能活得更长一些？"辣妹刨根问底。

娜娜说："使年龄大一些的妇女才生育的因素，例如缓慢的衰老过程或者罹患疾病的可能性的减少，增加了这类妇女活得更长的可能性。"

"那辣妹你应该晚一点儿生。"陈珏夫吹着啤酒瓶喇叭开玩笑地说。

娜娜接着又说了一个有趣的生命现象。她说："对于黑猩猩和大猩猩以及其他与人类相近的动物的研究表明，雄性的生殖能力由它们接触雌性的可能性所决定，而不是由它的寿数所决定。"

小鸟儿说："这太深奥了。"她岔开话题，问尹文君："辣妹，菲林地下室商场昨天感恩节50%大减价，你去了没有？"

"我不知道呀，你也不打电话告诉我。"尹文君说。

"我买的这条英伦格呢裙子，才5美元，一件衬衫才6美元，绝对值！下星期五中央广场商场也将大减价，你去吗？"

"有一次我在菲林前大街上与一位同事相遇，当时那位同事正在与一位有妇之夫逛马路，因为两人我都认识，便走上前去打招呼。不料，那位同事从此就不再理我。真倒霉，从此我就不到那儿去了。和你一块儿，我就去，你来约我好吗？"

"好。"文小玉说。

"你在哪儿买菜？"尹文君问。

"在Bread & Basket超市。"

"那儿东西特贵。"

"他们说他们所有的食品都是绿色食品。"

"那倒是。不过论价格，Bread & Basket超市比Star超市还要便宜。在那儿，1美元可以买到3个柚子，和海洋农夫市场的价格差不多。"

文小玉尝了一下沙拉，惊叫起来："啊，这沙拉，做得这么好。辣妹，你做的吗？告诉我，怎么做？你用的什么浇头？"

"保密！"

"别卖关子了，这是从昆西中心的Shaw's超市买的现成的。"我点破了尹文君。

我注意到葛华琦一来，文小玉的话就少了，脸上好像还有点羞赧的红晕。我轻轻地躲着丰耕田跟尹文君说了，她却嗔怪我："胡说！你太敏感了。"

但我不认为我太敏感，如果说我极为敏感，特别说我对男女之间的事敏感，那就说对了。我是一个十分敏感的观察者，任何细微的深情的暗示都逃不过我的眼睛。

阿琦一表人才，高大的身材穿一件苏格兰花呢休闲西装，刚理了发，梳成油光光的西装头，绝对是女人崇拜的偶像，其吸引力不会下于刘德华。趁丰耕田和小海翎到别处玩耍，他用白塑料盘盛了一盘沙拉递给了文小玉，沙拉不小心掉在文小玉裙子上了，他赶紧掏出手绢给她擦，顺手在大腿上轻轻地捏了一把，并在耳朵边咬了几句话。

"我今晚上你那儿去。"

"不，不行。他不上夜班了。"

"那我明晚来。"

"好吧。"

"你门别锁。"

文小玉的脸飞红，有点儿神经质，有点儿不安。而丰耕田那个傻帽还什么都没有注意到。

"小玉，你脸怎么这么红？"叶安娜故意问。

"风，今天风这么大——"文小玉嗫嚅地回答。

"你们听说耶鲁大学塞布鲁克学院舍监的寓所遭到联邦调查局查抄吗？"陈珏夫岔开话题，问。

"我听说了。我有同学在那儿。大伙儿很惊讶。为的什么？"沈公甫说。

"据纽黑文电视台报道，那舍监寓所里藏有大量儿童淫秽照片。"陈珏夫说。

"塞布鲁克学院，我知道，住在其间的学生曾以在橄榄球场上集体脱光衣服而闻名。"

聊起体育来，聊起橄榄球来，没个完，连女人们也来了兴致。叶安娜问陈珏夫："你对下午的形势怎么看？"

"哈佛最近两天表现大失水准，令人失望，输给布朗大学6∶27，输给宾夕法尼亚大学10∶41，太臭了。所以今天面对耶鲁，有个士气的问题。"陈珏夫说。

葛华琦手里拿着啤酒杯，非常优雅又似乎对体育非常熟悉地说："耶鲁的四分卫十分强。乔·卫伦德那小子虽然去年受过伤，但他是一个十分全面的四分卫，他在这一赛季中一共传球1711码，成功率达57.2%，获得11次达阵。"

我说："在冲杀方面，哈佛和耶鲁向来是势均力敌。但哈佛的超级球星克利斯·曼尼克在与布朗大学的球赛中伤了膝盖骨。而耶鲁有个杀气腾腾的尾卫，在今年的赛季中他平均每一场冲刺101码，获得4次达阵。"

文小玉也以女子之见分析道："本来哈佛和耶鲁在前锋方面力量不相上下。耶鲁的守线固若金汤，它的斯科特·本顿夺球67次。而哈佛的伊萨亚·卡西文斯基、斯科特·拉基和乔·韦德尔守线也曾同样吓人。但最近两次赛事中表现平平。在后卫方面，看来耶鲁略胜一筹。"

陈珏夫说："我这个人不喜欢悲观，但下午的赛事我觉得对哈佛不妙。"

"别悲观，老兄，"我说，"比赛时往往靠情绪胜利，而不是靠技术。何况这次是哈佛主场，大伙儿等会儿喊得响些吧！"

讲到啦啦队，人们就想起了青凤。文小玉问："咦，为什么青凤还没来？"

我说："她说要写报告，不来了。"

陈珏夫说："这怎么成，什么时候不能写报告，非得星期六写？"

叶安娜说："我看她最近似乎情绪不太好。我上次在校

197

园里碰到她，跟她聊了一会儿，好像没精神，无精打采的。"

"她什么都好，待人热情、随和、好客，但你如果和她一谈起旧金山，她就像变了一个人，就要烦你。这时候，她成了一个怪人。"文小玉说。

"不管怎么样，得把她叫来，"陈珏夫说，"你知道她现在在哪儿吗?"他问我。

"我知道，在托勃曼楼楼下计算机房里。"我说。

"那就劳你一次驾啦。"叶安娜说。

从战士操场到托勃曼楼跨过安德逊桥便到了，并不远。但野餐与观球的人流仍然不断地往河这边拥来，我要往回走，等于逆流而上，走得很艰难。

楼下大门边一个肥胖的警察在值班，除了地下室计算机房里还有学生之外，整个楼安静极了。

我推开门，只见她坐在计算机前。

"大伙儿叫你去看球哪，我是代表，来请你的大驾!"

"我不去。"她仍然伏在计算机上。

"青凤，我说你怎么回事? 最近变得怪怪的，太不可思议了。那个在海船上钓鱼的青凤呢? 那个玩滑水的青凤呢? 那个灯塔山的青凤呢?"

"没了，消逝了。"

"为什么?"

"因为她太痛苦了，现在，你知道吗?!"她带着哭声说。

"我能和你分担吗?"

"不能。你也没这个必要!"

"我认为我有必要，因为我爱你!"

"不，不，请你千万不要再说这三个字了，它们会杀了我的。"

"为什么?"

"因为我承受不了。我知道你是真诚的。但你并不了解我，了解我的过去！我是一个非常复杂、非常复杂的女人。"

"我才不管你的过去，我爱的是现在的你！现在的你！"

她哈哈大笑起来，笑声显得很空洞，引得旁边计算机上的同学侧过头来。

"你太理想主义了！"

我最后问："你到底去不去？大伙儿都等着你呢。烤汉堡包、热狗、牛排等着你呢。"

"不，不，我不去。"她断然地说，手往计算机键盘上一抛。

在整个观赛的过程中，我一直在腾云驾雾，眼前的一切似乎都十分渺茫而虚妄。我只见穿玫瑰红球衣的和穿雪白球衣的在青草地上将球抢来抢去，不一会儿玫瑰红点就和白点混杂在一起，堆起了一座人山。球台上的人也在癫狂，狂呼"打倒耶鲁""打倒Bulldogs（公狗）"。哈佛与耶鲁的军乐队相对而坐，节奏快速而昂扬的曲调将人们的热血调到最高的热度。我听到了《美好的哈佛》，这个我最喜爱的乐曲。

对这场哈佛—耶鲁的对垒，大部分人认为，尽管哈佛有许多缺陷，但上届赛事的冠军仍然会击败上届赛事的末尾殿军——耶鲁队。耶鲁已经连续三年败在哈佛的手下，这次比赛又在哈佛体育场举行，哈佛不打败耶鲁才怪呢。

两队一上阵，都势均力敌，在前两盘均无进球。在第三盘中，哈佛的里契·林登像头凶猛的公牛似的冲越了耶鲁的防线而达阵；哈佛领先！在中间休息时，吉拉德·哈蒙德举起了印着H的玫瑰红大旗，绕场一周，每到一处，看台上的学生便疯狂地唱道："打倒耶鲁！打倒耶鲁！哈佛必胜！"

乐手们拿着乐器也在欢呼，他们往自己脸上、头发上和衣服上洒上白泡沫，成了一个超现实的小丑。台下有小姑娘在男人壮健的手臂上翻筋斗。我无法将我的精力集中在球赛上，心中一直在想青凤的那句话："我是一个非常复杂、非常复杂的女人。"她复杂在什么地方？她的过去到底是怎么回事？但我又一想，难道我有必要了解她的过去吗？

一声轰响把我从恍惚中召了回来。哈佛丢失了二次踢球进门的机会，在只剩3分钟时，在13码处将球丢给了耶鲁。在7∶7时，耶鲁踢进了一个进门球，比分顿时9∶7。耶鲁的球迷们站起来，疯狂般地举起双手欢呼；草地上耶鲁橄榄球员们把教练抬了起来，沿场转了一圈。在军乐队铿锵的旋律中，穿印着Y球衣的球迷们打开香槟瓶盖，往四周扫射，空气中飘飞着一阵阵酒香。哈佛的球迷们蔫了。

战士操场的室内戈登运动场临时变成了一个巨大的餐厅，人们在这儿用自助餐。你想象一下，在田径场上撒开放上几百张桌子，那规模本身也叫人激动。我们拿了些冷餐食品和几位新认识的朋友正坐在餐桌上吃饭、聊天时，一队铜管乐队吹吹打打走了进来。他们吹《拉德茨基进行曲》绕场一周，那热烈的、富有节奏的、催人奋发的音乐顿时把全场人的情绪调动起来，像点燃了火一般，叫你热血沸腾。美国人把一场球赛安排得像一个节日，给我留下一个十分美好的回忆。

在皇家索内斯特旅馆学院一年一度的冬季狂欢会上，我见到了青凤。

学院的教授和学生几乎都来了。非正式的请帖上有一个小丑和一行话：你被邀请，因为有人想跟你睡觉。从酒店的楼顶大厅可以看到整个波士顿和剑桥迷人的夜色。在查尔斯沿岸后湾区大楼林立，整个大楼就像一只偌大的灯笼，亮晶晶的，在夜空中闪烁。谧静的查尔斯河在黑夜中沉睡。我可以见到哈佛校园雪白的纪念教堂的尖顶，在夜色中，犹如一艘巨大的船舰的桅杆，指向天空，指向上帝。

狂欢会8点开始酒会，然后从9点到1点人们在舞池里跳舞，在咖啡座上喝咖啡或饮料，听音乐。那些bachelorettes（女单身们）聚在一起喧闹、疯笑。

我在临窗的一个咖啡座上找了一个位置，破天荒第一次允许自己在晚上呷饮咖啡——酒店的咖啡太香了——我突然瞥见在舞池里狂舞的人群中有一个穿猎装式白衬衫、牛仔裤的亚裔姑娘。那像是一团白色的旋风，在时现时隐的摇滚灯光中飞转。那扭动的丰满的紧紧地包在牛仔裤里的屁股仿佛有无穷的力要释放出来似的。那披散的卷发中的白脸，在闪烁的灯光下，仿佛更加白皙而近乎苍白，因而也更完美了。她原来就是青凤！

乐曲一终，我向她招手，她就拿了她的牛仔外套走到我的咖啡座。

"来一杯咖啡吗？"我问。

"好吧，今天反正不准备睡觉了。"她说，似乎兴致还好。

侍者给她端来咖啡，她拿小勺轻轻地在咖啡中搅拌了一下。

"你知道我刚才在酒店大厅里见到谁了？"青凤问。

"猜不出。"

"葛华琦和文小玉。"

"是吗？"

"La liaison dangereuse（法文：危险的关系）。"

"是的，危险。"

"但我理解文小玉。"

"无非是阿琦年薪高，有吸引力。"我说。

这时，一群疯疯癫癫的女单身，所谓的社会动物们，从我们身边招摇而过。她们要去莫尼克在剑桥镇的宿舍继续派对，玩女同胞的橄榄球，不玩到天亮是不会罢休的。莫尼克宿舍里有立体音响、DVD机和大屏幕电视机。在她们后面跟着一群微醺的男单身。他们要去比试谁是世界上最强壮的男子汉，玩追逐姑娘的游戏。

"不，你错了。"她望着他们欢乐的背影，喝了一口咖啡，说："悲剧的起始是丰耕田在家里看不起她，嫌她没本事，挣钱少，同时又自以为是，颐指气使，这等于在把她往外推——这是决定性的。"

"你怎么知道？"

"因为我是女人，"她说，"她是学文学出身的，她脑子里充满了浪漫的故事。她的心灵永远处于不安定的状态；她讨厌平庸、平凡无奇的生活；她受不了孤独和烦闷。她追求浪漫，她本人就是浪漫。"

"这是不是你自己的写照？"

"你自己去体会吧，这就是生活！"

我控制不住自己，伸手捏住了她的手，说："青凤，我可以问你一个问题吗？"

"可以。"

"你为什么总躲着我？我受不了啦！"

她抬起她苍白的脸，矜持地说："因为我不配被爱，真的，我不配被爱。如果你不说爱，我们还能成为朋友。"

我从咖啡座上颤抖着站起来，仍然紧紧地捏着她的手，就像捏着生命的稻草似的："我就是爱你，青凤。每一次和你一起听音乐，看艺术展览，你所说的一切见解都让我着迷。我不可能再去爱任何一个别的女人了。"

"答应我吧，那样，我们还能像从前一样交往。"

我无奈地说："好吧，我答应你。"

她的脸也在抽搐，眼睛中显现着痛苦。她一甩卷发，毅然决然地抽回了手，头也不回地走向下楼的电梯。一刹那间，她的身影便消失了，只留下我一个人木然地站在那儿。女单身们嘻嘻哈哈地从我身旁飞奔过去。

十七

　　放寒假了，正好有一股寒流袭击美国的东北部。一天上午，当我在写作间隙偶尔转过头向窗外望去，只见鹅毛大雪正从天际往大地上纷纷静悄悄地飘落下来。高大的橡树树干上、杉树的针叶上落满了白雪，窗外刹那间一片洁白。远处的大海也隐没在雪花和白雾之中了。室内飘荡着崇高而圣洁的席琳·迪翁吟唱的《圣母颂》。那歌声仿佛就是在歌颂这来自天际的白雪。哦，新英格兰的大雪！大海、天宇和大地浑然一体了。在那空漠之中，居然还有一只孤独的雪鸮在飞翔；时而还可以听到蓝背樫鸟在林中不甘寂寞的鸣声，那鸣声听起来平添雪景的凄清。更可观的是，在悬崖边的海湾会有成千只铃凫一起飞来，黑压压一片，犹如筏子似的，给这冬日增添了生气。

　　平日潺潺而流的查尔斯河结起了一层薄冰。河畔肯尼迪公园大片的草地上落满了的黄叶覆盖上了白雪。在纷纷飘飞的雪花下的哈园突然陷入了无边无际的沉寂之中。走在校园交叉的雪中小路上，你仿佛沉浸在威尔第的冬的音乐中一样，凄寂、肃穆、纯洁。如果爱默生说哈佛有幽灵的话，这雪光之中的哈佛是那些旧日年代各种智慧的幽灵最好的活动场所了。

波士顿地区中国留学生在麻省理工学院的瓦克尔大厅举行新年联欢会。每个人交5美元。学生会让我写个活动的新闻报道，就把我这5美元给免了。

联欢会后，我对青凤建议去弗蒙特滑雪，不料她欣然同意了。这着实让我兴奋了一天，走到哪儿都是兴高采烈的，在哈佛广场给拿着盒子要钱买啤酒喝的酒鬼扔了一枚两角五分的硬币。

在出发前，我们到波士顿市中心考帕利大楼专门售卖滑雪用品的商店购买一些必要的物品。我以前从未和青凤一起出外采购过；这次，我才发现她对于购物有一种特殊的爱好和热情，橱窗里展览的商品，凡新奇的、新颖的，或为她所从未知晓的，她必然会流连许久，好好鉴赏，就像鉴赏一件件珍贵的艺术品。她想买一副滑雪墨镜。奥克莱公司今年推出了一个新的A型的款式，镜片深紫色，拿在手里看上去实在可爱。当然价格也很可爱，120美元，青凤调皮地伸一伸舌头，把眼镜放回去了，像个小丫头。她选了一副有毛绒镶边的斯密斯V-3墨镜，设计有出气小孔，天热时戴上空气流通，眼睛会觉得舒服些。这副墨镜价格要便宜得多。在一件高樽领绒线衫和一件尖心领的爱尔兰式的绒线衫之间，她拿不定主意，眼睛望着我，要我来决断。我哪里能提供什么有意义的决定呢——我只凭直觉，对这些玩意儿一窍不通。那件爱尔兰式的绒线衣，休闲式，织有雪鹿，在纷飞的雪片儿中奔飞，还镶有常青树的图案。

"当然这件爱尔兰式的。"我说。

"听你的，68美元，就是它了！"她说。

她试穿上它，她的丰满的身子仿佛突然涌动出一种活泼的生命的力量，显得年轻、健康而快乐，就像那只雪鹿。

滑雪滑板，需要一件短裙，里面衬有防水的衬垫，在打大拐弯时，雪花不至于往上渗进夹克衫里。她还买了一条埃迪·勃尔牌围领圈、一副达·卡恩牌手套和一件篝火牌滑雪服。

"这篝火牌是给你的。"她对我说。

"给我？"我说，"我有。"

"你那件老掉牙了，换件新的吧，我刚得了一份奖金——1000美元！"她笑嘻嘻地说。

"奖金？我怎么不知道？"

"难道什么都要让你知道吗？剑桥诗歌比赛，我得了个惠特曼诗歌纪念奖。白来的。"

从商场出来，走在波士顿市中心街上，我对青凤说："我真没想到你对于购物有这么大的兴趣。"

"难道你以为拿了学位的女人都是干巴巴的甘蔗渣吗？"

"差不多这样，除了论文之外，她们什么都不知道或者什么都不想知道。"

"你错了，大大地错了。我喜欢逛商场，喜欢烹调美味的食物，喜欢零食，喜欢艺术，喜欢打扑克玩，喜欢听音乐——喜欢的东西多着呢。"

我们叫了出租车到洛根国际机场。出租车司机是一个略胖的俄罗斯人，说的英语带有明显的俄语腔。脸蛋红红的，唇间留着一撮小胡子。

"你是犹太人吗？"我问。

"对，我是俄罗斯犹太人，刚移民美国不久。"他笑着说，"你们是中国人吗？"

"中国人。"

"中国大陆？"

"对，北京。"

"同志。"他说了俄语，哈哈大笑起来。

"你觉得这里好，还是俄罗斯好？"青凤问他。

"当然美国好。"

"怎么好法？"

"自由，在美国自由，自由好呀。"他眨一眨眼，说："可以自由找妞儿玩，一天一个，啦，啦，啦——"

他看来是一个很快乐的人。

我见他是俄罗斯人，就对他哼起《红莓花儿开》。不料这一下引起了他的兴致，他就大声哼了起来，高兴得手舞足蹈，一面开着快车，一面竟然侧过身子来，手离开方向盘，打榧子，弄得咯嘣咯嘣响，屁股在坐垫上一颠一颠的。他唱道：

> "红莓花儿开，
> 找个姑娘，
> 姑娘，姑娘，姑娘——"

他唱得改了调，改了词，非常自得其乐。我看他那样子真像刚喝了伏特加似的，但实际上他没有喝，他是正常的，快乐就是他的正常。

"嗨，你们喜欢胖的还是瘦的姑娘？"他问。

我只笑而不答。

"嗨，还是胖的好——啊，该死，这小子超车这么快，疯了——还是胖的好，抓在手里有玩意儿，瘦的没劲。你们知道——啊，对不起，这儿还有位妇女——俄罗斯人喜欢胖女人。"

他又哼起了他的《红莓花儿开》。

在候机大厅里，青凤问我："你觉得这俄罗斯出租汽车司机怎么样？"

"挺快乐的，他有一种俄罗斯的幽默感。"我说。

"你不觉得我们读了许多书，都越读越蠢，把生活中许多基本的快乐都忘了吗？"青凤说，"譬如说，有许多博士，追求生活的完美性，往往从自我的道德观——有时甚至比清教徒还要清教徒——出发去要求生活。结果他们只能落得一个孤家寡人，无缘享受许多普通人的人生快乐。"

"你不认为你有这种倾向吗？"我将箱子拎到航空公司登记登机的柜台前。

"我不认为——不，我绝不是那样的。"

"不那样就好。"我说，拍了一下她垂着细软头发的肩头。

我们乘上飞机，等地勤人员将飞机机身上的结冰清除干净。我们从波士顿飞到弗蒙特的伯林顿。在伯林顿租一辆赫兹租车公司的吉普车开车北上前往甜林。

赫兹租车公司租车点四轮驱动的吉普车都租掉了，只剩前轮驱动的了。

青凤对雪地行车非常内行。她将车的汽油灌得满满的，上了防冻液，检查了轮胎是不是雪地胎、车上是否有链条以便车在坡道上滑行时用。我们同时买了一把扫车雪的扫把、一把铲子和麻袋布。

我们到超级市场买了足够的饮水、饼干、牛奶、土豆片、面包、奶酪和果酱放在车上。

"我们是不是买得太多了？"我问。

"不多。要是车行在路上遇到坏天气，交警封路，你就得等好长时间。这就叫有备无患，懂吗？"她说。

她果然带了羊毛毯子，如果遇到封路，就可以在车里取暖，不至于冻死。

青凤将伯顿雪板和斯各特滑雪杖绑在车顶上，便自告奋勇说她来开车。我也就只好让她了。

她将车在中央弗蒙特公路上开得飞快，好几次在弯道上险些滑到山沟里去。

"嗨，你要注意黑冰，一般不容易看清，特别是在桥上、弯道和深山沟里。"我说。

"别担心，我保证你一百多个安全!"她说。

车行到瓦特波利，开始下起大雪来。糟糕的是刮六七级大风，尖厉的北风挟带着纷飞的大雪直往车窗扑来。世界一片茫茫，山峰、橘树、农舍都不见了。路面的能见度越来越低，到茅顿，十米之外便什么也看不见了。

前面路上停着车，任凭大雪吹刮，车顶上雪越积越厚，形成了一条厚实的像汽车一样漂亮的曲线，雪的曲线，太美了。

"你还美哪，"青凤说，"封路了!"

我们只好耐心地等，也不知什么时候暴风雪会停下来。我坐在车座上越坐越冷，狼嚎般的山风更加使人觉得寒冷。青凤到后座拿出一条双人毛毯，让我坐到她身旁去。与其说是毛毯还不如说是她温热的女性体温让我觉得顿时温暖而恬适起来。

"嗨，还不好意思哪，挤过来呀。"青凤说。

我干脆一把把她抱在怀里，用毛毯将我们两人盖得严严实实的。啊，上帝饶恕我，我倒希望暴风雪就这样一直刮下去。

我俯下头去寻觅她的嘴唇，我闻到了她肌肤和发丝散发出来的令人心颤的馥香。我找到了她柔软的、温热的、湿润的小嘴唇，把它们咬在嘴里，仿佛在吮吸生命。她双手紧紧地、紧紧地抱住我，闭上了眼睛，脸颊发烫，轻轻地哼起来。

我真想说"我爱你"，但再也不敢说出来。我只是在心里一遍又一遍地吟诵：我爱你，我爱你，青凤!

她为什么不让我说"我爱你"呢? 她为什么说她承受不了我的爱呢? 啊，谜一样的姑娘呀! 然而，越是谜，人就越被吸引，这也是一种宿命吧？

两小时之后，暴风雪停了。前面的车开始慢慢地蠕动起来，就像一个刚刚从大雪中苏醒过来的野兽。世界又恢复了它的宁静。新英格兰心脏地区的小镇覆盖在白雪之中，只有它尖尖的教堂的尖塔高耸于雪原之上，和上帝在直接对话。

车走了不多久就遇到一个大陡坡。我们在车轮上挂上了链条，小心翼翼地前行。车行到陡坡的底部，那儿积雪特别厚，车一下子埋进了深雪，开不动了。任凭青凤怎么加力，车仍然纹丝不动。她涨红了脸，耐心快到极限了。我拿了铲子将四个车轮前的雪铲掉。底部的雪已经被前面的车轮轧实成了冰碴儿，要铲非常艰难。新英格兰山峦里真像是个大冰窖，我冷得浑身发抖。手指冻僵，已使不出多大劲儿了。但我们必须将车启动起来，要不就要在这冰天雪地里过夜了。

"窝囊废！你来踩油门，我来！"青凤气鼓鼓地从车上跳下来，对我命令道。

我跳上车踩油门，车不断地放屁，轮子空转，就是不向前走。青凤好像与谁赌气似的，死命铲雪，但冰碴儿仍然纹丝不动。

我想起我们在车里带了麻袋布，何不拿它来试一下。我叫青凤来踩油门，我趴在车底贴在冰雪上往车轮下垫麻袋布。

不一会儿，车轮贴着了地，往前走了。

"乌拉！"我喊叫起来。

青凤也哈哈大笑起来。

"你刚才骂我什么来着？"我坐在副驾驶座上问。

"难道你要记一辈子吗？"

"我现在就已经忘了！"

两人又开怀哈哈大笑起来。

薄暮时分，当疯河山谷一切笼罩在灰蒙蒙的冬雾里的时候，我们来到了林肯山峰山脚一个小客栈——水獭溪旅舍，据说已有两个世纪的历史了。这是一排一层的小屋，全部是木结构，屋顶上盖着厚厚的雪，十分雅洁。房间很宽敞，中间一个客厅，两旁是卧房。客厅里，在壁炉前放着一圈沙发，大红的地毯上放着一只小巧玲珑的玻璃小茶几，中间立着一盏波斯花瓶台灯。

青凤提议："我们生个火吧!"

"好!"我还没忘记上次在感恩岛的窘相。

壁炉里劈柴已经准备好，我点上火柴引火。引火一会儿灭了，劈柴仍然没有点着。我趴在地上再次引火，使劲用嘴往里吹气，希冀引火这次别灭了。它确实燃烧了一会儿，将一根柴也点燃了，但不久又灭了，冒出一股呛人的烟来，弄得我眼泪鼻涕一脸。我的样子一定显得十分可笑，青凤看着我仰天大笑。青凤到车里拿了汽油来，往柴上浇上一点儿，一点火，劈柴很快就着了。

青凤发现连着卧室有一座芬兰桑拿浴室木屋。浴室仍像芬兰乡间用木柴燃烧蒸汽。木屋里的墙壁与条凳全是橡木，中间搁着一只炉子。

"你洗桑拿浴吗?"青凤问我。

"冷吗?"我问。

"怎么会冷，"她哈哈大笑起来，"到时候你会热得受不了。"

她将壁炉的火柴引来木屋，木屋的炉里很快就熊熊燃烧起来，将炉上的铁板烧得红烫红烫的。

"我先洗吧。"青凤说，她拿了毛巾、换洗的衣服走了进去，小木门在她身后关上了。那木门原始的本色使我恍然置身于乡野中一样。当她从小木屋里走出来时，一脸通红，像个龙虾似的，湿漉漉的头发披散在她宽厚的肩上。

陡然间，她的一个行动让我震惊不已：她走到雪堆边，躬身撅起宝瓶般的臀部，双手捧起白雪往身子上擦。那丰满的、充满生命力的、曲线玲珑的身体顿然变得通红。这是怎样的一种美呀！

我走进小木屋，躺在木条凳上，整个屋子充满了从火烫的铁板上蒸发出来的白色的蒸雾；我浑身大汗淋漓。我一边用树条抽打着自己的身子，一边哼起了俄罗斯的小调。我想起了来弗蒙特的路上遇见的那位乐观的俄罗斯移民小伙子。我也冲出木门来到雪原之中，将白雪往身上擦拭。开始的时候，浑身就像针刺一样，血液奔腾，不久身体开始发热，感到从未有过的一种惬意，一种恬适。真难以想象这桑拿浴小木屋置于冰雪封冻的疯河山谷的深处，真难以想象这原始的小木屋给我们带来如此的快乐与愉悦。这种强烈反差的感觉让人更加珍惜这瞬间的时光。这使我想起了我在北京时数九寒天在玉渊潭冰水里游泳，从几近零度的水中出来，躺在雪地里照相的情景。

当我回到小木屋，青凤在厨房餐台咖啡壶里煮了茶。我们一人一杯，坐在熊熊的壁炉前喝茶，一天风雪中的劳顿全忘了。

青凤双腿盘坐在沙发里，说："这壁炉火使我想起小时候蒙古包里的篝火。我现在仿佛闻到了蒙古包里牛粪夹杂着酸马奶的香味。你喝酸马奶吗？"

"不喝。"我干脆地说，"我喝过一次，呕吐了。"

"你不习惯，你太娇气了。"她突然歪过头来问我，"你觉得我身上有股野气吗？"

我笑笑说："好像有一点儿，大草原的野气。"

"我不想给自己任何的羁绊，去追求我想追求的，毫无阻拦！"

"你倒是很美国化了。"

212

"你说到底什么是美国人？什么是美国性格？这是来自世界各个角落的人们组成的一个国家，并赋予自己一种与众不同的性格！"

"这种性格在新教徒移民美国时就形成了。"我说。

"对，这就是相信个人的力量，相信个人有追求幸福的自由。你看，移民来美国的人，几乎毫无例外的是想在美国寻求一种比原来生活得更好的生活。他们离乡背井，告别亲人和朋友，到这北美大陆来拥抱孤独，没有一点儿勇气，做得到吗？"

第二天清晨当我漫步走出旅舍，来到门前的空地广场，我不觉被林肯山峰雪山美景迷住了。一棵棵高大的百年松树，披盖着皑皑的白雪，亭亭玉立于山坡雪原上。漫山遍野的雪在清晨太阳的金光下闪耀。屋顶积雪的糁漆白墙的水獭溪旅舍舒适地躺在松林之下，就像一只白波斯猫。我发现在旅舍旁有非常优雅的礼品与工艺品店、商店和令人叹绝的小饭店，提供新英格兰佳肴。小旅舍还提供马车，车座像座黑色的小屋子，门前装饰着欧式马灯，使人想起詹姆斯·乔伊斯描述的在都柏林街上行走的马车。但在这儿没有马蹄声，只有马车的铃声叮当。

站在甜林山峰，疯河山谷一览无余，白色与暗绿色交相辉映，河谷沉浸在一片皓洁的宁静之中。甜林的滑雪道非常平缓，有4000公顷的可滑雪的草场，极适宜于越野滑雪。雪道上雪殷厚而松软，在雪道上飞驶，松雪飞扬起来，就像开香槟酒似的令人陶醉。青凤的滑雪技术绝对是一流的，她戴着雪地墨镜，穿着一身鹅黄色的滑雪服，像流星一般在雪道上飞驰。遇到陡坡，她一蹲身，整个人就像一只扑食的鸷鹰似的往山下扑将过去，具有一种令人胆战心惊的冲刺力。

雪道上的雪很厚，附近山坡上数尺的积雪随时有崩塌的危险。只有技术十分娴熟的人才敢在这充满杀机的地带滑雪。青凤似乎有一种天生的冒险爱好，往积着深雪的峡谷飞驰而去。右边山坡上的雪时而迅猛地发疯般地从山谷上横扫而来，她的身影——千里白雪中的一个鹅黄的点，瞬间在飞扬的雪雾中消失。然而，还没等我惊呼出口，那鹅黄点便从雪崩的边缘飞驰而出，像一只燕子似的往我这儿飞来了。哦，天！这个喜欢冒险的女人！

雪道从维多利亚式的瓦伦村庄通向另一座维多利亚式的瓦兹菲德村庄，穿越廊桥，就像在欧洲一样。据说林肯总统的儿子罗伯脱·林肯的家离这儿不远。每一座新英格兰村庄都有自己的教堂、自己的仓房、自己的马厩、自己的小酒馆，甚至自己的小画廊、自己的与众不同的优雅与美，给人一种十分亲切、十分友好的感觉。在一座村庄前还有一个溜冰场，有几个小孩戴着绒线花帽在冰上玩耍。还有孩子在机动雪橇里嬉戏打闹。雪场还备有八人座的高速贡多拉雪橇，置身其间可以瞭望四周和平、宁静的景色，毫无遮拦。哦，纯净的弗蒙特！

青凤和我又去专设的树林区所谓的探险滑雪。只见青凤娴熟地在树木间打转、拐弯，斜扭着身子，撅着她的健康的大屁股，做完美的大回转，犹如一头调情嬉戏的春鹿。

薄暮中回到水獭溪旅舍已经很疲倦了。我们看见好多孩子坐在雪地翘首望着挂着明月的夜空。原来夜里还有放烟火的节目。五彩缤纷的火花在新英格兰夜空盛放开来，将雪原、雪峰和积满落雪的松树，一会儿映成红的，一会儿映成蓝的，简直像是在一个梦幻的世界。一队黑压压的人马在向导的带领下出发了，往森林中走去，这是玩所谓月光滑雪的人们。一轮清冷凄寂的明月将白华洒在山谷之间，在雪花之中，树木、房屋、堆垒起来的柴垛和在雪道上奔跑的狗都是影影绰绰的，像在梦中一样。

是的，严冬笼罩在这弗蒙特甜林的土地上，黑夜仿佛使严冬蒙上了一层神秘的色彩。冬天和雪野千里并没有将人们紧锁在他们的温暖的小木屋里；正相反，有这么多人不畏严寒和风雪，到这雪地里来寻觅欢乐和健康。弗蒙特人是坚毅的、乐观的、纯朴的，而到春天，离冬天不远的春天，他们更有采集枫糖的节日，到那时，州长将亲自主持采集枫糖开始的仪式。人们在这冰雪之中仿佛就已经嗅到了采集枫糖的春的甜蜜气息了。

客厅里烧着壁炉火，火苗在炉算后面跳跃，给客厅罩上一层温暖的橘黄色的光。旅舍的侍者在壁炉架上点燃了两支蜡烛，中间放了一个插花的花篮，康乃馨、玫瑰花，显得十分新鲜，有那么点儿惬意的浪漫的气息。

我和青凤一人拿着一杯百威啤酒在喝。青凤问我："你到过新罕布什的曼利曼克吗?"

"没有去过。有什么特别的吗?"

"啤酒! 瞧这啤酒，那是它的故乡!"

"是吗?"

"那里是世界闻名的百威啤酒最初酿制的酿造厂。酿造厂的环境在一片绿野包围之中，美极了。在那儿你可以品尝到手调的储藏啤酒、黑啤酒和浓啤酒。"

"这次回去我们可以租车开到那儿去，不坐飞机了。去尝尝原汁原味的啤酒。"我说，被青凤关于啤酒的描述吸引住了。

我沉吟了一会儿，问青凤："那天在皇家索内斯特旅馆喝咖啡，你为什么离我而去? 我一直在心里纳闷。"

"我自己也不知道。"

"你怎么可能不知道!"

"我非常矛盾，段牧之，我心中非常矛盾。"她说着，将头扭过去。

"矛盾什么？"我追问道。

"我现在还不能告诉你，真的，不能告诉你。"她说时，眼中充满了女性的痛苦。她那拿啤酒杯的手在颤抖。

"滑雪场上的那个不顾一切往前飞奔的青凤到哪儿去了？难道你连这点面对现实的勇气都没有吗？你让自己生活在自我构筑的蚕茧之中，独自关在自己的网中痛苦。这怎么行！这要把你弄垮的，青凤！"

青凤轻轻地啜泣起来，继而号啕大哭起来。她把啤酒杯放在茶几上，拿出手绢来擦眼泪。

"段牧之，你知道我一直是多么痛苦。"她说，"有爱而不能爱！"

她深深地望了我一眼，眼睛里突然充满了我从未见过的女人的情欲的光。显然，她动情了。

她终于说出了"爱"这个字。

"你为什么有爱而不能爱呢？拿出爱的勇气来吧！"

"谈何容易，现在根本不可能。我是个坏女人，你为什么要爱我呢？"她低着头说，一头浓密的黑发垂了下来。

"不，不可能！我决不相信。"我说，坐到她的身边。我感到她的整个身子就像那熊熊的壁炉炉火一样发热。

"我爱你！"我伸出左手勾住她柔软的肩头，把她拉过来，抱在怀里，吻她的脸。我将她的泪水舔掉，舌尖上存留着一股淡淡的咸味。"我爱你，爱得快发狂了！"

青凤变得非常柔顺，整个身子也随之变得非常柔顺。她柔顺的嘴唇开始在我的脸上探索起来，那温热的嘴唇在吮吸着我，让我感到无上的快乐。

"管他呢，"我说，"让我们相爱吧。拿出爱的勇气来！"

"对，对，对，管他呢！——拿出爱的勇气来！"青凤亲吻着我，喃喃地说。

她双手抱住我的头，死劲往她的脸上压去。青春的血液在我们两个人的身体里奔涌，就像屠格涅夫式的春潮一般，有什么世俗的力量可以阻挡呢？

"青凤，你有爱的权利。"我说。

"是的，我有爱的权利，我有爱的权利。"青凤嗫嚅道，又啜泣了起来。她显得非常、非常的软弱，整个身子软瘫在我的膝盖上。"我爱你，牧之，我爱你——啊，我多么地爱你呀！你会抛弃我吗，当我成为一个又老又病的女人？"

"不，不，我不许你说又老又病。你将永远是一个美丽的女人，不管你多大年龄，因为你有一个美丽的性格，青凤。正是你的美丽的性格让我癫狂！所以，我一定会爱你一辈子的！"

壁炉的火在燃烧，屋子里充满了松木的清香，劈柴在噼噼啪啪地响，仿佛在给我们以祝福。

我以我壮健的手臂抱住了她，她像一只乖猫似的蜷缩在我的手臂里。我的心在激跳，血液往脑中奔涌而来；我因快乐和激情浑身在发抖。我狂热地、不顾一切地吻她。

哦，纯净的弗蒙特！

可是，正当我浑身因兴奋和快乐而发热的时候，她猛然一把推开了我，匆匆理了一下散乱的头发，像个疯女人似的说："哦，不，不，不！——我没有爱的权利！"

说完，她跑回了自己的房间，像一个痛苦的幽灵般消失了。

十八

　　我从波士顿乘飞机到旧金山，去参加斯坦福大学召开的一个学术讨论会。彼得知道我到了加利福尼亚，便邀请我在开完会后，去游览加利福尼亚的酒乡。他买了两张火车票，这是专为游览酒乡而开通的火车，从旧金山一路驶往那帕溪谷。

　　我们在窗边选了一个可以浏览沿途景色的位置，相对而坐。车上的旅客不多，很安静。乘务员是一个白发的老头，穿着西装，打着领带，彬彬有礼，剪了票不久，便用托盘端来两杯红葡萄酒。火车票不论大人小孩一律91美元，在酒车上所有品尝的白葡萄酒如霞多丽、长相思、赛美蓉和雷司令，红葡萄酒如赤霞珠、梅乐、品丽珠、席拉和黑比诺酿制的酒都是免费的。

　　火车在一片绿色中穿行，从窗户一闪而过的不是翠绿，便是深绿，就像整个世界融入了绿宝石的折光之中。两边山坡上是整齐的葡萄园，轮作的葡萄园里也长着绿茵茵的青草。整个那帕溪谷在太平洋湿润雨水的滋润下像一个披一身绿装的少女，格外妖媚。远处山坡上是成片的树林，晨雾缭绕其间，近处的油棕丛中一幢幢青石垒砌的农舍。那青紫色的石墙和塔楼仿佛在述说一个又一个关于葡萄、关于酿酒、关于酒的传说。

在那帕溪谷，仿佛整个世界都处在橡木桶内酿酒的过程之中，空气中充溢葡萄汁液和酿酒的馥香。你即使不喝酒，也要微醺于这酒乡、这自然之中了。我们在一家酿酒农庄草地上的一块半浮雕石块前流连了许久。雕塑描述葡萄丰收了，人们欢乐狂饮的情景。一个个半裸的妇女，身材丰满，鼓胀的乳房，流畅的体形，栩栩如生地在酒神狄奥尼索斯周围翩翩起舞。在古希腊的神话里，酒神象征自然界生育的伟力。只有当你置身于这山谷中以种植葡萄和酿葡萄酒为生的人们之中，你才会更深刻地体会到古希腊人的这一智慧。

我们在一家法国移民后裔开设的酿酒农庄面对葡萄园开敞的露台上品尝他的香槟。那农庄酒窖的建筑是哥特式与拜占庭式风格的结合，其中又糅进文艺复兴时期的建筑手法。站在酒窖前，你还以为法国兰斯地区的酒窖搬到加州来了。酒窖周围修剪齐整的花园和大片大片的葡萄园给它增添了不少感人的姿色。

我们往下走116级台阶才到达地下80英尺深的地窖里。地窖是长方形的，有几十个之多；地窖之间有地道相连，地道以世界城市命名，如纽约啦、东京啦、巴黎啦。有的地道有1000英尺长，地道里灯火辉煌，蔚为壮观。在地道里堆放着陈酒酒瓶，成千上万，整齐地排列着，仿佛在等待人们去开启它们充满馨香的瓶盖，给这世界上的人增添一点儿欢乐。彼得将酒窖墙上镌刻的浮雕指给我看，有的描述18世纪法国宫廷酒宴的情景，有的刻画酒神师傅赛利纳斯的快乐。

"挑拣葡萄是很重要的头道工序，有的酿名酒的葡萄都是一个一个挑选出来的。"彼得站在巨大无比的贮酒的木桶前对我说，"酿酒是一门艺术。人们说，酒是艺术，艺术是酒。你知道有一个说法，叫WWS，就是酒、女人和歌。它们是密不可分的。"

他以一个行家的派头对我说，只有头两道榨的葡萄汁液才用来酿酒。榨出来的葡萄汁液灌进喷香的橡木酒桶里发酵。发酵后的葡萄汁从一个酒桶灌到另一个酒桶里，以将酒与沉淀分离开来。然后将各种不同的酒液混合。混合后的酒液装进洗涤得十分干净的很厚的酒瓶里，酒瓶用木塞封口。这样，酒在酒瓶里再次发酵。至少要三年之后，酒瓶才倒放在V字形的木架上，有人每天要来摇动酒瓶，使沉淀都落脚在瓶塞上。然后，酒瓶再次打开，移走沉淀。要使葡萄酒具有甜味儿，便加进极纯的蔗糖，再将酒瓶封口。整个酿酒的过程在我看来，简直像是变戏法似的，在那堆积如山的巨大的橡木桶里，酒神用她那神秘的手将葡萄的汁液变成了青的、紫红的、黑的酒液，具有那么神奇的力量。斯蒂芬·菲利普斯曾经吟唱道：没有酒算什么狂欢？没有歌，算什么饮酒？可见酒在人类生活中重要的、几乎是不可替代的、正如拜伦说的高贵的位置了。

彼得告诉我，他就是在那帕溪谷里长大的。他的父亲是从法国勃艮第移民来的，酿一手好酒。他父亲要请著名画家给每年酿制的酒画标签。他母亲是德国巴伐利亚人，也出身酿酒世家。他说，他就是在这些橡木酒桶间长大的。他有一次逃学，到乡村集市去看演出，晚上不敢回家，便躲在酒窖的酒桶间睡了一晚上。第二天清早，被父亲找到，没想到老头儿非但没有揍他，反而请他吃了一顿丰盛的早餐，还带上一杯葡萄酒！

彼得的父母关系一直不好，在他很小的时候，父母亲离异，母亲跟一个酒鬼私奔了。他和父亲生活在一起，从小就缺乏母爱和一个温馨的家。他说这一切在他年轻的心灵上留下不可磨灭的印记。他怀疑家、怀疑婚姻、怀疑女人，怀疑爱的可能。表面上，他彬彬有礼，温文尔雅，可是骨子里他的人格是扭曲的。

彼得呷饮着他杯中的霞多丽。正喝的当儿，他突然问我："你住在极乐鸟海岬?"

"对。"

"和青凤在一起?"

"是的。你认识她?"我纳闷了。

"岂止认识!"

他的一对碧蓝的眼睛痛苦地注视着我，脸颊上的肉在抽搐。他说："我到过极乐鸟海岬。"

"你来过? 我怎么不知道!"

"我是去找青凤的。"

我想起了那连续两晚青凤房里的响动和人声。

"我隐约听见房里有人谈话。那是你?"

"那是我。"他又喝了一杯黑比诺葡萄酿制的红葡萄酒，"没想到吧?"

"没想到。"

他用手指指着我，问："请告诉我，你是青凤的朋友? 情人? 性伴侣? 还是兄长?"

"她是我的什么人跟你有什么关系?"

"关系很大!"他吼叫起来，"你从我身边夺走了我的girl。"

"你是不是喝醉了?"

"我没醉。"他说，"我去极乐鸟海岬想劝青凤跟我走，跟我回旧金山去。"

"她不愿去?"

"她不愿去。我想这主要是因为有了你。请你从我们两人之间走开好吗?"

"笑话！我根本不知道你们之间的关系，你们之间的关系关我什么事？彼得，你冷静一点儿好吗？"

"冷静？我冷静不了！你夺走了我的青凤，夺走了我的girl。"

他从兜里拿出一个小录音机来，说："你要听吗，她曾经跟我说过的话？"

他把录音机放在酒桌上，一头蓬乱的金发，跌坐在沙发座椅里。

录音机里传出了在火车的隆隆声中，一个男人和一个女人在包厢做爱时的声音。美国人做爱时是喧闹的。

"彼得，我下学期一分钱也没有了，学费交不出了。"

这分明是青凤的声音。

"我把你算成in-state（州内）的学生，怎么样？这样，别人要交5000美元学费，你只需交120美元。"彼得说。

"你真好。"

"我的甜姐儿，只要你……"

"嘻，嘻……我还很想要系秘书的那份差事。"

"你很想要？"

"很想。"

"给你！——来，我的宝贝！"

"彼得，我爱你，我爱你，我爱你！"

彼得把录音机骤然关掉，显然下面还有许多话。

我瘫坐在彼得对面的沙发座椅里，好像吃了一闷棍似的。你明白一个抱有幻想的人，一旦幻想破灭，是什么样的感受吗？一个你认为纯洁无瑕的人，原来并不是那样，你会经历什么样的震动呢？

"你明白了吗？"彼得问。

彼得告诉我，他原来在北京一家研究生院里教英语。学生中有一个聪明伶俐、极可爱的女孩，这就是青凤。彼得对她印象很好，不经意中请她去三里屯咖啡屋喝了几次咖啡。彼得发现她妈妈在一家小吃店打工，收入菲薄，家里穷得叮当响。她向往美国，希望彼得帮助她到美国去留学。

她通过了一道又一道难关：考托福，考GRE，给美国大学发申请信，遇到关键的大学要求付报名费的，彼得开张支票便给她付了。旧金山有家大学录取了她，给她寄来了1–20表。在寒冷的冬天的北京，她在美国大使馆门口排队等了一夜。她满怀欢喜走进了那座可怕的小楼，一个断臂的官员瞧也没瞧她所有的文件就把她给否了，说她的经济担保不够。从那楼里出来，好像世界到了末日一般，北京的天灰灰的，街上的人影也是灰灰的。龟缩在门口的好事之徒蜂拥而上想从她那儿打听一下签证的诀窍。她懒得和他们说话，一摆手就把他们打发掉了。

她来到彼得住的外交公寓，请求他给她做一个经济担保。说出来人可能不信，彼得银行账户上的存款一共才500美元。

"那怎么办？"青凤颓然地说，"完了！你是我唯一可以指望的了。"

彼得告诉她还有一条路，就是请他父亲——一位酒庄老板给她开一份经济担保书。

"真的？"青凤狂喜起来。

她扑上前去，抱住彼得亲吻起来。

外面正在下大雪，鹅毛般的雪片儿在窗户外飞扬。街道上的雪很厚，车轧过的地方成了一溜冰道，汽车小心翼翼地在路上爬行。北风像狼一般地在呼号，扬起松树上的雪花，往天空中再度撒去。

"天气这么糟，你留下吧？"彼得撩着厚重的窗帘，问。

青凤脸唰一下红了起来，她低着头，没有说什么……

回到极乐鸟海岬，我对青凤的整个印象彻底地改变了。我觉得我整个儿地受骗了。

晚上，我坐在沙发里看《波士顿环球报》。青凤回家走上楼来，将皮鞋往墙角一抛，手提包一放，便问："读今天的《波士顿环球报》？"

"是。"

"喂，你看了关于伟哥的报道了吗？据说药房里要这种药的人多极了。我真不明白难道有这么多的美国人性功能有问题吗？"

"也不一定性功能有问题。"我敷衍地说，"也许是为了增加快感而已。"

"那就是美国人都性癫狂了——"青凤说，"据说盖茨伯格学院生物教授发现如果在水中加入镇静剂，海贝的繁殖力发了疯，增加10倍。有人开玩笑说，如果在水中掺入伟哥呢？会怎么样呢？哈——"她自我陶醉地干笑了一下，发现我没有反应，皱起眉头，问："你怎么啦？不舒服？"

"没什么。"

"你知道今天我在哈佛广场碰见谁了？"

"猜不出。"

"董佩荀！她现在穿得可时髦了，剑桥上流社会的派对都有她的身影。她跟钟晨是彻底地断了，现在整天在那些银行家、出版家、股票经纪人和商人中周旋。我问她你跟他们上床吗？你猜她怎么说？"

"猜不着。"

"她说谁给钱，就跟谁去旅游。我感觉她心中有一种报复男人的心理，非常强烈的报复心理！——你怎么啦？我好像在跟一个木头说话似的！从旧金山回来你好像变了一个人！"

我火了起来。

"帮帮忙，青凤。我对那没有兴趣！"

"你心里一定有什么事。在旧金山你遇见谁了？"

"难道你猜不出吗？'啊，彼得，我爱你！'听听，'我爱你'——你并不比董佩荀好多少！"

"你遇见彼得了？"

"不仅遇见，我们还进行了一个很长时间的谈话。"

我心中突然产生了一种厌恶的情绪，接着说："你给了我一个彻头彻尾的假象。"我给自己倒了一杯冰水，"我还一直以为你是一个无邪的处女呢。"继而，我自我解嘲般地笑了起来。

"我没有骗你。我从没有跟你说过我是处女，对吗？这是你自己想当然的。"她叹了一口气，说，"你不知道我当初有多难。我是自费生，没有任何经济来源，没有任何人可能来帮助我。我一星期仅花10美元买食品维持生命。10美元，你能想象吗？"

"再难也不能像你那样。"我说。

"我怎么啦？"她霍地跳了起来，头发披散在她脸前，"我怎么啦？这是我的最后一道防线。他来求我，他跪在我面前，你知道吗？"

"于是，你答应了。"我讥讽地说。

"你想想看，我没有别的路可走。"

"你可以回国。"

"谈何容易。刚拿了行李出来闯码头就回去？这不是窝囊废吗？怎么可能？不管有多难，都要咬着牙挺下去。这就是移民的品格，你知道什么叫移民，什么叫女性移民吗？移民就是意味着背井离乡，意味着在异国潜伏着种种危险与不安全，意味着痛苦和勇气，你懂吗？"

她哇一下哭了起来，仿佛所有的委屈都倾注在她的泪水中了。她继而号啕大哭起来，抽噎得很厉害。

　　我把报纸往地上一甩，一米八的个儿站起来，在青凤面前无异一个超人。痛苦与嫉妒一起在我的胸中燃烧。离异后遇见的第一个引起我兴趣的女人，第一个给我激情的女人，我第一个亲吻的女人，竟然是这么一个糟货！灯塔山夜色中的温情荡然无存，我举起粗大的男性的手往青凤脸上啪地打去，在她那脸颊上顿时留下五个手指印。

　　她猛地冲下楼去，在海岬空旷的夜空中像疯子似的狂喊："天！我不想活了！"

　　她冲进停在路边的丰田车，光着脚丫踩油门，车像醉汉似的一溜烟便消失在海岬的拐道处了。

　　我像一根木头似的站在那儿好久，好像钉在了那儿。我瞧一下我发红的手心。我用这手揍了一个女人的耳光。我怎么会这样丧失理智？这不是一般的女人，这是一个我真心亲吻过的女人。啪——我揍了她！

　　我坐在门廊的台阶上，孤独的影子映在木地板上。虽然我只穿了一件T恤衫，但在秋凉的海岬边的夜中也不觉得寒冷。她会去寻死吗？我深深地谴责起自己来。我刚才不该嘲讽她，我应该从她当时的处境来理解她。我是不是太道德化了？

　　海岬一片寂静，只听见海风吹动松树林的沙沙声和远处山崖边海浪拍打岩石的滔滔声。夜很深了，周围的邻居都已熄灯睡觉。湛蓝的天际挂着一颗明月，即使是洁白明皓的玉盘，那上面不也有点瑕疵吗？

　　我记得我以前在华盛顿也这样为李蓉婷等过门。半夜十二点了，她还没有回家。自从那次吵架谈及离婚之后，我们有了一段相对平静的日子。我守在门口等她归来。后来，我便沿着帕克路走下去，希冀能见到她的车。我也不知道是什么驱使我这么做。也许是为了敏敏，我不想将这个家拆散，让她在一个单亲的环境里长大；也许是想起刚来美国时种种的艰难，两人相依为命熬了过来。我的心空落落的。

在一个灯柱下我瞥见了她的车。老头儿正把她拥在怀里亲嘴。她一副小鸟依人的样子。

大海决堤了，冰冷的海水劈头盖脸向我涌来，夹杂着几片秋天的枯叶，贴在我的脸上。水漫过了我的头顶，我几乎难以呼吸了。我掉过头就往回走。

再没有激烈的争吵。像死水一样的平静。

"回来了？"

"回来了。"

她头也不回进了自己的卧房。

如今我在这儿等青凤归来。她会归来吗？要是她真的去寻死，我该怎么向她的老母亲交代呢？

我的潜意识告诉我，山路上似乎有汽车在驶来。果然，前面有一辆车。我惊喜起来，像欢迎北极探险九死一生归来的探险家一样地兴奋起来。不。这不是她的车。这是一辆福特车，邻居家的。

"嗨。"邻居老头儿喊道。

"嗨。"我回答。

老头儿刚从剑桥镇看完克利斯朵夫·杜让的戏剧《贝蒂与布的婚姻》。

"这戏妙极了。"他说。

我怎么可以伸手打她的耳光呢？怎么可以？我有什么权利？我真是太荒唐了。

然而，我为什么这么关心青凤的命运呢？这么关心她的死活呢？难道仅仅是出于一个同事的责任感吗？刚才孕育在心中对她的一切鄙视都销声匿迹了，我只祈求她平安归来。
难道一切世俗的道德标准、一切伪善，在死亡面前都显得微
不足道了吗？

到凌晨3点，丰田车终于驶回来了，我的天！她熟练地
将车嘎的一下子停住，不偏不倚地将车门正对着草地间的小
道口。她光着脚丫子走了下来，像个明知自己犯了错的小姑
娘瞧着我。

"我以为你去寻死了。"我说。

"我怎么会去寻死，我不想死。要死的话，我早就死
了。"她说。

我伸手在草地的小道上一把把她拉过来抱在怀里，嘴里
喃喃地说："傻丫头！傻丫头！我怕你真去死。"两行清泪从
我的脸颊流淌下来。

她用手将我一推，冷冷地说："别碰我！我们的关系完
了！"

十九

当我坐在梅雷迪斯客栈大厅的沙发里时，一个十分熟悉的身影从我的旁边走过去。这身影正挽着一个穿一身黑西服的肥胖男子，走进客栈的客房里去。第二天我开完会回到客栈时，又见到这身影，一头黑卷发，穿着一件双排圆润衣扣的白色大衣，飘逸的下摆，大蝴蝶结腰带，兽纹高跟鞋。我简直不能相信我的眼睛，我喊道："董佩荀！"

她果然应声转过身来，粉白脸、红唇，雍容华贵，一见我，大方地向她身旁的美国胖子说："西蒙，这是我在波士顿的老朋友段牧之先生。"

我和胖子礼貌地握一下手。

董佩荀对我说："这位是一家银行证券部副主任——段牧之，你住几号？我晚上上你那儿去。"

说完，她就和胖子走进了电梯。在电梯门还没关上时，我喊道："210!"

晚上，她果然来敲我的门了。

"佩子，我简直不认识你了！"我说，"喝什么？"

"有威士忌吗？"

"小冰箱里有。"我说。

"算钱吗？"

"没事儿。"

"来杯白水吧！"她说，"你怎么来新罕布什尔？"

"我来开个学会的年会。你呢？"我问。

她玩世不恭地笑一笑，点上了一支烟，夹在雪白的颀长的细手指之间，深深地吸了一口。她坐在沙发上，一条腿搁在另一条腿上，休闲裙子下露出穿长袜的粉腿来。她说："你是老朋友了，我何必瞒你呢？我在当伴游女郎。"

"伴游女郎？我的天！"

"谁给钱我就陪谁。离开钟晨后，我想通了。世界上没一个男人是好的！男人整我，我也可以整男人。从他们口袋里掏钱。"

"你这不是自暴自弃吗？"

"我喜欢这样。"

"你的肖邦呢？你的李斯特呢？"

"去他的吧，只要有钱就行！我说，段牧之，你太理想主义了！"

"你妈妈董雪蕴会怎么想？"我说，"你爸爸去世了，她指望着你呢。"

"想不了那么多了。"

"你追求的只是床伴，而不是性。"

"性又是什么？"她挑战地问，"男人喜欢女人什么？男人就希望女人赏心悦目，是从欣赏出发的，于是他们希望女人化妆，希望女人漂亮，希望女人性感；但他们就不希望女人有思想。这就是为什么现在留学生中有这么多婚姻的悲剧，这么多离婚，这么多重新的组合。"

"难道女人没有责任吗？"我也挑战她，"女人好高骛远，见异思迁，碰到一个未婚有钱的男人就心动了，要是这男人是美国白人，就更急于出卖自己了！"

董佩苟嘻嘻笑了起来，说："我们之间的谈话成了两性的战争了。这问题太复杂了，谁也说不清。"

"从道德的观点看，应该说得清。"

"谁的道德？"她责问我，"你的道德？我的道德？世俗的道德？还是上帝的道德？"

"你这样下去，你的美国梦呢？"

她哈哈大笑起来。她说："难道这不就是美国梦吗？"

"你将来打算做什么？你不能做一辈子伴游女郎。"

"我没有明天，我只有今天。"她将烟从嘴里慢慢地吐出来，在空中形成一个又一个烟圈儿。

她说："明晚我在韦尼帕沙基湖畔饭店请你吃饭。那是新英格兰最大的湖，漂亮极了。来吗？"

"你不是说你没有明天吗？"

我们一块儿笑了起来。

第二天，我并没有如约去韦尼帕沙基湖畔饭店便回波士顿了。一个月后，我真去找了她，像一条受伤的狗一样去寻找女性的安慰。

事情是这样的：

一个早晨，巴拉德夫人在客厅给了我一个红色的哈佛研究生院的文件夹，文件夹正面印刷着哈佛的校训"Veritas（真理）"，说："迈克尔去打网球了，让我把这个给你。"

文件夹里夹着我的论文原稿。在论文上用别针夹着一张备忘便条，便条上写着："段，论文已阅，发现问题较多。尽管你说你对乔伊斯做了大力研究，但在论文上并不能表现出来。毛病是浮躁、思路不够精确，甚至有些非常不应该的错误。下午来办公室一谈。"还非常客气地写上"忠实于你的迈克尔·巴拉德"，而且他还用怪怪的罗马数字表述了日期。

虽然便笺写得很客气、含蓄，但对我无疑是一个巨大的打击。我本以为万无一失的事，本以为已成功完成的事，现在却被全盘否定了。在客厅里，我表面上仍然保持镇静，但心乱如麻。回到卧室，我一头倒在床上，一辈子没有流过眼泪的人，却哭泣起来了。我和李蓉婷离婚，和女儿分手告别，都没有哭。而事业上的失败，却比什么都使我痛苦。这太丢脸了。我也许完蛋了，也许将一事无成了。我甚至没有勇气再读一遍巴拉德教授的留言，自欺欺人地将文件夹合上了。

受到教授的批评，再加上青凤的摒弃，使我精神上陷入了危机。命运之神又一次让我坠进了一个无人的荒芜山谷，我试图走出去而不能。到处是荆棘、藤蔓、枯枝，绊倒了，爬起来，又被绊倒，我筋疲力尽了。

我想到的第一人就是董佩荀。我本能地开车到联邦大道去找她。

"你有什么事？"

我没有回答她。她也就不再问了，随我走到大街上。

人真是一个矛盾的动物。她俨然变成另一个人了，全然没有在新罕布什尔的影子了。她穿着一件黑色的高樽领羊绒毛衣，下身一袭苏格兰格子花呢长裙，显得优雅而妩媚。路过的美国人不时回过头来瞧她。

我们到联邦大道沿河岸一条很幽静的绿影摇曳的小道漫步。在查尔斯河上有人在玩风帆，帆影就如同一片白云似的，与水中的云影融合为一。对面是麻省理工学院的塔影。我们来到波士顿大学附近的一家爱尔兰酒吧，酒吧里很暗，橡木墙上装饰着酒桶的盖儿，零零落落有几个顾客，有的在聊天，有的在看荧屏上放映的爱尔兰曲棍球比赛。酒吧里有人在弹唱《丹尼男孩》。我们挑了一个小圆桌坐下，桌上还点着蜡烛，蜡烛旁是一小盆酢浆草。

她卸去了浓妆，显得朴实多了，扬了一下她那动人的蛾眉，开口问道："你好像有什么心事。"

"不光是什么心事，而是彻底地完蛋，滑铁卢！"我说。

"怎么啦？"

"论文给退回来了，"我说，把巴拉德教授的备忘便条给她看，"这有多糟糕，看来我不是研究这个的料。"

"你这么灰心？至于吗？"

一个一眼就可以看出是打工的女大学生的侍者走上前来，轻声问道："喝什么？健力士黑啤还是基尔肯尼爱尔兰啤酒？"

"我今天不喝啤酒，"我说，"我要威士忌。"

"占美臣？"侍者问道。

"好，占美臣。"我说，"给这位小姐来一杯咖啡。"

"你也太武断了，难道我不能喝威士忌吗？"

"爱尔兰咖啡是以爱尔兰威士忌为基酒，配以咖啡的鸡尾酒。也是一种酒。"

"不，我也要占美臣。"

"那请来一瓶占美臣威士忌吧。"我说，"今天我们两个一醉方休，纽约风格。"

"你这个纽约风格是什么意思？"

"喝醉了，打出租车回去。"

"一醉方休！"她说，"我已好久没有放肆了。"

我手端着酒杯，说："这和我预期相差太远了，基金会资助我，我也太对不起基金会了。"

我又斟了一杯威士忌。

喝到第三杯，我已经无法自持了，趴在桌上哭了起来。

"你这纯属闲出屁来了。现在轮到我来劝说你了。男子汉流眼泪，太不像话了。"她一面将奶酪和着威士忌吃，一面说："别灰心。再写呗。你怎么这么脆弱？"

"我外表好像挺强大，其实内心非常脆弱。我总是很羡慕那些有钢铁神经的人。"我吃了一口爱尔兰葱花面包，说："佩子，你有所不知，不光是论文的事儿，青凤不理我了。我难受呀！"

"是吗？为什么？"

"我打了青凤耳光。"

我把青凤的事儿跟她说了一遍。

"你也太浑了，怎么可以那样呢？"她说，"据我所知，她是非常爱你的。她的爱是不会有任何问题的。"

"是真的吗？"我又燃起了希望。

"我还能骗你？我们之间是无话不说的。但她目前刚经历了那场感情的纠葛，她需要静静地思考一下。而你非但没有去安慰她，却去捅了马蜂窝！你那糟糕的处女情结。"

不料我的眼泪也引得董佩苟趴着哭了起来："段牧之，我也很苦呀，心里也不痛快呀。总是感觉非常孤独。所以我把所有的时间都花在琴房里，我要忘却我的痛苦。"

"我们是同病相怜，来！干杯！"

"向同患难的兄弟致敬！"

"向钢琴家致敬！"我举起刀叉，说："你的抚慰使我有一种似乎是母爱的感觉，小时候生病趴在母亲的背上上医院去的那种感觉。"

她伸手来抱住我的头。我像一个小男孩一般在她的温存之中找到了慰藉。我看到了映在她眼睛里的摇曳的烛光。

她站了起来，走到酒吧的钢琴前，掀开琴盖，坐到琴凳上，双手在琴键上一敲，从那修长的手指间便流泻出激情、英雄气概和爱恋。披肩的卷发在她的脑后随着乐曲的激扬而飞舞。酒吧内所有的酒客都安静了下来。她的泪珠洒落在琴键上。她真的动情了。

"我从来没有听到过你将肖邦的《英雄波兰舞曲》弹得如此的好。"当她回到座位上来，我对她说。我已经将我面前的一盘奶酪牛排消灭了。

"段牧之，我就想激励你一下。你一定要振作起来，不能沉沦，正像你经常说的，不能自暴自弃。"倒轮到董佩苟来劝说我了。

"佩子，你沉沦——到这种地步，让我——担心呀！"我的语气中带着深沉的醉意，有点语无伦次了。

"你一定认为我是一个坏女人吧？"

"不，我不这么认为，不这么认为！"我斩钉截铁地说。

我随手将桌上威士忌酒的酒杯往地上一摔，断然地说："我不这么认为。你是一个好女人，好女人。"

受到惊吓的女侍者赶紧跑了过来。

"没事——没事！"我说。

这时，一个颀长的、瘦削的身影，穿着一件很贴身的黑呢大衣，戴一顶乔伊斯式的礼帽，走进酒吧来。董佩苟一眼就认出来了他："嗨，约翰！"

"啊，董，是你！"

董佩苟介绍约翰是乔伊斯中心的主任。说是主任，其实就他一个人。他是一位收藏家，收藏乔伊斯各个时期的版本，以及全世界各种文字有关乔伊斯作品的评论。

她说："你们两人都和乔伊斯有关，你们可以成为好朋友。"

他看我们两个人的情景，心中也猜出了七八分。

"约翰，看在乔伊斯的面上，加入我们吧，占美臣！"我说。

"别，段牧之，这是一个货真价实的酒鬼。"董佩荀说。

"酒鬼碰上酒鬼，这才是乐子呢。"我说。

董佩荀已经无法挽狂澜于既倒了，已经是大势所趋了。

我们一见如故，便隔着蜡烛对饮起来。

"你是乔伊斯收藏家，"我说，"我在翻译《青年艺术家的画像》，赶明儿出版了，我给你寄一本，把我手稿的第一页送给你做纪念。好不好？"我说。

"当然好啦，这正是我求之不得的。"

我们一杯接一杯地喝。越喝越能聊，话儿越多，从乔伊斯聊到他的婚姻。

"你结婚了没有？"我问。

"没有。我从来没有结过婚。婚姻是一种羁绊。"他埋头吃他的香葱土豆泥。不一会儿，抬起头，问："你呢？"

"我结过婚，现在离了。"

"哈，哈，正合我说的。那是一个围城。"

"难道你从来没有接触过女性？"

"那倒不至于。我从来没有缺少过女朋友，如果说不是情人的话。我眼下正有个台湾姑娘做朋友。"他说，"董佩荀小姐很漂亮，是你的情人吗？"

"不，不，不是情人，"我嗫嚅地说，"是朋友，同学。"

正喝的当儿，他突然拿起放在桌上的帽子，从餐桌上拿起一块面包放在帽子里，径自往屋后走去。我们觉得莫名其妙，便尾随其后。走出酒吧的后门，是一个巨大的停车场，停的车不多，空落落的；黑色的水泥地上沾满了油垢。他抬头往车场屋顶的梁柱上瞧，我们随他的目光也往上瞧，除了黑影，什么也没有瞧见。他吹起口哨，刹那间，在黑黝黝的梁柱上探出一只只野鸽的脑袋来。他将面包屑往空中撒去。野鸽飞将出来，追逐食物。野鸽之多，简直令人难以置信。

刚才还是一片沉寂的车场顿时充满了鸟儿欢乐的鸣声。鸟鸣与他的声声口哨交织在一起。

"你每天喂它们?"我问。

"我每天定时来喂它们,它们成了我的朋友。"他说。

这是他的怪癖之一。

"嗨,除了这个嗜好外,你还有什么嗜好?"

"喜欢亚洲姑娘,"他直率地告诉我,"比方说像董佩荀小姐一样的姑娘。"

"她还是姑娘哪?别开玩笑了。"

"至少对于我。"

"约翰,你喝多了,越说越不像话了。"董佩荀说。

"到我的中心去瞧瞧,怎么样?"约翰说,"就在查尔斯河岸大学楼里。"

他用钥匙打开一楼的一间房门,那是一个不大的两开间相连的房间,沿墙壁立着书架,书架上放满了书,全是与乔伊斯有关的。

"竟然有这么多关于乔伊斯的书!"我情不自禁地赞叹起来。

屋子中央是一张大桌子,桌椅板凳上堆满了来自世界各地的邮件,有的拆了,有的还没有拆,显得有些杂乱。

我在书架上看到萧乾和文洁若合译的《尤利西斯》中文版,感到尤为亲切,如在异国见到故人一般。

他从事乔伊斯作品的搜集已好多年了,成绩卓然。他的生命好像融化在这些书籍里了,说起它们,就像母亲说起自己的孩子时一般的自豪。

他送了一本乔伊斯的画像集给我,有漫画、钢笔画,也有经典的油画。

"你怎么舍得将这书送给我?"

他狡黠地笑一笑，说："我有两本。"

　　然而，他却是一个怪人。回中国后我给他发电子邮件，他怎么也不回信。他从我的视野中消失了。突然，有一天有人告诉我，他正在北京。他住在长安街一家旅馆里。他浮出了水面，给我打了一个电话。我请他到21世纪游泳池来，然后漫步走到燕莎的帕莱纳啤酒屋吃比萨饼和生菜。我喝啤酒屋自酿的啤酒，他喝矿泉水。在餐桌上，他告诉我他来中国已半年多了。他来中国是为了寻找一位中国妻子。从互联网上，他认识了许多中国妇女，穿梭于中国各个城市与她们会面。他甚至在上海租了一间公寓，为了给会面的未婚妻和其家人一个深刻的印象。然而，他花尽了积蓄，仍然两手空空，中国妻子仍然是一个幻影。他甚至想出让他一生积攒的乔伊斯的书。我为他而感到遗憾，再一次领略了他的怪癖。

　　从约翰的乔伊斯中心出来，来到查尔斯河边花园，已经是薄暮时分了。

　　也许是被从大西洋吹来的海风一吹，我本来酒量就不大，脑袋发涨，恶心，难受极了。一下子倒头栽在草地上，昏睡过去了。

　　我醒来时，已经是天大亮了。我躺在一张长沙发上，身上盖着一条苏格兰薄呢毛毯。身边茶几上一只雪白色的瓷罐里放着一簇紫色的勿忘我花，那紫色太淡雅了，太美了，一下子让我宁静下来。头仍然有点儿疼。一张雪白的脸在我眼睛的上方移来移去。我顿时明白，我正睡在董佩荀的客厅里。

　　"昨天的事儿你什么都不知道了吧?"董佩荀问道。

　　"什么都不知道了。"

　　"我费了好大的劲儿把你塞进出租车里。还是邻居把你背进客厅里来的，"她说，"还难受吗?"

　　"好多了。"我想爬起来，但是说什么也撑不起身子。

"再躺一会儿吧，我今天上午没有课。"

我看到的仿佛是另一个董佩苟。在她洋溢着成熟女性气息的身体里，仿佛有一种让男人感到温暖的镇静力量。这不再是那个乖张的、图谋报复男人的女人，而是一个体贴的、温和的、善解人意的女人。她既有艺术家的那种放浪和信马由缰，又有作为女人的那份温存。我心想，这也是一个谜一样的女人，你永远猜不透。

不久，我又昏睡了过去。在迷迷糊糊之中，我听到叮叮咚咚的钢琴声。董佩苟在弹琴。那是肖邦的《升c小调夜曲》，多么熟稔，那每一击，那独特的自由速度，那激昂的极强音，那喃喃的渐弱音，那温柔的极弱音，制造了一个梦幻般的、高贵的、优雅的氛围，叩动了我的灵魂，给我以滋润，以温暖，以宁静，让我想到了葱郁的群山、繁蕤的花园和奔腾的河流。这时的董佩苟仿佛是一位天使一般，给我带来天籁一般的音乐。

她雪白的双臂在琴键上叩上最后一个音，便垂了下来，转过头来望着我。她看见我醒了，便走到沙发前，在沙发的边上坐了下来。我一把抱住了她的腰肢，嘤嘤哭了起来，就像一个流浪的孩子突然回到了家一样。

"别哭，"她说，"我最近读了西尔维娅·普拉斯的《钟罩》，很有感触。在一封寄往一位朋友的信中，她说道：'在这些我似乎拥有的细小的表面的成功的背后，是无比的怨恨和自我怀疑。'你瞧，自我怀疑，艺术家都是曾经有过的。有一位朋友对普拉斯这样评价：'她似乎有一种迫不及待希冀生活快些来临的劲头（请注意，迫不及待！），她奔跑着去迎接生活，希望一切都发动起来。'我给你念一段。"

于是，她以她那上海普通话念了起来：

我知道那年夏季我有点不太正常，因为我净想卢森堡夫妇的事儿，净想我多么愚蠢，买了那么些无精打采挂在壁柜里、穿起来极不舒适而又昂贵的衣服，净想我在大学那么幸运地积累起来的一件件小小的成功却在麦迪逊大道光滑的大理石和平板玻璃楼面外全归于湮灭。

人们以为我正在享用我人生的极乐时光。

人们以为我应该成为全美国跟我一样年龄的成千女大学生羡慕的目标，她们的梦想无非也不过是像我这样，穿上在布卢明达尔公司午餐会上买的七号漆皮皮鞋，配上黑漆皮皮带，和一只黑漆皮手提包招摇过市。我的照片登在我们12个人正在为之而工作的杂志上，我穿着一件廉价的、仿银线织物背心，背心外围着一条偌大的、肥厚的雪白薄纱女围巾，在一家名叫"星光屋顶花园"的地方，呷饮马提尼酒，周围簇拥着一群陌生的、为了拍照而被雇用或借用的、代表美国各类模样的小伙子；人们见到这张照片，谁都会以为我是社交界的大红人。

瞧，在这个国家什么事不可能发生？他们会说。一个姑娘在一个僻远的小镇生活了19年，穷得连份杂志也买不起，靠奖学金才上了大学，时不时在哪儿得个奖，现在竟然驾驭纽约城简直像驾驭她的私家汽车一样。

其实，我什么也没有驾驭，我甚至驾驭不了自己。我只是像辆呆头呆脑的无轨电车，从住店撞到工作的地方和各种各样的酒会，从酒会到住店，然后再撞到工作的地方去。我想我本该像其他的姑娘一样，感到激动不已，但是我却变得麻木不仁和毫无反应。我无动于衷,内心空虚,犹如龙卷风眼在一片狂飙呼啸之中迟钝地前行。

她将眼睛从书本上移开,问我:"你在听吗?"

"我在听,我知道西尔维娅,她母亲是奥地利后裔,父亲在青年时代由波兰移居美国,是一位世界著名的研究蜜蜂的权威,就教于波士顿大学。在童年,普拉斯就开始吟诗作赋,8岁发表第一首诗歌。是一个才女。我读过她的自白诗。你听,她在不到20岁时就在《小姐》杂志上发表诗歌了:

我闭上眼,世界便死亡了;
我启开眼睑,一切便又复生,
(我想我在头脑中将你妄自描摹。)

星星在蓝与红的光中起舞,
黑色妄自冲杀了进来:
我闭上眼,世界便死亡了。

我幻想你将我花言巧语骗上床,
哼着歌儿把我蛊惑,亲吻我让我
发疯。
(我想我在头脑中将你妄自描摹。)

上帝从天上坠落,地狱之火熄灭:
六翼天使和撒旦的人逃遁:
我闭上眼,世界便死亡了。

我曾幻想你会按你说的方式归来,

但是我已老迈，忘记了你的名字。
（我想我在头脑中将你妄自描摹。）

我其实还不如爱上一只雷鸟；
它们至少还会归来，当春天再度来临的时候。
我闭上眼，世界便死亡了。
（我想我在头脑中将你妄自描摹。）

　　"但才女往往命途多舛。这部书，现在你给我念，仿佛格外动人。我很感动，"我说，"好像在说我，我也像辆呆头呆脑的无轨电车，撞来撞去，心中好像失去了目标一样。"

　　"罗伯特·洛威尔称她的作品是'一部发烧的自传'。"董佩荀说，"小说主人公才女埃丝特·格林伍德就是普拉斯的化身。她与虚伪抗争，与情人抗争，甚至与母亲抗争。"

　　"这部小说生动而细腻地描绘了中产阶级子弟苦闷、彷徨的精神世界，是一部关于美国青年成长的小说。这个弱小的女子最终不得不陷于精神崩溃的困境，越来越感觉到诗人、知识分子和妻子、母亲之间在生活方式上的冲突，这成为她心头的一个沉重负担。我也一直担心你会不会精神崩溃，你跟她有太多相同的地方。"

　　"比如?"

　　"比如你父亲也是一位大学教授，你母亲是一位文学编辑和作家。你出身在这样一个物质条件优越的家庭，这自然是好事，但另一方面，却让你在感情上变得十分脆弱。"

　　"她选择了自杀。"

　　"我可不认同这样的选择。"我说。

　　"我也不认同，即使当不成钢琴家，即使把钢琴砸了，我也不会走这条路。"董佩荀说，"她把美国社会的现实比喻为一个硕大无比的'钟罩'，她周围充斥着钟罩里的腐气，一点儿也动弹不得。不管她坐在哪儿——在船甲板上也好，或者巴黎、曼谷大街的咖啡馆也好——她都是坐在同一个玻璃钟罩下面，在她自己吐出来的酸腐的空气中煎熬。她显示出了她的纤巧和创造的气质，她几乎不再是一个人，不再是一个女人，更不再是一位'女诗人'，而是一个超现实的、伟大的古典女英雄。她的诗时而冷峻、幽默、睿智，时而辛辣，时而充满幻想，充满少女的多情的魅力。其实我的遭遇比她要悲惨得多。她的诗人丈夫不过有了婚外情。而钟晨不仅有婚外情，他还在家里无端打人。这对一个搞艺术的人是致命的。"

"他打人？白面书生打人？"我惊异地问道。

"看不出来吧？他太虚伪了，在外面一副彬彬有礼的样子。我从来没有跟外人说过。他脾气暴躁得很，偏执，一发起性子，随手操起什么就拿什么打。有一次，他跟朋友喝酒，喝醉了，回到家，操起花园里的一根粗木棍就没有任何缘由地打我。有半年我们两人之间可以没有房事。"

"你的遭遇比她更加惨，但你没有向命运屈服。就因为这一点，我也为你而骄傲。"我说。

"即使钟晨那么对待我，那么冷落我，我也决不会自杀。"

"这是你了不起的地方，"我说，"但你为此而报复所有的男人，让自己找到一个堕落的理由。"

"我知道你所指什么。"她说，"其实，我是伴游，不伴睡的。我有我的底线。"

"这个倒真不知道。我对你的生命力真是敬佩得五体投地。"

我由此对她肃然起敬。我们原来都把她想象得太坏了。

她烧了一碗阳春汤面给我，几根碧绿的菜蔬漂于其间，足矣。

我吃面的时候，董佩苟在一旁对我说："段牧之，你也千万不能灰心、绝望。你还有好长的路要走。"

"吃了这碗阳春面，我也就不会灰心了。"我开玩笑地说，我竟然有兴致开开玩笑了。

"你真会开玩笑，泡泡头。"她说，"有一位长者在给他的儿子写信时说：'人一辈子都在高潮—低潮中浮沉。只要高潮不过分使你紧张，低潮不过分使你颓废，就好了。'"

"对，不能颓废。"我说，"我在很年轻的时候就读过狄更斯的《大卫·科波菲尔》，给了我很深的影响。我向往像大卫·科波菲尔一样，经过艰苦的奋斗而成功，碰到像艾妮斯那样温暖的女人，就好了。"

董佩苟沉默不语，呆望着我，那眼睛里流泻出来的那种如水般的明澈、那种女性的温暖、那种纯真的情意，深深地铭刻在我的心上了。我在心中对董佩苟与青凤做了比较。青凤犹如一匹烈马，一团火，热烈、真诚、率真，一种北方的美；而董佩苟细腻、温婉、柔和，一种南方的美，只是她现在因为境遇的缘故似乎有些迷路了。

这时，我脑袋轰地震了一下，不得了，大事不好，我把巴拉德教授的约会忘记得一干二净了。

我回到极乐鸟海岬，第二天早晨在餐厅我和巴拉德教授相遇了。教授对我诡秘地笑一笑，在我的对面坐下来。

"教授，我……"我结巴地说。

他挥一下手，仿佛一切都已过去，了结了。

"前天喝酒去了？"

"是，和一个音乐系的学生。我把那约会忘了。"

"是不是不好受？我那张便条写得太严厉了。"

"不，不，"我赶紧声辩说，"一点儿也不。"

"其实我可以换一种说法。"教授说，"段，别太在意了。

244

重要的是把论文再写好一些。"

"是的。"

巴拉德教授是那种善于激励学生的老师，他激励你与他互动。

"在生活中重要的是不要有任何畏惧。"巴拉德教授在盘中用刀叉切割着他的烤火腿，一边说："段，你知道我每年都要到西班牙潘普洛纳去参加奔牛节。每年！即使我年轻的时候被奔牛用角撞伤过三次。我最初是在海明威的小说《太阳照样升起》中读到潘普洛纳的奔牛节。那种人与狂怒的公牛如此近的接触让我神往。你想想，你站在大街上，六头狂奔的公牛会对你怎么伤害，你心存一种恐惧，但这种恐惧又给你无限的刺激。公牛向你奔来，你忘却了你的恐惧，向它们奔去，它们从你的身边像风一般疾蹄飞奔而去，你活下来了，你庆祝重生，那是怎样的一种生命的狂欢！如果生活中有这样一种东西刺激你的生命，你就是有福的了。而这种感觉是你用无所畏惧换来的。所以，要有自信，要无所畏惧，任何时候都不要气馁。"

"能举办这样一个节日的一定是一个乐观、向上、充满冒险精神的民族。"我说，吃着我的马油炸的比利时薯条，"冒险能激发出最好的你。"

"没有冒险的生活算什么生活呢？人生总是艰难的，这就是为什么我们要奋斗。"他说，"对于像我这样的一个犹太人来说，尤为艰难。马拉默德认为，'人人都是犹太人'。实际上，他所谓的犹太人意味着苦难，因为人人都无法躲避生活的苦难。我经历过各种各样的艰难困境、各种各样的挫折，所谓穿越过太多的火海，忍受过难以言说的侮辱，但我挺过来了。我希望你也一样。"

"是的，我一定。"我说，"谢谢你。"

早餐后，我们坐到客厅，相对而坐。落地玻璃墙外是一片蓊郁的树林，一只绒啄木鸟在最近的一棵树上笃笃地啄着树木，远处有蓝鸲和长耳鸮的鸣啭。

　　教授缓缓地点燃他的烟斗，坐在沙发里慢悠悠地说："要解剖斯蒂芬，最重要的是要从斯蒂芬和宗教的决裂出发，这是他情感悲剧的根本原因，他的生活的目标就是在一种生活或艺术方式中尽量自由自在地表达自我。他不愿受到任何的羁绊。"

　　"对这个问题我确实分析得不够。"我说。

　　"斯蒂芬和他母亲因为不愿在复活节接受圣职而吵嘴，在揭示斯蒂芬对宗教信仰的态度方面，那是至关重要的。他因为肉欲和美学的原因，和路济弗尔一样，不想伺候上帝；他失去了对耶稣的信仰；他想获取自我的解放，必须摒弃一切宗教信仰。"教授说，"他将自己从天主教中脱离出来，成为一个自由自在的灵魂，像莎士比亚的哈姆雷特一样，成为一个永恒的孤独的英雄。斯蒂芬在与天主教的决裂中找到自我，找到真正的'救世主'——他自己的灵魂。"

　　我有一种豁然开朗的感觉，好像在黑暗的隧道里摸索，一走出洞口，看到了一片光辉灿烂的世界。

　　"教授，我再试试吧，尽力改好它。"

　　他像慈父一般地瞧着我。

　　"这就对了，而不是在酒精中消愁。是不是?"

　　"是的。"

二十

　　青凤飞旧金山了。她向学院请了写作长假。我听尹文君说，青凤对她说她去旧金山想把她的感情生活做一个了结。从那次我抽了她耳光后，我一直没有机会跟她道歉。她避着我。她这么一走，极乐鸟海岬显得更空落落的了。一阵阵孤独感向我袭来，仿佛干什么事都没意思。文章写不下去了，研究也进行不下去了。整天处于恍惚、不安和无所事事之中。偌大的房子，偌大的海岬的空间，仿佛都与我毫无关系，与我毫无意义。尹文君给我打电话，说周末在邓斯特楼有一个舞会，声称"穿得越少越好"，穿得越少门票钱越便宜。她问我：舞会上一定有许多哈佛传统的戏剧性，去不去看看？我一口回绝了。要是在往常，我比谁都积极去参加这类波希米亚人式的聚会。

　　一天，我在办公室里接到一个电话。拿起电话，只听见抽泣声。

　　"谁呀？"

　　"我……李蓉婷。"

　　"什么事？"

　　"我想见你一次。我现在在考帕利广场大楼，你能来一

247

下吗?"

我在考帕利广场大楼楼下与巧克力店相连接的咖啡店里找到了她。空气中弥漫着巧克力的香味。

我们在一个僻静的角落找了个位置坐下。

"你怎么到波士顿来了?"我问,竭力想打破两人这么见面的尴尬。

她嘴唇抖动了一下,说:"来找你。"

"什么事?"

她的眉宇紧锁,一对明亮而漂亮的黑眼睛里流露出深深的忧愁和哀怨。她似乎下定决心,说:"牧之,我们复婚吧。"

我手中正拿着咖啡杯,听到这话,一怔,咖啡差点儿泼洒出来。

我低着头,没有瞧她,说:"不可能了。"

"为什么?"

"不为什么。"我说,"你怎么想复婚了?"

"美国佬把我甩了。"

"敏敏呢?"

"她在我同学那儿,没事儿。"

"有照片吗?"

她从白色手提包里拿出一张敏敏的照片来。她穿着一件花裙子,站在一大片绿茵茵的草地上,就像一只可爱的小蝴蝶。

死一般的寂静。

一阵内疚攫住了我,我愧对她那双明亮的天真的眼睛。

"看在敏敏的面上,我们复婚吧。"她说。

"请你千万别拿敏敏来说事儿。"我痛苦地说,"美国佬把你甩了,你就来找我了,我是慈善机构吗?"

"我想想，归根结底还是你好。你心地是善良的，你不想伤害任何人。"

"我不好。我有时揍人。"

她从包里拿出一个业已发黄的信封，因为辗转揉搓，已经有些破损了。那是我当初写给她的第一封求爱信。

"当初你是那么热烈！"

那是遥远的过去的事了，永远地过去了。那时多么的年少！多么的纯真！

她想把信打开，我赶紧阻止了她。

"别！别！那是过去的伤痛，别再去触动它了吧。"

她说："我现在认识到你是一个多么好的人呀。"她略顿了一下，又说："在美国，我很孤独。"

她突然不出声地伏在桌上痛哭起来，肩膀抽动得很厉害。

"那就回中国去吧。那儿有你的家人，生活会容易一些。"

她抬起泪眼，说："我特地从华盛顿开车到波士顿来的。我想当面跟你好好谈谈。念在我们以前的情分上，我们复婚吧。"

"我很同情你，但这已经不是爱了。心已经死了。"

"你有新的女人了？"

"是的，我在哈佛遇到了一个绝顶美丽的女子。她有许多很好的品质，她很坚强，她很美，她很有才学，更重要的是，她很快乐，在任何情况下，她都很快乐，让我难以忘怀。但我们现在也仅仅是朋友而已。"

回到剑桥镇，我心乱如麻。所以，当文小玉给我打电话，我劈头就说："我哪儿也不想去！"把她弄得丈二和尚摸不着头脑。

"段牧之，我有事儿跟你说。我矛盾死了，找不着个人说说。"从电话里传来哭泣般的声音。文小玉是处在真正的痛苦之中。

"我想见见你。"她哀求道。

刚见了一个哭泣的女人，现在又要去见另一个哭泣的女人！

我约她到肯尼迪政府学院南面、查尔斯河畔的肯尼迪公园见面。我正好要去托勃曼楼地下室的计算机中心看我的电子邮件信箱。事后我踱步便可到肯尼迪公园。

这实际上就是一大片草场，四周种了巨大无比的梧桐树，梧桐树的巨枝就像手臂一样伸向空中，像是在向天神祈祷。这巨大的梧桐树使我想起我童年的时光，汇师小学的校园里就种有这样的百年梧桐。

我们在草场旁边的一张座椅上坐下，正面对查尔斯河。下午的阳光照在草地上，暖洋洋的。草地上有人在驯狗玩，往远处扔飞碟，让狗奔着去衔它。

文小玉穿着黑色的短外套、米色的针织衫、高跟鞋，紧身牛仔裤将腿线衬托出来了。原来漂亮的瓜子脸上罩着一层菜色，眼圈周围一圈黑，显出疲顿的神色，似乎有好几天没睡安稳觉了。

"青凤去旧金山了？"她问。

"听尹文君说的。她什么也没说就走了。"我说。

"你们吵架了？"她问，"你扇了她耳光？"

"是。"

"你怎么能这样？！"她责问道，"她一直处于非常矛盾、非常复杂的感情纠葛中。但是她是爱你的，真诚地爱你的。"

"你怎么知道？"

"她亲口对我说的。"她说，"你们男人不懂女人，不懂！"

"难道你今天找我来就为了告诉我男人不懂女人吗？"我问。

她沉默了一会儿，说："是，也不是。"

"你又和丰耕田吵架了？"我问。

"现在几乎是天天吵架。我和他是过不下去了。"

"你们不是在大学时自由恋爱的吗？"

"我们之间的背景与情趣相差太远，很难沟通。你知道，我父母都是大学教授，爸爸又是教欧美文学的，妈妈拉小提琴，家庭气氛一直很洋派。早年的时候，我爸爸饭后散步，也是西装革履，手提手杖去的。周末，妈妈的朋友来家，凑一个四重奏也是常有的事。一般中国家庭很难接受奶酪、沙拉。而我妈妈非奥地利奶酪不吃，吃吐司，非要有奥地利奶酪不可。"

"那丰耕田呢？他好像是广西人？"

"广西僻远山沟沟里的。其实我们结婚之后，我父母待他挺好的。然而，他自己总有一种格格不入的感觉。他总觉得我父母看不起他；他有一种很强的自卑感。例如，他爸爸妈妈到北京住我家，好吃好招待，最后闹得很不愉快，他爸妈说我妈对着他们说：'我们可没去占别人的便宜。'我问了我妈，她说她压根儿没这么说。你瞧，事情就这么满拧。"

"难道婚姻就应当门当户对吗？"

"也许可以不这么说。但文化背景的近似，对于幸福的婚姻是非常重要的。我喜欢周末去音乐厅听古典音乐会，而他却在音乐会上打盹。到后来，我干脆希望他出差，不要待在家里。"

"这可是一个危险的信号。"

一位年轻的美国妈妈推着一辆小孩座车从我们面前走过，座车里的金发小女孩就像洋娃娃似的可爱，座车的推手上系着一条波士顿小猎狗。她一脸春风地向我们打招呼："嗨！"

"嗨！"

文小玉继续说："到美国后我们的裂痕越来越大。你知道，他在读博士的时候，我到三角洲航空公司售票部去打工，支撑他读书。为了多挣钱，我还在哈佛图书馆打份夜班的工。晚上回到家，鞋一甩就想合眼睡觉。你想想，一个年轻的女人，这么累，牺牲了她的容貌，为的什么？还不是为支撑他把博士头衔拿下来。"

"他现在待你好吗?"

"他把以前的事全忘了。他挣年薪四万二，其实也不算多，就在家里摆起架子来了。他嫌我挣得少——一年才一万多美元——还嫌我没把家里整理干净。你知道我从小妈妈就不让我干家务事的，我干不好，有什么办法？他还嫌我不够——"

"不够什么?"

"不够——性感!"她不好意思地说，"他回家就挑刺儿，寻衅吵架。活得没劲透了!"

"他是不是有外遇了？有洋妞了?"

"不像是。我提出离婚，他却一口回绝，不同意。我像是在慢火上烤!"她咬了一下薄薄的嘴唇，接着说，"我倒是有了!"

"有了什么?"

"有了朋友。"

"谁?"

"难道你没听说吗?"

"还是你亲口告诉我吧。"

"葛华琦。"

阿琦，那小子！那奶油小生！一头浓密的黑发，高大的个儿，魁伟的脊膀，门槛倒蛮精，把主意打在文小玉身上了。他到美国后，一门心思读书，读硕士，读博士，再回过头来读个商务硕士，待到人快四十了，却仍孤家寡人。他不愿娶洋妞，再看看周围待嫁的中国女人实在太少，几乎没有。他告诉过我，他必须到中国家庭中去挖！在动物世界，性是残酷的；在人类社会，不也是一样吗？

"现在到什么程度了？"我问。

她低下头，不答。眼睛里有泪水淌在衣裙上。

"到底到什么程度了？"我重重地问了一句。

她轻轻地说："我们发生关系了。"

"上床了？"

"是的。"她说，"他身上似乎有一股不可抗拒的力量在吸引我。和他在一起，我才觉得性是一件十分愉快的事。"

我责怪她说："你怎么能这样呢？你这儿还没离婚，却又跟阿琦好上了。"

她问："难道生活中有许多事有答案吗？有许多事能用一加一等于二来回答吗？"

"这是一种十分危险的关系，危险，你懂吗？"我快要火起来了。

"有什么办法！我就是喜欢他，和他在一起我就有激情，不顾一切的激情。"

"这是不道德的！"

"难道终日厮守那个不断寻衅、吵架的丈夫是道德的吗？"

"你现在想怎么办呢？"

"和丰耕田离婚。"

"孩子呢？"

"我不要！"

"做妈妈的心够狠的。"

"没办法。葛华琦不愿要孩子。"

"你和阿琦在一起会幸福吗？"

"我正因为认为会幸福的，才拼死拼活地追求，否则也不会了。"

"你了解葛华琦的为人吗?"

"当然了解。"

"女人呀，天真的女人。和人认识一两个月，上了一两次床，就自认为了解他了!"

我没有再说下去，因为文小玉已经哭得像个泪人儿了。她的肩膀在抽动，女人的哭声真让人心碎。她提出的问题，是一个情感的哥德巴赫猜想，谁能给予正确的答案呢? 一切都只能由生活来证实，而证实的时候，一切又太晚了。

二十一

巴拉德教授对我说，他患了重感冒，不能去旧金山参加加州州立大学伯克利分校的一个会议，他让我去顶替他，主要听听同行们的一些新的观点。他同时要求我在旧金山待一段时间。第二天我必须赶到旧金山。于是，清晨，我给董佩荀挂了一个电话，说我要去旧金山了。

"你去旧金山？"睡眼惺忪的董佩荀问。

"是的。"我说。

"青凤在旧金山。"她说。

"我知道。"我说。

"她是爱你的。她跟我说过，世界上所有的男人，她只爱你。她说你真诚、厚道、博学，又不自恃过高；你有一种吸引她的男性的魅力。那次你动手打人是不对的！"

"是的。我现在真后悔。"我说，"你知道她住在哪儿吗？"

"她住在李年岚家里。你知道李年岚吗？"

"就是那位写《乡野》的女作家吗？怎么能不知道！"

在波士顿好几次学术讨论会上我遇见过李年岚，后来我们还通过几次信。她给我寄来了她的《乡野》，她的英文和她人一样优雅而美丽。她是那样一种女人，让你一见就觉得高贵，使你产生一种敬畏、钦羡、仰慕的心情。

我到了旧金山，在海湾索沙利托一家古老的木结构乡村客栈住下之后，便给李年岚打电话。

"请问哪一位？"

"段牧之，哈佛大学比较文学系的段牧之。"

"啊，段先生，你好！"

"请问青凤住在您哪儿吗？"

"对，她在我这儿。"

"我可以去见见她吗？"

"请等一等。"她说，显然在询问青凤。过了一会儿，她的声音在电话另一端又响了起来，好像从另外一个星球传来似的："你来吧。"

从索沙利托到伯克利要过金门大桥，在伯克利宁静的住宅区找到了李年岚的家。

她约莫六十多岁的样子，穿着一身黑裙从屋子里走下阶梯来欢迎我，和她的雪白的屋子成明显的对照，好像这就是她所要追求的效果。进门便是客厅，客厅里白炽灯将沙发、壁炉、壁炉架上的照片和一台钢琴照得纤毫毕现。壁炉架上放着她业已逝去的丈夫的生活照片。她丈夫原是伯克利分校一位美国文学教授，国际知名的学者。

我发现李年岚和我上次遇见时相比更为神经质了，虽然外貌仍然保养得很好，透出年轻时的妩媚。她问我要喝什么，但没有去端饮料，却去拿了她最近出版的书来；刚坐下要给赠我的书上签名，又想起要去厨房拿饮料。

我指着钢琴问她："你常弹钢琴吗？"

"不常弹。"她说，"这钢琴是我儿媳妇的。她前几年在哈佛商学院读书，钢琴放在剑桥。现在毕业了，到香港电视台去工作了，她便把钢琴放在我这儿了。"

"儿子呢?"

"也在香港,自己开了一家咨询公司。"

"你最近还在写作吗?"我问。

"不写作怎么过日子?写作已经成为我生命的一部分,其次就是走路——我每天走两小时的路。"

"怪不得看上去仍然这么年轻。"我说,"写什么呢?"

"写过去的经历——那段经历太令人难以忘怀了。"

"是的。写出来对后代是一个警示。用中文写?"

"用英文,以后再出中文版。"她说,"我想,你今天不是来和我谈我的书的吧?"她神秘地笑一笑,"我也有过年轻的时代。这些癫狂的年轻人啊——"她向一个卧室努一努嘴,示意我走过去。

我随手抓起我的垒球帽,往一扇雪白的雕花的门走去。心怦怦地乱跳,好像春天森林里的野兔。呼吸急促,好像赴博士论文答辩会场似的。我轻轻推开门,门没有锁,一走进去,我全身就靠在门上,门便随之关上了。

青凤坐在床沿,上身穿一件松石蓝针织衫,一条长的英伦花格呢裙子,显然是经过仔细化妆过的。

她抬起头,冷冷地问:"你来干吗?"

我的手紧紧地捏住我的帽子,仿佛那是一根稻草,说:"我错了,青凤,我来告诉你我错了。"

"你本事很大,你扇我耳光!你有什么权利扇我耳光?"

"我没有权利。你知道,当时,我真有点蒙了。我接受不了那样的事实。"我走进房间,站在房间中央的地毯上,问,"我可以坐吗?"

"请。"

我在她对面的沙发上坐下。这是一张放在床边休息与阅读的单人沙发。落地灯亮着,将地毯的大牡丹花照得更加鲜艳。

"你接受不了什么事实？接受不了我不如你想象的纯洁？"她问。

"是的。"我说，帽子仍然紧紧地抓在手里，"一个女人不能为了眼前的利益而这样贸然地跟人上床。"

"眼前利益！你难道不明白这对我是多么的重要。没有奖学金，没有工作，我就根本不可能在美国生存、读书。"

"我理解，我完全理解，但为了奖学金，为了读书，你不能做那样的事。"

"什么事？上床？去你的道德！连生存都不可能，哪还有道德！你是一个虚伪的道德家，我不跟你谈了。你给我出去！"她生气地站起来。

"你说错了，我不是道德家。我要是道德家的话，我今天就不会来找你了。我相信你本质上是一个很好的姑娘，你内心有许多美的东西，正是那些东西让我着迷，让我爱得发狂！"

不料，青凤哇的一声哭了起来。在哭声中她断断续续地说："牧之，你放了我吧——我真承受不了你的爱。我知道你的爱是真诚的，是纯洁的。但我——我已经不再纯洁了……我有好多事儿，烦得我够呛了！"

我走上前去，抚摸她颤抖的肩膀。我将她的头抬起来，我们的眼睛相遇了。我的眼睛里一定充满了柔情，应该可以将她眼中的冰融化吧？我说："不，不管发生什么，我都要爱你！如果有必要，我要保护你，我的爱！"

"你保护不了我，太复杂，太复杂了！"

"不管怎么样，你是我的！"我大声喊起来，"你是我的！"

她抱住我哭起来，我蹲下身子，我们两人坐在地毯上一起抱头大哭起来。

二十二

青凤坐在床沿，用手绢擦去了眼泪。

伯克利安谧极了。从窗户望出去可以看见前花园。一树篱的花儿正开得热闹，鲜红的小小花朵儿，密密匝匝，可爱极了。一棵桦树树影正在窗边像贵妇人一般摇曳。

"你要听我的故事吗？"她问。

"当然。"我说，"你对于我来说，一直是一个谜一样的女人，啊，不，谜一样的姑娘。"

"我不是姑娘，我是一个女人。"

"我不信。"

"让我来跟你讲。"她说，背靠在床板上，"我也不知道为什么，对你，我没有任何东西可以隐瞒的。

"我有一阵心情非常糟糕。

"一个星期六晚上，我心血来潮，一个人踱步走到西郊一家饭店的咖啡屋去喝咖啡。我找了一个角落的位置，正面对钢琴，听钢琴家弹奏钢琴曲。我记得那天她正在弹奏肖邦的钢琴曲，曲调很忧郁，仿佛把我带到细雨渺茫的一个湖畔，我迎着丝丝春雨，走在青青的草地上，在暗自流泪。泪水和雨水混杂在一起，顺着脸颊流下去。这不合我的性格？

不，你不了解我。我有野的一面，但也有温柔的一面。

"这时，有一个穿粗花格呢西服的美国人来到我的桌边，说：'小姐，我可以在这儿坐吗？'

"我想这人奇怪，椅子空着，你想坐就坐得了。后来才知道这是所谓的美国绅士礼貌。

"他一脸通红，显然是酒精催发的，说话有点含糊不清，就像得克萨斯英语，带很多卷舌音。

"他说：'你知道我是海员……在海上跑了半个多月了……我想找一个中国姑娘……'

"说完，他从西装内口袋掏出120美元放在桌上，一边嘟嘟囔囔：'这是纽约价格。'

"我一点儿也不明白他的用意。他指着钱叫我拿，我不拿，他再放上了30美元。接着，他走过来要搂我，好像一见女人口水都要流出来的样子。我吓得惊叫起来。

"这时，有一个美国青年走上前来，用极快的美国英语跟他嘟嘟囔囔说了几句话。他稍微清醒了一些，问：'难道她不是street walker？用中国话说，难道她不是——什么？——对，鸡？——鸡？'

"'不，她不是鸡。'这英俊的美国青年说，'往那儿！'他指了一个方向，酒鬼顺着手指的方向走去了。

"后来我知道他的名字叫彼得·佩林。他一头金发，碧蓝的眼珠犹如大海一般的清澈，体格魁梧，手臂上露出长长的棕色的毛。

"'我注意你很久了。'他说。

"'是吗？'我有点受宠若惊的样子，内心深处因为有人注意你而感到高兴，用时髦的美国话说，就是你有性魅力。

"'你好像很忧郁，'他说，'你好像有心事。'

"'没什么。'我敷衍了过去。

"他不在意我的敷衍，继续说，微微一笑：'不过你忧郁时，很美，像林黛玉。'他因为自己比喻得不合适而咯咯笑了起来。

"说实话，见到彼得，我感到一种彻心的震撼。从他身上我感到一种男性的魅力，强大的男性的吸引力。

"他给我的初次印象极好，有教养，有学问，不时来上一两句逗你笑的幽默，也很会体贴人。

"所以，当他回国成了英语系主任——在美国没人愿意当系主任——我自费去到美国他的系里，不由自主地倒进了他的怀里。

"我是自费生，身无分文，要读书全靠奖学金。没有奖学金，你一天24小时都打工也付不起那学费。同时，我想，我生活在异国，太寂寞了。你笑了。你这是什么意思？难道你以为我是荡妇吗？

"不！不！我不是荡妇！在我与彼得上床时，我是真诚地希望有朝一日披上婚纱，成为他的新嫁娘的。

"那是旧金山海湾一个春风沉醉的夜晚。彼得来到我的宿舍，我正在洗澡。他在房里等了我一会儿，我从洗澡间出来时，他一把抱住了我，说要给我一个惊喜。我赶紧穿好衣服，跟他走了出去。他开车经过金门大桥，在一栋雪白的小楼前停下。小楼有门廊、客厅，沿木楼梯而上，楼上有两个卧室和盥洗室。从二楼的窗户可以看到海湾点点灯火，要是在白天必定是一幕动人的海色了。楼前是一大片修理齐整的草坪，草坪边沿种有枫树和栎树。

"这绝对是美国梦的一部分。

"彼得像孩子似的向我扬了扬手中的钥匙，说：'如果你愿意要，这就是你的了。'

"'你说什么？'我不相信自己的耳朵，又问了一次。

"'如果你愿意要，这就是咱们的了。'

"'咱们？'

"'对，你和我。这是我租下的，每月1500美元。'

"'啊，天！简直不可想象，我好像昨天还在过每星期只花10美元的生活……'我不断喃喃地说。

"他躬下身子来亲我的脸颊和嘴唇，把我紧紧地抱在怀里，简直叫人透不过气来。他催促我快点搬来。

"我说：'我们还没结婚，这样不好吧？'

"'在美国，这没有关系，自由得很。'他说，有点生气了。

"我怕伤害他的好心情，也没有再说下去。那天夜里，仿佛旧金山春天的空气里都弥漫着爱的气息，我没有走。他要了我。

"一次，我们驱车驶过漂亮的海湾大桥进入纳帕溪谷，我们准备在加利福尼亚风光旖旎的葡萄酒的故乡玩一天。那天，彼得的兴致特别高，一边开车还一边哼唱。

"车沿着29号公路驶入纳帕溪谷，景色美极了。在一片碧绿的葡萄园山坡脚下，耸立着一幢幢石砌的小屋，小屋是欧洲风格，一个个红褐色的尖顶小楼从油棕树丛中往天际冒出来。

"彼得将车停在一家名叫魏玛的葡萄园前。他兴高采烈地走出车，搂着我，就像搂着他的小鸟，像所有热恋中的情人一样。

"葡萄园主人亨曼·魏玛，是德国移民，额头两端的头发秃了，中间头发往额头突兀出来，深陷的眼窝里一对炯炯有神的眼睛。他在高领的黑球衫外面罩一件蓝色的牛仔工作服，一双手很大，是劳动的手。他说他妈一家有300年的酿酒历史了。他1968年移民来美国，在索诺玛县打工，第二年他就自办了一个葡萄园和酿酒厂。

"'当地的许多葡萄酒都是我的独创。'他说。

"彼得走进了他的品酒室，像一个真正的品酒家品起酒来。'你的干的与半干的白葡萄酒很地道。'彼得说。

"魏玛高兴极了，他请彼得再尝尝他的甜食酒，有琥珀色的，有深紫红色的，卖80美元一瓶。

"'你知道，我的酒好，就是因为我一有钱就投资在葡萄园上，在酒桶上。'他说。

"我们坐在魏玛农庄的阳台上品酒。阳台像一只鸟一样停栖在一个平缓的半山坡上，山坡上的葡萄园梯田，行行复行行，绿意盎然，尽收眼底。山谷底下一座座小农庄就像精致的玩具似的，坐落在绿树丛中。阳光灿烂，山谷间有黄嘴海鸥飞翔，金灿灿的阳光照在海鸥展飞的翅膀上，仿佛一个个平行滑动的金色的点。

"小桌上摆着一瓶葡萄酒，浅绿色，看上去十分可爱，就仿佛是从绿野里采撷来的绿色的泉水。

"'你知道吃什么菜时喝这种酒?'他问我，好像考一个小学生似的。

"'我怎么知道呀，这是你们的文化，西方的文化。'我说。

"'这是一种白餐酒，一般是吃鱼时才喝。'他说。

"'那我懂了。'我自作聪明地说，'还有红餐酒，一般是吃肉时才喝。'

"他哈哈大笑起来，手中拿着的酒杯也抖动起来，洒泼在衣服上。

"'好聪明的妞儿。但你不全然对。红餐酒，一般在吃肉——和吃奶酪时才喝。餐后主要喝雪莱酒和红甜食酒。懂了吗? 你要在美国生活，必须懂得这些。'他说，像对一个小女学生。

"'品尝美酒，你可以先从白葡萄酒开始，对像你那样的初试者非常合适。然后，你可以试试带点酸味的葡萄酒，例如加州的品种。如果你没有喝过储存过15年以上的红酒，你很难体会到陈酒的美味和馥香，简直不可想象！'他接着说。

"'那粉红色的酒是什么？'我问，'那颜色美极了，嫩嫩的。'

"'你用一种美学家的眼光来看酒，这是对的——那是香槟。'他说。

"'你注意到酒的颜色，颜色的美与适中，这是饮酒的美食家应该注意的。'他接着说。一说到酒，他仿佛就来了兴致。特别当他面对一个来自中国的、对他们的酒文化一窍不通的人，他似乎更加滔滔不绝了。'其实比酒的颜色更为重要的是酒的香味。只有当一个美食家多年品尝一个固定地区的酒，他才能分辨出各种不同的葡萄酒和不同年代的酒。其中学问大着呢！'

"我举起酒杯喝了一大口，酒液喷发出一股香味，像丝绸一般，从喉管里滑进了食管。他突然伸手遮在我的酒杯上，说：'不，不，不能这么喝酒。饮酒，是一门美食家的大学问。好酒给饮酒者一种美的感觉，他品尝美酒，欣赏酒的美色，或琥珀，或纯白，或金黄，或殷红，或粉红，呷饮美酒的馥香，回味美酒的美味。他带着悠闲与恬适慢慢地呷饮。他饮酒是把它作为一种少有的愉悦，少有的享受。'

"'酒中有这么多的美……'我说。

"彼得以一种优雅的美食家的姿态摇摇头，用右手的食指在我面前优雅地晃了一晃，说：'不，如果说酒的美味全在酒之中就太愚蠢了。在很大程度上，美酒之美都在于饮酒者本人，他的饮酒的经验和审美的情趣。'

"我说：'正如有人说过，牛奶是婴儿的饮料，茶是女人的饮料，水是畜生的饮料，只有酒才是神的饮料。我记得菲丝亚拉德有一首关于酒的诗：

> 啊，要是酒是上帝的创造，
> 　　谁敢
> 亵渎说那藤蔓的植物
> 　　是一个陷阱？
> 它是祝福呀，我们应该饮它，
> 　　难道不是吗？'

"'我们应该呷饮它，体会、回味它的美。对吗？'

"彼得说：'你不愧是一个诗人。从诗人的眼光来看酒。'

"'酒和音乐总是联系在一起的，爱默生说音乐与酒是一回事儿。'他眨了一下眼，说，'我们现在有了酒，有了女人，我们还要有音乐。'

"他因为喝了酒脸上泛着玫瑰红色，正如希腊哀歌体诗人泰奥格尼斯说的，酒后露真心，一副恬适、自足、微醺的样子，独自哼起了英国诗人亨利的歌：

> 我是美与爱；
> 我是朋友，灵魂的抚慰者；
> 我饶恕，我遗忘。
> 啦，啦，啦，啦！

"他抱住我，吻我，嘴里喃喃地说：'人说酒是维纳斯的乳汁。维纳斯，爱神，你就是我的维纳斯。'

"我们驱车经过圣海伦娜到了风光更加美丽的索诺玛县，在圣约翰山彼得又喝了许多酒。

"回到旧金山海湾，彼得像着了魔似的又是抱我又是亲我，不时地开玩笑说我是草原上的野兔。

"我见他情绪很好，兴高采烈，便将一直盘桓在心中的问题向他提出来。

"'彼得，我可以向你提一个问题吗？'我问。

"'当然，亲爱的，你可以问任何问题。'他说，上半身光裸着靠在床架上，胸口毛茸茸的一大片。

"'咱们什么时候结婚？'我斗着胆儿问他。

"他的脸一下子阴沉下来，就像新英格兰的天气。

"以后，我有好几次询问他结婚的事，但他总敷衍我，从不说婚嫁的事。有一次，我又斗着胆在床上，手抚摸着他毛茸茸的胸毛，问他：'咱们到底什么时候结婚？'

"他不知什么缘故又突然发起火来：'你怎么回事？'

"我也火起来：'你们美国人怎么回事？'

"从此以后，我开始防他一脚了。我渐渐明白了他的真实意图：他想玩弄我，玩弄我的感情，并不真正想跟我结婚——现在你明白了吗？"

"明白了。"我说，"你是被侮辱与被损害的，我的青凤！"

一股柔情突然从我的心中升起。青凤变得更加可爱，甚至更加纯洁了。我将我的嘴唇狂热地印在她丰腴白皙的脸颊上。

"啊，我的爱，我的爱，你受了这么多的苦难！"

"不，段牧之，"青凤十分苦恼地说，"我感谢你的同情，但我——至少现在——无法接受你的爱。我的生活——我的生活现在是一团乱麻！"

她又往后退了，真让我困惑。

"我一生中做了许多错事，我是罪有应得。即使我现在有了你的爱，但我还是不能接受。我没有资格接受！"

二十三

在索沙利托小客栈的餐厅里，我发现邻桌上一位年轻学者模样的人，平顶，少年白头，脸像猴一样瘦尖，戴一副黑架眼镜，很面熟，便走去打招呼。

"你是从中国大陆来的吗?"

他眼镜架滑到鼻尖，看人就要高抬起头，眼神再顺着鼻尖的镜片射向你。他的动作看起来有些迂腐、迟缓。

他说："是的。我看你也有点面熟，好像是在我叔父王亦深家里。"

我想起来了。他是王斌良，王亦深的侄子，一位考古专家。我认识他的时候头发还是黑的，怎么这么快就花白了呢。

他告诉我，这次来是为了和加利福尼亚大学伯克利分校进行学术方面的交流。

他一谈起他的考古和古文，便滔滔不绝，活跃起来，成为一个完全不同的人。

他走起路来仍然是目不斜视，旁若无人，两手在身后甩动，脑袋朝天，一副不食人间烟火、不与世人来往的派头。我知道，在国内时，他每天闻鸡起舞，天一亮就起床，搬一只凳子，在户外空地上读古书。他瘦瘦的，躬着身，坐在长凳上，摇晃着身子，青筋突出；酣畅时，满脸通红。他读的是《古文观止》，纸页都黄了。他在激赏的文字旁边加圈点。他读得音调抑扬顿挫，也十分悦耳，不理解的好事之徒会把这形容为"摇头晃尾巴"。

他祖父是贡生，父亲是一个乡间的读书人，他是在古文化的熏陶下长大的。

他每天晨起如朱子家训所说的，洒水扫地，洗涤茶具，接着便练字。他写大楷书法，很认真，临的是颜鲁公的体。文如其人。一板一眼，字体有点呆滞而憨厚。

他读的古文太多了，整个思想浸淫于其间，世俗的人事都不在他眼里了。在周围的人看来，他是一个怪人。穿着中山装，但心仍然是一个穿着长衫的古人。他从不贪别人的小便宜，认为这不是君子之所为。他节俭，一身乡下老布短打，要穿好几年。他不好女色。他有古代君子之风，可以说是最后一个贵族。

他曾经当过小店伙计，每天晚上打烊后睡在店堂里。他身体很瘦弱，扛两块门板显得很吃力的样子。他把铺板搁在两条长凳上，冬天一床被，夏天一袭草席。他睡前总要用热水洗脚，他坐在铺板上洗脚，摇头晃脑，沉吟道："所赖君子安贫，达人知命。老当益壮，宁移白首之心；穷且益坚，不坠青云之志。"从他嘴中吟诵出来千年万端的感慨。每个字的音拖曳得异常悠远，仿佛赋予其无穷的含意。这无疑是对他当时处境的最大精神安慰。

他一边用毛巾擦脚，一边对人说："这是王勃的《滕王阁序》。不坠青云之志，就是不能自暴自弃，要有所为。"

他崇尚欧阳修所描述的那种道德境地，"故其亡也，无一瓦之覆、一垄之植以庇而为生"，"其心厚于仁者耶！此吾知汝父之必将有后也"。他也是"泣而志之不敢忘"。他的气质总的来说是忧郁的。当他还是弱冠之年的时候，却喜读袁枚的《祭妹文》，唱吟"生前既不可想，身后又不可知""纸灰飞扬，朔风野大"时，太阳穴青筋突出，涨红了脸，他是真的被命运摄住了。

他高兴起来，也会手舞足蹈，双手在空中挥舞，跟人"扯乱攀"。他经常跟人讲关于圯上老人的故事，使人终生不忘。"天下有大勇者，卒然临之而不惊，无故加之而不怒，此其所挟持者甚大，而其志甚远也。"他要在困苦与艰危之中"不坠青云之志"。

一天，天下着雨，雨淅淅沥沥地打在门前的鹅卵石路上，对门收音机里传来幽幽的滩簧唱段，让人有一丝凄凉的感觉。有人撑一把黄油布伞而过，油布伞下是一双穿草鞋的赤脚。他则对人讲："从前，有一个叫府君①的，裂纸数千，榜之街市，尽历通都大邑，万里寻兄。一日，他上厕所，将伞放在墙边，他哥正经过，见到伞，认出是老家的。正惊骇未决之时，府君从厕所走出来，兄弟相拥而哭。"接着，他感慨而发，吟诵道："方府君越险阻，犯霜雪，跋涉山川，饥体冻肤而不顾，钳口槁肠而不恤，穷天地之所覆载，际日月之所照临，汲汲皇皇，惟此一事，视天下无有可以易吾兄者。"他仍然是一个古道热肠的人。

他很好学，向叔父请教古文，韩愈、欧阳修、范仲淹、王勃，无所不谈。他耽读其间，也是颖悟人生的道理，有许多方面，他是以身实践的。他生活中很少有什么娱乐，除了喜欢哼几句外，他不看电影，也不看戏，更不用说跳舞了。他遵循古代的遗教，说"玩物丧志"。他杜绝声色之乐，不

---

① 府君：对已故男性尊称。此故事中人为黄宗羲祖先，姓黄，名玺，字廷玺。——编者注

接触女人，见到女人就会脸红。

他与其叔父分别后第一次见面，当场下跪磕头。这在周围引起相当大的震动，因为这样的礼仪已是很悠远的往事了。

这次他在亚洲中心做学术报告，请我去了。他对于他本行熟悉的程度，他的科学求实精神，毫无虚饰，给我留下了十分深刻的印象，就像乡间的年画一样，朴实无华。

一天，在旅馆的早餐厅里一块吃早餐。他吃不惯冷牛奶，吃不惯煎火腿，吃不惯煎得很嫩的鸡蛋。我们正好坐在一张桌上，我说："你慢慢会习惯的。"

"冷牛奶吃下去会拉肚子吗？"他问。

"不会的，我一直在喝，从没拉过肚子。"

"喔！"他突然转过话题问我，"你结婚了吗？"

"我离婚了。"

"像你长得这么英俊的，还会有人跟你离婚吗？"

"你呢？你结婚了吗？"

"结婚了。"

"妻子在国内？为什么不办个J–2签证呢？"

"在这儿，就在旧金山。"他说。

我心中不由纳闷，在旅馆从未见过他妻子来找过他。他似乎也不像常人那样干柴烈火似的去找他的妻子。怪怪的。

另一天，他悻悻地告诉我，他来美后给他一位同事买卵磷脂，他花24美元买了一瓶托人带给了那人。他说，那人非但不领他的情，反而说他不会买东西，买贵了。后来他一打听，那玩意儿在中国城一瓶只卖3美元多一点。

他喜欢一个人到外面去瞎跑，什么古城堡啦、博物馆啦、历史遗物啦、名人故居啦，他特别有兴趣。这也是他职业的怪癖。

一次，在拉克斯帕渡轮码头散步碰到他。我问他既然你妻子在旧金山，怎么不见你妻子来？他嗫嚅了一会儿，说："她忙。忙极了。"

"再忙也忙不过英国的铁娘子吧？她日理万机还有家庭生活呢。"

"我也是这么想——但不知为什么——"他也纳闷了。接着，他脸一红，不好意思地问：

"我有个问题一直在心中。不知问你合适不合适——我们对门住着，我看你很平易近人。"

"我就是爱交朋友，有什么难堪的问题尽管问吧。"

他推了一下黑架眼镜，问："夫妻常年不见，见面难道连亲亲嘴的事儿也没有吗？"

"俗话说，夫妻小别，胜似蜜月。不仅亲亲嘴，而且干柴烈火，还要——"

"你看，"他打断我说，"我妻子从机场把我接到这儿——这是伯克利分校亚洲中心安排的——我抵达旧金山那天是个雨天。雨很大。从旧金山大桥往海湾一望，烟雾蒙蒙，海湾边的摩天大楼都像害羞的姑娘似的躲在云雾之中。她开车去旧金山国际机场接我，然后把我送到这旅馆。

"一关上门，我就要去抱她、亲她。

"'我们终于又相会了。这一阵把我想死了。'我说，脸上显出男人激情时的红晕。

"她轻轻地推开了我。她说：'别着急，等一会儿。'

"她跟我说有一个会要开，然后要参加一个演讲会。

"'你这么忙？'我痛苦地问。

"'很忙。'她说。

"好几天，妻子一直没有在我的房间里出现；即使偶然露一下脸，也是匆匆忙忙，不让我碰她。"

他说完，期待般地望着我。

我坦率地对他说："不正常，这绝对不正常。"

"你说不正常是指什么呢?"他以一个考古学家的精细问。

"恕我直言，她很可能有情人了。这表明你们婚姻出现了危机——也许我说得太重了。"

他轻轻地说："我也是这么想的。"

他的空洞的、恍惚的眼光望着天空中飞翔的海鸥；谁见了这眼神都会顿生怜悯的。

夜里，我听见对门门后的吵架声。没想到我这位有点迂腐的朋友生气时嗓门挺大的，挺吓人的。也许他被逼得太急了。

"你为什么不能住在这儿?"男人的声音。

"我忙。"一个女人尖细的声音。这种声音的节律和韵味似乎有点熟稔。

"难道你半夜还要开会吗?"

"写文章，我有好多文章要写——"

"这不正常，绝对不正常。"他在引用我的话，"你不让我碰——碰你!"

"等一阵再说吧。"

"不，我一天也不想等了——我要得到一个男人应该得到的东西!"

"……不行……"

沉默了好长时间。周围一片寂静，连我房间小闹钟的嘀嗒声都听得十分真切。

"因为——因为我想和你离婚——请你冷静一点儿……"

"那你为什么帮我办来美国?"

"负疚感。我对你有一种负疚感——"

"你有……情人了?"

"不尽然。曾经有过一个美国情人，但现在也吹了——我只想一个人过。一个人清净一阵。"

"我们的感情完蛋了?"

"完蛋了，请原谅——"女人说，"你衬衣不够，我明天给你送几件来——"

"去你的，我不要!"男的吼叫道。

第二天下午，当我站在房间里透过阳台的落地玻璃窗眺望窗外初夏的景色时，一辆鲜红的雪佛兰车开进窗下的停车场。从车里竟然走出青凤！她戴着太阳墨镜，穿一件橄榄色长风衣，白色高领衫，牛仔长裤，系带式长筒靴。我从没有告诉过她我住在这儿。她怎么会找到这儿来的？我在房间里静静地等她敲门。然而，没人来敲我的门，有人敲对门的门了。她访问的是这位考古学家。

晚上，当我在游泳池泡旋涡池时，他也走来了。他光了身子，胸部的排骨一根根明显地突兀出来，很清瘦。

我向他打招呼："嗨!"

"嗨!"

"下午来见你的女人是什么人?"

"你看见了?"

"我从房间的窗户看见了。"

"她是我妻子。"他有点蔫儿地说，"她给我送几件衬衣来。"

这时，不知是因为池水太热，还是游泳房内空气太闷，我几乎要在池中晕厥过去了。天啊，妻子！而且是青凤！

他走进池水中，深深地吸了一口气，仿佛这温水旋涡冲涤了他这几天经受的痛苦。我没有问他，他将身子埋在水里，只露出一个脑袋，对我说："我从供销社考入大学，大学一毕业就结婚了。妻子叫青凤，是大学的同学，学历史的。她大学毕业后便投考研究生院，竟然被录取了，又苦读了三年书。我被分配到一家考古研究所工作，一年中大部分时间在野外做发掘工作，她则住在研究生女生集体宿舍里。

你去过女生宿舍吗？没去过？那你不了解我们的生活。那是原先办公楼改的，一间大屋住八个女生，每个人都用各种布料——床单啦、旗幔啦、零碎布料啦，将自己的床周围围得严严实实的，真像个万国旗博览会。男朋友来了，往迷魂阵里一钻，你根本不知道他到底夜里撤走了没有。性解放嘛。

"三年时间，我们真正在一起的时间加起来也不过两个月。结婚时，我们真不懂爱情。她从小就没有父亲，渴望一种父爱，渴望有一个家。可是我们的家在哪儿？我刚去研究所分不到房子。而那万国旗隔断便成了我们的家。这算什么家呀？两人在一起什么话也不能说，睡在一个被窝里有动情还怕有响声。同时总是提心吊胆的。因为在女生宿舍这是非法的。管宿舍的是个东北肥婆，泼辣得很，给她瞅见，她才不管你们是不是合法夫妻，把你轰出去。叫人难堪得很！

"现实告诉我，我所得到的家并不是我所渴望的。同时，她发现我软弱、优柔寡断，在她看来，我的那些商鼎啦、甲骨啦、鼓文啦似乎比爱更重要。她年轻的永不安定的心开始躁动起来。她才25岁，甚至可以说还是处女哪。你不信？

"一次，我从河南发掘回来——那是一次考古史上非常重大的发现——她跟我摊牌了。

"'我要跟你离婚，'她说，'这算过的什么日子啊！'

"'离婚？'我很惊讶。我戴的黑边眼镜滑溜到鼻尖上。穿着一套褪色的中山装——那时候北京城里除了七老八十的老头儿还穿那玩意儿，还有谁穿——穿一双廉价塑料凉鞋的我似乎变得更木讷了。

"'是的，离婚。'她重复一遍，又说：'我不想和你在一起过了。我真诚地希望你能理解我，放我一条生路。'

"'为什么？'

"'不为什么，我只是不想和你一起过了。你是一个好

274

人。但我不希望我的丈夫是你那样的——人！'

"'你是不是嫌我待在家里的时间少了？我以后可以多请假陪你。'我惶惑地说。

"'我们之间性格差异太大了。'她说。

"'生活有可能弥合这个。'我说。

"'去你的，'她的火气上来了，'你窝囊！'她几乎吼起来了。

"你瞧，我们的婚姻在国内就出现过裂痕。总是不太顺畅——"

他问我："听说她有个美国情人？"

"谁告诉你的？"

"中心的人。"他下定决心地说，"我要去瞧瞧那家伙到底是个什么人。"

过几天，青凤来见王斌良。我在房间里，听见青凤来为王斌良庆祝生日。

"来，让我点上蜡烛。"青凤说。今天听上去好像轻松了许多。

"真感谢你，你还记得我的生日，我自个儿都忘了。"王斌良说。

"还记得北京那次生日聚会吗？还记得吗，在万国旗博览会的宿舍里？"

"怎么不记得！我们没钱买蛋糕，你用大碗自己蒸了一个蛋糕。"

"面粉发得不对，蛋糕硬得像个卵蛋！"

"你用胡萝卜丝在蛋糕上搭了个Happy birthday to you（生日快乐）的字形！"

"对，我香精放多了，香得过分，反而有一股异味，你还直说好吃，好吃！"

"啊，多么美好的日子。"王斌良说，"昨天我在学生中心参加了一个中国学生会举办的俄罗斯音乐欣赏晚会。学生合唱乐团演唱了《勇敢前进》《莫斯科郊外的晚上》《三套车》，好听极了。"

"我一唱俄罗斯的这些歌曲就感到振奋，感到快乐。你听我唱一段。"

接着，我听见王斌良也加入了她，唱了起来。他的男低音还真够水平，非常浑厚，追逐着青凤的女高音，就像春天蝴蝶追逐着阳光似的。

"你还记得我们沿着京密运河骑车旅游，唱这支歌的情景吗？"王斌良问。

"怎么不记得，我硕士论文通过的第二天！那时，我快乐极了。好像前面都是光明的阳光灿烂的日子！"

"你说你将来什么都不想要，就想要个小房间带个抽水马桶就足够了，不用大冷天走长长的过道去上厕所！"

"你说你将来想要个小书房，有个书架放书，不用将书放在用肥皂箱木板做的东倒西歪的破书架上了！"

"多么美好的老日子！"王斌良说，"我们曾经是那么贫困，又是那么快乐！"

这时，房间里有响动，仿佛王斌良抱住了青凤。

"啊，不，不，不，王斌良，请你不要来解我的衣服——"

房间里的气氛顿时变了，变得凝重而死寂，仿佛人们的呼吸也停止了。

"不，不，不可能，请你不要来碰我，我们的一切都结束了。"

"我是你的丈夫！还是要离婚吗？"

"是的，我要和你离婚。"

"你那个该死的美国情人！"

"——我的生活现在是一堆乱麻！哦，天！——让我们和平地、友好地、理智地分手吧！"

"既然这样，你为什么帮我办来美国?!"

"我想，把你办来美国可以减轻我的负疚感。"

"难道你不觉得这反而加深了我的痛苦吗？这无异于一种精神的酷刑！"

"这是我没有预料的。"

"那美国小子是谁?"王斌良突然显出了他的阳刚之气，不像原先那么迂腐了。

"这对你毫无意义。"

"有意义。我要去跟他算账！"

"你不要再去添乱了好吗？求求你了！"

房间里两人厮打起来。我听见王斌良撕碎青凤衣服的声音。他抓起茶几上的茶杯往落地灯扔去。床头柜打翻了，无线电和闹钟砰然掉在地板上。男人的吼声和女人的哭声交织在一起。

二十四

一个细雨霏霏的夜晚，我听见青凤来到王斌良的房间。

"斌良。"青凤今天的声音很温柔。

"青凤。"

她走到床头柜，将灯咯咯地拧到最微弱的程度。

"斌良，我这几天一直没有睡好。我感到很难过。替你设身处地想一想，这是不是对你太残酷了?"

"何止残酷!这简直要我的命啊。"

"你知道，我一直认为你是一个诚恳厚道的好人。在我最困难的时候，我得益于你的帮助。我是感谢你的。只是请你原谅，作为夫妻我们个性不合。离婚对于我，也是无奈但又是必然的。"

很长时间的沉默。

"你干什么?"

"脱衣服。"

青凤将她的衣服一件一件地脱去，扔在地板上，发出窸窸窣窣的声音。

"为什么?"

"还不赶快来——你知道，我对你有一种很深、很深的负疚感。我对不起你，但我又不可能用维持婚姻来至少欺骗自己——我们终究是夫妻一场，今夜我们做最后一次爱吧。"

哦，善良的、软弱的女人啊！

"你想让我好受一些？"

"是的。"

"这不可能！这不可能！我到现在还不明白我怎么会失去你的！"

"时代。境遇变了，心情与理想也变了。"

"难道这足以成为离婚的借口吗？"

"难道这不正是许多美国留学生所遇到的问题吗？原来在一口狭小的井底生活，一旦跳出了井口，来到美国这一个大千世界，他们的感情生活不发生变化那才怪呢。"

"你嫌我什么呢？"

"我觉得你性格中的致命的弱点就是太迂——保守，墨守成规，缺乏开拓的闯劲。"

"你是不是太美国化了？"

"美国性格中有许多好的东西——热情，热爱生活，不顾一切地奋勇向前。当然，这也是环境使然。初来乍到的新教徒们不这样不足以应付险恶的环境。"青凤接着说，"我们是不是太哲学化了？来吧——"

"不，不行，如果你准备离婚，我不能这样！"

"来吧，做最后一次爱吧。"

"你不怕我性报复吗？"

"不怕。我知道你不会的。"

过了好长一会儿，我听见王斌良说：

"还记得我们最初一次做爱的情景吗？"

"怎么不记得！"

"那一天，我到研究生院宿舍里来看你，外面下着瓢泼大雨。你跟我说:'雨太大,不回了吧?'我于是就在万国旗隔断里留下了。"

"你还不好意思呢。"

"现在想起来,那万国旗还是挺可爱的,一辈子也不会忘掉的。那时年轻,爱很纯朴。"

"还记得我们结婚的情景吗?在你叔叔王亦深胡同的家里。一间从正房搭出的侧屋,原来是厨房,打扫了一下,顶棚糊了白纸,就成了新房。房间里有什么东西?"

"什么东西?一张旧木板双人床,一张划满刻痕的两屉桌,一把摇摇欲坠的木椅子,别的什么也没有了。那天下雨吧?"

"下小雨。来的客人不多。只有我最要好的大学同学董佩荀来了,扎着两根小辫儿,现在都不敢想象!"

"还有脑门上长个疤瘌的邻居小孩阿狗。"

"对。疤瘌疤瘌真美丽,美丽阳光照大地。我们总是这么取笑他的。"青凤说,"那天,你叔叔王亦深说什么来着?"

"他说,结婚只是两颗灵魂结合在一起的开始。在漫长的婚姻路上,不总是阳光灿烂的日子。在风雨飘摇的日子里,仍能保持当年的赤诚之心,那才是最难最难的呀。"

"那美好的往日。"王斌良说。

这时,已经是半夜了。有人来敲响王斌良房间的门。

"不要去开,可能是彼得!"青凤惊慌的声音。

"我就是要去开,我要看看他是什么人!"王斌良摆脱了青凤的手,走到门口,开了门。刚开一条缝,那人就冲将进去,将门砰然一声推到墙脚边。门洞大开,正对着我的门。

"你是谁?"彼得厉声问,身上仿佛还散发着杰克·伦敦笔下的狼气。

"我倒要问你,你是谁?"王斌良问。

"这是我的姑娘。"他指着业已坐在沙发里的青凤。

"我是她的丈夫!"

"丈夫?天大的笑话!她要和你离婚,难道不是吗?"

彼得走到青凤面前,像一个骑士一样单腿跪下,说:"青凤,跟我走吧。我是真心爱你的。还记得那帕溪谷和索诺玛的时光吗?还记得我们在渔夫码头烛光下吃西雅图龙虾的浪漫夜晚吗?还记得我们在蒙特利半岛海边客栈度过的甜蜜日子吗?还记得我们在圣克罗兹海滩公园里疯狂的情景吗?我是发狂地爱你的!请你不要离开我。没有你,我简直不知道该怎么生活!"

"你那是爱情吗?够了,够了,够了!"青凤说,"你让我从盐湖城转学到你的系里,你的目的不是明摆着吗?你想占有我!"

彼得哈哈大笑起来,说:"青凤,你太会演戏了。是我想占有你,还是你想用性来交换什么?"

"是你欺骗了我,你说你要跟我结婚。可你从来就没有结婚的意思,只是霸着玩弄玩弄而已。"

"如今你倒好像握着正义之剑,要来讨伐我了。"彼得一个箭步上去,伸手对着青凤就是一个耳光,啪——"你这婊子,bitch。当年,是你来找我的呀,说你爱的只是我,你要奖学金,你要工作——"

青凤毫不示弱,照着彼得胡子拉碴的脸也是一个巴掌,啪——"你这骗子,你这无赖,世界上所有的无赖都没有你坏。我不想见你,你给我出去!如今我们没有任何关系了!"

"我是骗子,还是你是骗子?"

没等彼得说完,她就顺势使劲将他推开。

"青凤,跟我走吧,别理这瘦猴。"彼得说。

"不许你侮辱他,美国佬!"青凤说。

"好，我不说——你离开他，跟我走吧，我有房子，有终身教职，有钱。"

"Damn your money，damn your love（去你的金钱，去你的爱）。"青凤吼道。

王斌良不知哪来那么大的劲儿，直冲彼得扑去，嘴里骂道："你无耻！霸占我的老婆。破坏了我们的婚姻。无耻！无耻！无耻！"

彼得一猫腰，让王斌良扑了个空，随即伸出右手，一个右勾拳打在了王斌良的鼻梁上，眼镜飞落在地，啪一声镜片碎了，鼻血流了出来。王斌良顺势一蹲，抱住彼得的双腿往后死劲一抽，彼得往前打了一个趔趄，抱住了落地灯，落地灯横摔下去，将小桌上的青瓷花瓶打得个稀里哗啦。

血直往青凤的脑海中涌来，她只觉得整个世界天昏地旋。她高声喊了一声："你们别打了！"便冲出门去。

她后来告诉我她开车在旧金山漫无目的地转来转去，然后将车停在奥辛海滩，独自一个人在夜色中走上沙滩。无垠的黑蓝的空中挂着一轮清冷的月亮，如水的月色洒在海面波涛上，像点点星星。海浪有节奏地扑打着沙滩，一会儿潮来，一会儿潮去。她一个人瘫坐在沙滩上，让海风吹拂她满脸的泪水。她想到死。如果她就这么往前走下去，从海水就走向了永恒。世界上从此就永远没有青凤这个女人了。那永恒是个什么世界呢？那儿很冷吧？她想起了母亲，一个在她那样的年岁不应该那么苍老的女人。她起早卖一个又一个油饼，赚一分、二分的钱来养育她。她怎么能撒开她而去死呢？不，她要活。

怎么个活法？

她必须摆脱彼得。她必须下定决心离开他。同时，她必须赶紧与王斌良离婚，将自己从这感情的纠缠中摆脱出来。

我走进王斌良的房间。他鼻青脸肿地独自外出了，留下一张纸条，上面写着：

我今晚外出前往太平洋去寻觅我的归宿。请读条者明天上午给青凤（346-4644）打一个电话，告诉她我一直是爱她的。

我拿着纸条，泪水涌上了眼眶，一掬清泪滴落在纸条上，将"青凤"两个字化了开来，好像两朵恶之花。

我一个人坐在他的房间里，一盏孤灯陪伴着我的影子。我就这么呆坐着打发长夜。我同时担忧着他们两人的命运。到清晨四点钟时，我听见楼梯上疲沓的脚步声。他一脸苍白，鼻梁底下还残留有血迹。

"我一直在等你，我知道你不会去死的，不会的。"我喃喃地说，我对他有无限的同情。

二十五

青凤终于和王斌良友好地分手了。我陪着她从旧金山经底特律飞回波士顿，回到极乐鸟海岬。她坐在波音727一个临窗的座位里，一直在沉思。经过了这场苦难的洗礼，她仿佛显得更加美丽、高贵而成熟了。她穿着一件小羊皮白毛镶边的短夹克衫，一条长英伦格纹裙子，花呢的裙子覆盖在她的大腿上，仿佛覆盖在一个新生的生命之上，令人感到十分的庄严而娴静，像一尊罗丹的雕塑。

"我的一切要重新开始了。"青凤若有所思地说。

"和过去告别吧。"我说。

在洛根机场大厅，我一眼瞥见推着行李车的沈公甫夫妇。我把他们叫住。

"你们上哪儿去呀？"

沈公甫对我说："我们决定回国了。"

青凤问道："几点的飞机？"

"六点四十分。"章薇薇说。

"那还早呢，咱们到咖啡屋去坐一会儿吧。"我说。

我们在咖啡屋坐了下来。

"几次面试都没有成？"我问道。

"没成，"沈公甫说，"现在回国正是机会。"

"也许将来会证明你这个决定是有先见之明的。"我说。

沈公甫说："越临近回家的日子越是想家。我时常记起家中冬日温暖的阳光。我非常想念父母和我的朋友们。值得庆幸的是很快我们就可以回到北京。就要回家了，想起来我就有些按捺不住地激动。"

"你们在外感觉很孤独？"

"是的，尤其在节假日时，真不知如何打发时间。有时想想在北京大街上随便逛逛或坐在马路沿儿上看看来往往的人群也是很幸福的。我不能确切地解释这种感情从何而起。当你在一种环境中待久了，人的感觉就会麻木。一旦你离开这种熟悉的环境，你就会真切地感受到与它难以割舍的关系。"

沈公甫踌躇满志，想回国服务国际金融，一脸辉煌的喜气与生气。

"伙计啊，我也很想家呀。"我说。

"真想念北京暖暖的春意。我还记得我去银行上班前的那个春天，我有时候就拿一本书到小区花园的草地上一坐，晒一个上午的太阳，非常温暖的记忆，我们很快就可以重新体验到了。"

"祝贺你们！"青凤说。

回到极乐鸟海岬，我和青凤两人沿着海岬边的森林散步。森林翁郁，白雾笼罩在海面上，只听见白色的浪涛拍打着嶙峋的岩石，时而汹涌澎湃，像贝多芬，时而又细细沉吟，像莫扎特。

"我摆脱了那一堆乱麻，就像摆脱噩梦一样，现在感到十分的、十分的轻松了。"青凤说，随手摘了一朵路边的小野花，放在手心把玩。

"那确实像一场噩梦，愿它永远地从你的生活中消失。"我说。

"一切你都看见了，"她侧过脸来期待般地问我，"你会因此而看不起我吗？"

这时，有一只红衣凤头鸟飞来林间，停栖在松树的粗枝上，那鸟儿全身披红，好看极了。

"你认为我的看法很重要吗？"我望着那红衣凤头鸟，问。

"很重要。"她说。

我一把抱住她，快乐地说："傻丫头，我怎么会看不起你呢。"

"因为我是一个荡妇。"

"不，你不是一个荡妇，你是一个不幸的女人，一个坚强的女人。"

她抱住了我的头，脚尖踮起来亲我的嘴。她喃喃地说："感谢你，感谢你，你是这么理解我。"

"你从小没有父亲在家里，你的生活中缺少一个男性的榜样，但又非常渴望有这样一个男性的榜样。"

"我是在一个单亲家庭中成长的。童年的记忆除了贫穷就没有别的。我看到别的有父亲的家庭比我们的生活要宽绰得多，确实像你说的——你好像是个弗洛伊德的信徒——我很羡慕别人家有个男子汉。"

路边草丛的枯叶间有窸窸窣窣的声音。原来有一只小灰白松鼠在草丛中觅食。它甩动着银灰色的尾巴，俨然是这一片树林的主人。

"所以，当你看到王斌良，在你生活中出现的第一个男子汉，你就一见钟情了。你年轻，幼稚，不懂爱情。你渴望有个男子汉，渴望有个家。你到了王亦深的家——虽然破败，但那还是给了你的气氛，家的感觉。你感动了，沉迷了，于是你将自己付与了。"

"你怎么分析得这么深刻？好像讲到我心里去了。你修过心理学的课？——我记得我第一次到王亦深家的情景。那时他刚分配去当一个系的系主任，虽然房子仍然没有解决，但心情很好。一家人就着一张临时支起来的圆桌吃饭，有的坐在床上，有的则坐在靠墙脚的沙发上。从糊着报纸的天顶垂下一盏8瓦的灯，雪白的灯光照在热气腾腾的白菜豆腐上。热气缓缓地从青菜叶上升腾起来，因为灯光的照耀而显得越发亮了。王亦深问王斌良毕业后准备干什么，读研究生，还是到研究所，还是找一家公司。王斌良说他想去研究所从事考古发掘与研究的工作。"

"研究生毕业后，你很想到美国去读书，想得几乎有点发疯，对吗？"

"是的。那时整天背托福的英文单词，烧饭炒菜时也背，琢磨GRE的题。到处给美国大学发申请书。真有点疯啦！"

"我想你的读书情结根深蒂固，因为你曾经非常贫穷，因为你曾经差一点失去求学的机会。于是，进学校读书几乎成为你的一种宗教，你怀着殉道者般的热情追求一切读书的机会，追求在美国深造的机会。你一旦抓住了这机会，就决不会放弃它，除非你死。"

青凤站在悬崖上瞭望一片茫茫迷蒙的大海。远处有一艘游艇在行驶，在蔚蓝的大海上划出一条雪白的水线。

青凤回忆地说："那年，在美国没了奖学金，我确实担心极了。我在夏季去一个赌场的咖啡馆侍候早起的顾客吃鸡蛋和三明治，所得的小费是非常微薄的，更可笑的是，你必须穿得非常少，甚至比穿游泳衣还要暴露。当你躬身去拿什么东西时，你必须忍受有的心怀鬼胎的人往你的胸口溜眼神。收入很少的时候，我吃面包和白开水度日。你还记得纽

287

约罗塞福大道以南'地下工厂'的那个翠香吗？我跟她的处境也差不多。我甚至想到了死！"

"我相信你说的是真话。正如我刚才说的，读书在你已经是一种宗教，读不成就意味着生命的无意义，失去了终极关怀。正是基于这样的宗教热情，彼得想占有你，并给你提供继续读书的可能，你就像一个殉道者一样献出了你的身子。"

青凤将头枕在我的肩膀上，嘤嘤哭泣起来。她说："想起那时的一切，我心里难受极了。只想哭。"

我捏了捏她的肩膀，安慰她。

她说："另一方面，不可否认的是我当时确实认为我与王斌良的婚姻已经死亡，彼得对于我有吸引力。这也许是女性的弱点吧。"

"不，不，你不能这么说。这怎么能说是女性的弱点呢？这是女性的本能。同时，这又牵涉到我刚才说的男性榜样的问题。彼得的出现，又是另一个男性榜样，高大、壮实、英俊，他给你一种父亲般的安全感。你不委身于他才怪呢！"

我们走进了森林。地上到处横倒着枯树死枝，没有路。我们在枯树干上跳来跳去。阳光透过发红的枫叶、桦树叶和橡树叶照射下来，一个一个光圈在草地上飞舞。

"难道你对于我也是一个男性榜样吗？"青凤问。

"难道你内心深处不是这么认为吗？"我问，"青凤，我觉得我们的爱经过这段噩梦变得更明确、更热烈、更纯洁了。从同情到爱这需要一个多么巨大的感情飞跃呀！我爱你，青凤！"

我在一棵十人才能合抱的百年古树下抱住了她。她的嘴也在探索我的唇，我们相遇了。她紧紧地抱住我，我紧紧地抱住她，仿佛怕她沿着海岬滚下去。

在海湾边的海水上浮游着一对鹊鸭，那公鸭浑身白色的羽毛，将脑袋往前伸去，然后，猛然又往后甩去，发出一种尖厉的高叫声，而披挂着褐色羽毛的母鸭在一旁静静地望着。

"这鹊鸭在求爱呢。"我说。

"啊，我多么幸福，多么幸福，像一只极乐鸟。"她喃喃地说，穿着花呢裙子在树间起舞，"你知道，当初我只是'像隔着一层冰冷的墙一样'抽象地体味着爱情、爱情与渴望所带来的朦胧的痛苦，然而现在，由于你，我才真正地成熟了。"

"是的，如果我们自己心里觉得幸福而快乐，我们就是幸福而快乐的。"我说。

树林间有一只画眉鸟在鸣啼，一条清泉正沿着山岩、青苔和青草地往山脚下潺潺奔去，仿佛要带去快乐的消息。

青凤用手掬起泉水往嘴里送，说："甜甜的。你要试试吗？"

这时，在这秋天燃烧般的殷红的宇宙间，我猛然听到一阵阵小提琴的琴声，那仿佛是格鲁克的富有情感的自然的《旋律》，又好像是舒曼的《童年情景》中的梦幻曲，如泣如诉，朗诵般的音调和着波涛的撞击声，那样的悠扬，那样的充溢着爱的颤抖和欢乐，我充满着感动望着这个绝顶美丽的黑眼珠的女人。

她嘴上还沾着泉水的水珠，接着问我："你爱我什么呢？"

我沉吟了一下，答："爱你什么？爱你的一切！"

"太抽象了。"

"我觉得你最使我感动的是你的生命的力量，就像这奔流的生命的泉水。你乐观，奋勇向前，从不向命运妥协——"

"你不觉得我野吗？"

"你的野正表现了你生命的力量。这不是萎弱的生命，不是无所作为、平庸的生命，这是一种创造的生命！"哦，生活，Vita nuova! 新的生活！

这正是我所希冀的生活，简单而美好。什么叫"简单而美好"？你还记得威廉·卡洛斯·威廉姆斯那首《红色手推车》吗？

> 如此依靠着
> 这辆红色的手推车
> 浸透了晶莹的雨水
> 在一群白色的小鸡旁。

这就是"简单而美好"！

那天以后不久，我和巴拉德教授去英格兰参加一个学术讨论会。在伦敦时，我接到青凤一个电话，说她的论文获得了最佳论文奖。

"得了多少钱？"我问。

"你怎么那么俗呀，"她说，"2000美元。"

"请客！"

"在哪儿呢？"

"当然紫藤庐啦！"

她的声调听起来活泼而充满自信。她又回复到原来的她了。我为她而庆幸。

巴拉德教授先回波士顿了，我则从伦敦到巴黎，在那儿待了一段时间，回到波士顿已经是一个多月之后了。这期间，我给青凤的办公室和极乐鸟海岬都挂了电话，总没人接。一下飞机，就看见董佩荀在人群中等着我。我心中一直在纳闷怎么不是青凤来接我。

我就问董佩荀："青凤呢？我给她打电话总没人接。"

董佩荀不回答我的问题，做出笑容问我："你从法国给我带什么了吗？"

"你没叫我买呀。"

"你自己应该想到。"

我从手提包里一下子拿出一瓶波尔多红葡萄酒来。

"怎么样？给你！"

"太好了！"她说，"你真好！这正是我想要的。"

"咱们和青凤一块儿喝。"

"青凤？"她的眼睛里露出狐疑的神色。

她说她最近跟青凤有一次长谈。

"谈了什么？"

"那是女人之间的事，你就别问了。"

"还卖关子呢！"

她突然问我："你认为我是一个坏女人吗？"

"怎么可能呢，你怎么会这样想呢？"我说。

我当时感觉这个女人散发着一股温暖的气息，我跟她在一起感到一种艾妮斯般的暖意。旅途的劳累、心力的交瘁，在她的面前都冰释了。

她告诉我文小玉跟丰耕田离了婚，和葛华琦结婚了；陈珏夫和叶安娜的事儿也谈得差不多了，准备结婚了。

我有点不耐烦了，问："你说这说那，我问你青凤呢？她在哪儿？我的天！"我几乎要发火了。

"她住院了。"董佩荀简短地说。

"在哪儿？"

"马萨诸塞州总医院。"

"什么病？"我的心激跳起来，几乎要哭了。

"一种很怪的病，很少见，医生说——"

"医生怎么说?"我急急地打断她，问。

"医生说，她——她最多还能活一个月。"

哦，我的天！命运，啊，命运！

我几乎要晕厥过去了。她过来扶住我，我倒在了她的怀里。董佩荀吓得脸色惨白，她没有料到我的反应是如此的强烈。

"车径直开到医院去看看青凤吧。"我说。

"当然，当然。"董佩荀喃喃地说。

我手里捏着我的垒球帽，走进洁白、静谧的病房。青凤躺在雪白的被褥下，一张苍白、凄然的脸靠在高高隆起的枕头上。看见我们，她硬撑着要坐起来。我忙按住她。

在病床边的床头柜上放着一只华盛顿州的青苹果，碧绿生青。我想起了那关于青苹果的诗：

> 一只青苹果坠落在
> 开满紫色花儿的树篱旁。

我简直不敢相信这孱弱地躺在病床上的青凤曾是那个出口成章的青苹果诗人。那海船上钓鱼、弗蒙特山里驰骋飞雪的女人，她曾经是多么活泼，多么健壮，多么美丽！而现在，一圈黑晕罩在她的眼皮周围，眼神无力而羸弱，脸颊深陷，肤色暗淡无光。

"你来了?"她将手在床沿上摆一摆，表示欢迎。

"我来了。"我说，献上了我在路上买的勿忘我花。

"还记得康科德的勿忘我花吗?"她问。

"怎么能不记得呢。"我说。

她眼睛里噙着泪水，沉默了很久。

"平时不生病，没想到一生起病来这么厉害。"她说，

"我病好了，还要到紫藤庐请你客，我答应了的。"

她突然又对我说："下次你来时，将亨利·詹姆斯的《苔茜·米勒》给我带来。我从前读过，但那时读得太粗浅了，现在我有时间，我要好好地读一读。"

"还记得我们造访灯塔山的情景吗？那幽幽的煤气式街灯仿佛还在眼前，"她说，"啊，expatriate，这是什么意思？"

"移居国外的人。"

"对，移居国外的人，对于移居国外的人，对于离开自己根和土地的人，生活是多么的不易。"

"这只有强者才能生存，强者才能克服。"

"那我是强者了？"她苍白的脸上闪过一丝凄然的笑容。

"是的，绝对是的，你是一个强者。"我说。

"我什么没有经历过?!"她说，"一个人生活在异国，孤寂的岁月，冬夜，外面狂风呼号，鬼哭狼嚎，对着室内的孤灯，只想大哭一场。没有工作，没有钱，犹如失去了一切的支撑点，生活就像颠簸在大海上的一叶小舟，随时随地就要倾覆。但是，我没有屈服，我没有哭。牧之，回忆起来，这是可以欣慰的。"

"你是一个很少有的女人，你是如此的聪明，如此的博学多才，如此的美丽，有时候如此的富有讥诮；和你在一起，我每每感到一种震撼的力量。"

"是吗？如果我死了，请不要给我建坟墓，我也不要留骨灰，将我的骨灰撒在一棵树根边，肥沃那棵绿树，假如你仍然记得我，就请到树边来，那也是很值得纪念的。"

"请不要说——死，不要这么悲观。"

"我不是悲观——"她说，"牧之，你的手呢？请将你的手伸过来——"

她病弱的手捏住了我的手，冰凉冰凉的。她的手微微颤抖着。

"牧之，我感到欣慰的是我终于遇见了你，赢得了你的——"

"爱。"

"是的，爱，多么崇高而纯洁的一个字眼，多么难能可贵的一个字眼。"

"但你从来没有让我说，我爱你——"

"你现在可以说了——牧之。"她将脸微微地抬起，让我亲吻她。

"说吧。"她孱弱地说道。

"我爱你。"我的眼睛里噙满了泪水。

我俯下身子去，亲吻她的嘴唇，嘴唇像冰一样凉。生命的力量从她的身子渐渐遁去了。我的心在哭泣；我强力忍住了我的眼泪。我没想到我最终是在这样的情景下说出这三个珍贵的字眼。

我喃喃地说："我爱你，青凤，永远地爱你。"

"遗憾的是我给予你的太少、太少了。"她的嘴唇干涩得龟裂了，说话时一个字一个字艰难地从干涩的嘴唇间吐出来。

"不，你不要这么说。你给予我的，太多太多了。从你身上我知道了生命的伟大力量，我知道了生命的根本在于快乐。活着就是要快乐，这是谁说的？"

"林语堂。"

"对的，林语堂。他说，生活的享受在于一种态度。在生活中，许多人追求浮名，忘却了生命中根本的东西、最简单的事实，最终不可能不痛苦，因为他们浮在半空中而不自知。殊不知两脚踩在大地上是一件多么快乐的事。"

青凤要坐起来。我赶紧将她扶起，在她的背后塞上一个枕头。因为费劲爬起来，她感到头晕目眩，头靠在高枕上，眼睛闭上了一会儿。然后，她张开眼睛，缓缓地说："我一生都在追求幸福，追求一个更好的生活，追求不到，失败了，我不灰心。"

"对，你从不灰心。"

"我相信我一定能得到的，"她说，"我感谢你。"

"感谢什么？"

"因为我在你那儿得到了我所追求的幸福，即使那只是短短的三个字，却已经让我的生命充溢了快乐。虽然我的日子已经不多了，我仍然感谢你，我仍然珍惜它。"

"青凤，我写了一篇散文，叫作《最后一颗柿子》。你要听吗？"

"要听，你念吧。"

我在寂静的病室里念道：

在乡间后园里种着一棵柿子树。去年初夏的时候，柿子树繁蕤的绿叶间挂满了柿子花。我看了异常的喜悦，会是一个丰收的年景了，虽然我们并不指望吃它。黄白色的柿子花慢慢长成了一个个绿色的果实，从树干底部往天空望去，一个个小巧玲珑，隐没在绿叶间，不仔细瞧，你还没法发现它们。慢慢地，随着时日的推移，浅绿色变成了深绿，深绿又演变成了红色，在一片葱绿之间仿佛有画家随意洒泼上了一个个红色的点。我们的狂喜自然是不言而喻的。

然而，一天，我发现有的柿子上爬满了一种白色的黏虫。柿子一个个地掉坠下来，在草丛中腐烂。我们没有喷杀虫剂，而是让它们在自然中自生自灭。坚强的仍然生存下来了。到深秋，树上仍然挂着20多颗柿子。一次，我摘了一颗熟透了的柿子当场就吃，甜极了。我们摘了，放在客厅的窗台上，一股喜气洋洋的红色荡漾在客厅里。

在我们对门邻居的园子里也长着一棵柿子树。那棵柿子树要比我们的高大得多，那种大大的、红红的柿子。但那棵柿子树今年似乎是小年，树上没有结多少柿子。树主人似乎对此并不在意，让其自然生长，长成了也不摘来吃。秋天来了，一树挂着依稀的红灯笼样的柿子，给整座园子增添了勃勃生气。

不料，入冬的寒风一下子就将柿子树的树叶一扫而光，只留下那柿子在寒风中。不知道是由于鸟儿的啄食，还是自然的坠落，那树上只剩下一颗柿子，孤零零的，挂在那儿。初冬的一场大雪将园子都覆盖在一片无瑕的洁白之下，唯独那柿子，像红灯笼一样，仍然骄傲地迎着寒风，随着枝丫轻轻地颤动一下，完全没有坠落的样子。在这皓白的天宇之间就只有它那一点点的红色；遇到阳光灿烂的日子，它就显得更加鲜亮了。夜间，从邻居家的窗户射出的暖暖的光亮照着它，也仍然是一种暗暗的红色，像迢遥的天际的一点火星。

我每每站在阳台上凝视着挂在寒冬枯枝上的那颗柿子，不由想起大学时代在英文课本中读到的美国短篇小说家欧·亨利的小说《最后一片树叶》，那最后的一片树叶曾经支撑着一个病人的生命中最后的愿望。而这最后一颗英雄般的柿子历寒风而不坠，经严冬而弥坚，似乎也给了我无尽的启示：生命，就应该是这样坚强的。

病室里静极了，连掉落下一枚针都能听见。我含着泪说："青凤，你的生命也应该是这样坚强的。"

她欣然点了点头，顿了一会儿，喘一口气，突然问我："极乐鸟，英文是bird of paradise吗？"

"是的。"

她淡淡地一笑，仍然是那么凄然的美。

"牧之，我是极乐鸟，因为我曾经赢得了你的爱——"她转过头来对董佩荀说，"董佩荀，把你的手给我。"

董佩荀把手伸给了她，青凤把她的手放在我的手上。

"佩子，请你照顾好这个大男孩。"

"一定。"董佩荀流着泪说。

这两个女人之间曾经交谈了什么昭然若揭了。在这时，她还惦记着我的福祉。

那天夜里，她平静地离开了这个世界。

我把她的骨灰埋在了极乐鸟海岬百年的苍松树下，面对着浩渺的大西洋，那里有海鸟做伴。我们曾经在那里那么热烈地拥抱、接吻。埋骨灰的那天，陈珏夫、叶安娜、尹文君、何文潭、文小玉、葛华琦、巴拉德夫妇都来了。对着苍松，我们都流下了热泪，泪水滴落在黑土地上，在枯叶上，在青草上。

人们走后，我仍然一个人围着松树树林徘徊，依然是那轻轻的薄雾，那松针的清香，那绿茵茵的草甸，那遥远海湾的帆影，但我身边已没有她了。我想起那次和她一起看画展的情景，想起在雪舍中的一幕，想起紫藤庐的《走西口》的那永恒的悲凉的音乐。我不忍离去，不忍让她一个人孤寂地待在这新英格兰的海岬上。她，一个中国女人，哦，不，一个中国姑娘，为了追求一个梦来到美国，如今又为了这个梦而埋葬于这块北美的土地上。

一群洁白的银鸥在我的头顶飞翔。我仿佛又听见她的声音，这次是新生的、朗朗的、充满生命的声音了："我则不。我要战胜境遇，要超越境遇。我是一只极乐鸟。"

这是一句很普通的话，它包含多少达观的野性的生命力！

我有很长一段时间无法从失去青凤的痛苦中恢复过来。我每每回忆起一起在诗室读诗、在海岬沙沙作响的落叶间漫步、在小教堂听铜管乐音乐会的情景，总感到无限的惆怅。新英格兰正笼罩在隆冬的白雪下，秋日的阳光仍好像是昨日的事，青凤也好像是往日幻象中的一只极乐鸟了。她曾经给予了我如许的灵感、启示和快乐。仿佛那些美好的年轻的岁月都随青凤的消逝而消逝了。

于是，我全身心投入到研究和翻译乔伊斯里去了。在这一年间，我去了都柏林，和都柏林大学乔伊斯专家座谈，拜访了发源于维克洛山、奔流进都柏林湾、投入大海父亲的怀抱的利菲河，屹立在海湾北部山顶上的雄伟的豪斯城堡，克朗哥斯公学，爱尔兰国家图书馆，乔伊斯居住过六个夜晚的沙湾的马特洛塔。

橡树林树叶由葳蕤的绿，而变成深秋的鹅黄，随着时间的流逝，我又回归了宁静，在极乐鸟海岬的蓝鸲和金翅雀的鸣啼中做着我的研究和翻译。

我完成了关于乔伊斯的论文和《青年艺术家的画像》的翻译。

> 从前，在一个很美妙的时刻，有一头哞哞母牛
> 在路上踽踽而行，这头哞哞母牛在路上彳亍而行时
> 遇见了一个名叫小杜鹃的可爱的小孩儿……

298

我将《青年艺术家的画像》交与出版社付梓了。

春天，旅鸫回来了，在春意盎然的极乐鸟海岬林间歌唱，回应它的是金黄鹂，那横笛般的鸣啭，仿佛把春意送到每一个人的胸怀。我要启程回国了。

董佩荀到我的住处来帮我整理行装。有太多的东西要塞进行囊中，有太多的东西只能割爱了。我买的一套《大不列颠百科全书》已经先期邮回国内了，否则行李还要多。

"你先回去，我毕业了就来。"

"这就叫夫唱妇随呀。"

"还没结婚你就夫妇、夫妇的。"她说。

"难道这还没铁板钉钉——敲定了？"

她穿着水蓝色的短外套、米色的针织衫、高跟鞋、紧身牛仔裤将修长的腿线衬托出来了。她脸上洋溢着令人温暖的女性的光。我一把把她拉过来，将她柔软的身子紧紧地抱在怀里，亲吻她。这是我第一次亲吻她。她的粉嫩的双颊飞红。"我们将会有一个幸福的生活。"

"是的。"她说。

她好像就是音乐本身，好像就是那音乐中的天使，那么光明，那么成熟，那么温暖。我想起了门德尔松的《乘着歌声的翅膀》，仿佛那甜美的旋律，那海涅的诗句，那温情和爱，就是为她而创作，就在我头顶的天际回荡、飘扬，让我感动得流泪。我又找到了生命之泉，上天对我太宽厚了。

在清晨我在洛根机场与董佩荀依依不舍地告别，她美丽的眼睛里噙着泪水，滴落到她那水蓝色的短外套上。我搭乘一架24座的小飞机，沿着新英格兰的海岸飞，海岸边的灯塔、龙虾船、波涛拍岸的嶙峋的巉岩，从飞机上望下去，清晰可辨。飞机在气流中或高或低，太惊险了，太有趣了，然后再从纽约乘西北航空的飞机经日本东京回国。

啊，中国！中国的大地！我心中充溢着感动和激情。离别哈佛，心中有些伤感。我从那条卵石小街走到汇师小学，那个背着书包的小男孩在哪儿？那个瘦削的、羸弱的、多感的、在草舍中唱着"美丽的花朵，遍地开放"的少年在哪儿？那个脑袋里充满了幻想、总在诘问"明天会给我带来什么"的大学生在哪儿？我想起我青春发轫的年代在文治中学和复旦度过的岁月，从复旦而哈佛，我来到了幽静的剑桥镇。在哈佛度过的岁月是我一生中最难以忘怀的最欢乐的时光。我永远忘不了韦德纳图书馆和拉蒙特图书馆，在它们那宽敞高轩的阅览室里，我读了多少书！一个人蜇坐在藏书楼里小小的宁静的隔断里，任凭思绪在古希腊和古英格兰的书籍中翱翔，多么自由而快乐！巴拉德教授那父亲般的慈祥和睿智，多么令人缅怀！

我曾经又重新造访了一次查尔斯河和查尔斯河畔的哈佛校园。肯尼迪公园里的大树上的树叶都脱落了，查尔斯河河水在远处闪着粼粼的天光。还记得秋天那葳蕤的橡树的红叶吗？像一团团的火。我们曾经在河畔的青草地上野餐，曾经在草场上诗人的纪念碑前流连。哈佛和麻省理工学院在查尔斯河上比赛划船，简直像青春的节日一样。河岸飘扬着玫瑰红的旗帜，色彩鲜艳的伞盖下的供水亭，如弓的桥上站满了人。我们在河边小道上漫步，在秋日温暖的阳光下，瞧着肌肉丰满的朝气蓬勃的年轻人在水面上、在歌声中像箭一样划着他们的小艇。

我不由想起了多年前看的电影《这里有泉水》，想起了让我一直无法忘怀的那用小提琴拉的《梦幻曲》，那音乐给人以温暖，以抚慰，以激励。是的，在这里，在这榆树林立的校园里，在这轩昂的图书馆里，在这浩瀚的书籍里有泉水。

哦，去爱，去欢乐，去创造吧！乔伊斯如是说。

1998.10.16—2015.12.16

波士顿—北京威尼斯花园